送爱因斯坦回家

带着爱因斯坦的大脑穿越美国

［美］迈克尔·帕特尼蒂　著

尹楠　译

Driving Mr. Albert

Michael Paterniti

迈克尔·帕特尼蒂

献给萨拉和利奥

以及我们将要共同度过的岁月

并纪念佩吉·富尔顿·科比特

那是一个绝妙的头脑。如果思想像钢琴的琴键，可以分成若干音键，或是像按二十六个字母顺序排列的英文字母表，那么他绝妙的头脑可以坚决而精确地把这些字母一个个快速辨认出来，不费吹灰之力，一直到，比方说，字母Q。他已经到达Q……但是，Q之后又如何？接下去是什么？Q之后还有一连串字母，最后一个字母肉眼凡胎几不可见，但它就在远处闪烁着红光……他问自己，芸芸众生之中究竟有多少人能到达Z？当然，一位只有渺茫希望的队长可能会如此自问，并回答"也许只有一个"，他的回答不会是对身后探险队员的背叛。一代人之中只有一个。

——弗吉尼亚·伍尔夫《到灯塔去》

引子：白兔

老实说，我原以为这次公路旅行会很好玩。我就是这么想的。我还以为那个老医生是个真正的怪人，这么一来少不了乐子。欲望是如此捉摸不定。它可以把去商店买牛奶的短暂旅程变成赤脚翻越喜马拉雅山脉的启迪人生之旅。它可以让你不知不觉踏上通往坎特伯雷[①]的道路。有些事情就是这样发生的。

我第一次听说阿尔伯特·爱因斯坦大脑的故事的时候，只把这当成诡异得令人难以置信的都市传说。一个朋友的朋友从住在罗斯韦尔或塞多纳这种偏远地方的某个人那里听说了这件事，而之所以要说出具体地名，是为了给这个故事增加可信度或不可信度，我不确定是因为前者还是后者。我的朋友告诉我这件事时，

---

① 英国重要宗教城市，自公元7世纪初以来，坎特伯雷大教堂一直是英格兰的主要教会中心。

我们正在看"海湾战争"的相关报道,他趁广告时间跟我提起这件事。当时我大约25岁。不知何故,战争和爱因斯坦的大脑在我的脑海中混为一体。即使是现在,当我想象爱因斯坦的大脑树突和神经元因为相对论而闪亮时,我还是会联想到巴格达:在一个漆黑的夜晚,在联盟军队的攻击下,巴格达的宣礼塔和现代高楼在变幻莫测的示踪剂[①]迷阵中闪烁。

这个传说是这样的:爱因斯坦于1955年去世,在一次尸检中,他的大脑被人取出,表面上是为了研究其成为天才的关键原因。但若干年后,据说他的大脑消失不见了。有传言说它被切成了碎片,其中一部分被藏在加拿大萨斯喀彻温省的一个车库里,就放在一些石油钻井工人的孩子说的篮球和曲棍球棍旁边,落满了灰尘。其他部分据说属于做尸检的医生,那是一个古怪的男人,他后来也消失不见了。

我喜欢这种传说,加拿大"储藏室",诡异的"不朽"的大脑,以及传说中古怪的守护者。随着时间的流逝,我开始添油加醋地向朋友和熟人重复爱因斯坦大脑的故事。那个拥有爱因斯坦大脑的老医生在我的口中偶尔会戴上一个眼罩,或是弯腰驼背。有时候,他会遭到别有用心的特工或前情报人员追杀,迫使他辗转于不同的城镇之间。在其他的叙述版本中,他成了想在黑市出

[①] 一种添加在炮弹尾部会在发射时明亮燃烧的化学物质。它可以让炮手观察炮弹飞行轨迹,帮助其判断是否击中目标或是否应该调整射击角度。

售爱因斯坦大脑的人。后来我才发现，我曾如此接近事实真相。

日子一天天过去，我想起爱因斯坦大脑的时候越来越少，我把它存入了生活的秘密档案中。但几年后，住在新墨西哥州的我和房东史蒂文成了朋友，他碰巧是作家威廉·巴勒斯的朋友。我住在史蒂文的土砖房子里，他做过各种离经叛道的很酷的事，现在经常在花园里浇花。当我告诉他有关爱因斯坦大脑的事情时，他连眼睛都没眨一下，只是说道："是的，那个拥有爱因斯坦大脑的家伙住在堪萨斯州劳伦斯市威廉家隔壁。"

我以为他在逗我玩。"什么？"我问道。

"是的，"他回应道，"他以前是个病理学家。"说完，他继续平静地用水管给他的雪滴花和水仙花浇水。

"就是……"

"……住在隔壁？"史蒂文补充完我想说的话。他斜眼看着我，眼神里流露出一丝怜悯，"嗯，那个医生是个疯疯癫癫的家伙，但他们还是结伴出过门。"

"疯疯癫癫的家伙？"

"古怪的猫。"

啊，疯疯癫癫的家伙和古怪的猫。有多古怪？怪在哪里？像诺曼·贝茨[①]那么怪？还是像波利斯·卡洛夫[②]那么怪，地下室

[①] 美国作家罗伯特·布洛克小说《惊魂记》中的主要人物，杀害了自己的母亲，患有精神疾病。
[②] 英国演员，因在多部影片中饰演弗兰肯斯坦的怪物一角而出名。

里满是冒烟的药水和装有荧光液体的烧杯,以及正在进行的弗兰肯斯坦的克隆实验?还是像精神错乱的奥古斯特·斯特林堡[①]想把铅变成金子那么怪?或者是像那些文化怪人,破坏偶像式的古怪,比如说像巴勒斯本人那样的邪典人物?或是像须发蓬密的印度神秘主义者拉宾德拉纳特·泰戈尔那样?

"我不知道。"史蒂文回应道。但他随后主动向巴勒斯本人要了那个老医生的电话号码,并把那张从笔记本上撕下来的写有电话号码的纸条给了我。我则立刻把它钉在办公桌旁的公告板上,盯着它看了一个月,然后开始打电话。在我做杂志编辑的日子里,我会看着那个电话号码就莫名其妙地开始拨号。电话响了,但无人接听,也没有答录机的声音。

四个月后——现在古怪的是谁?——我发誓不再打那个电话号码。但我做不到。我改了打电话的时间,我半夜打过一次,只是想碰碰运气。最后,我再给自己三次机会。第一次就有人接起了电话。

"你好。"他好像在说"嘞好"。

"呃……是托马斯·哈维吗?"

"嗯,是的,就是我。"这个男人的声音听起来很友好。

"好的,那么……"我结结巴巴地说道,"从哪儿说起呢?我是……我是……"一股热血涌向我的脑袋,我都能听见自己的声

[①] 瑞典著名作家,被誉为瑞典现代文学奠基人。

音。声音很小，缺乏自信。我是谁？我究竟想从他那里得到什么？我又结结巴巴地开了口。我问他是不是那个拥有爱因斯坦大脑的人，他承认之后，我记得我动了动嘴唇，但没有说话。天哪！我鼓起勇气大声问他能不能见一面。他含糊地表示很高兴哪天能见一面。但是，就在我们谈话的时候，他一定已经知道他要离开堪萨斯州，把所有东西装进一辆车里，就像四十年前他悄悄逃离新泽西州的普林斯顿时那样，当时他摘除爱因斯坦大脑的行为被指控为盗窃。接下来，哈维医生就从我的生活中消失了。电话断线，没有转递地址。就像《爱丽丝漫游奇境记》中的白兔一样——消失了。

接下来的几个月里，我辞去了工作，和我的女朋友萨拉一起搬回东部的缅因州。我一直无法忘记哈维和爱因斯坦的大脑，就像幸运饼干给了你诱人的承诺，让你无法忘记。于是，我又开始想办法联系哈维。我尝试追查哈维家人的信息，但很难查到什么。我打电话给住在加拿大哈密尔顿市的另一位医生桑德拉·维特森，据说哈维当时正和她一起工作。让我大吃一惊的是，维特森似乎对我了如指掌。"哈维医生已经把他想对你说的都说了。"她说这话时的粗暴态度出乎我的意料，而我相信哈维没有说出所有想说的话。她声称不知道他在哪里，但同时又说她不会给我他的新电话号码。又过了六个月，在坚持不懈的努力下，我终于找到了他的新号码。我第一次打这个电话，哈维就接了。我后来才知道，当时他和67岁的女朋友住在新泽西州普林斯顿附近一栋

20世纪50年代的农场房子里。

"嗯，接到你的电话真是太好了。"他说道，听起来真心实意。我们聊了聊。他同意见面。感恩节后的一个工作日，我开车从缅因州一路向南，沿途枯叶满地，烟囱里飘出缕缕青烟，高大的树木在秋日的冷雾中仿佛一个个枝状大烛台。哈维医生站在门口迎接我，他穿着一件红白格子衬衫，系着一条彭德尔顿牌蓝色细领带，领带上还吊着发了霉的十多年前的10美元价签。他脸上的皮肤很粗糙，布满斑点，沟壑纵横，但看起来并不像84岁的模样。他长着一个鹰钩鼻，一口黄牙，但眼神敏锐。他的白发细如玉米须，随着11月的风飘过头上秃顶的地方。他没有戴眼罩，也没有驼背，只是在几年前骑自行车时出了事故，腿有点跛。他告诉我，他骑车上班时被一个"80多岁的老妇人"开车撞了，现在一条腿比另一条腿稍微短点。我不禁想，为什么80多岁的老人还要工作？更不用说还要骑自行车上班了。

他把我领进一间潮湿的地下室。他在那里搭建了一个临时办公室，里面堆满了科学期刊。一张桌子上放着一台显微镜，上面盖着一小块塑料布。他点燃炉火，让我坐在浅黄绿色的印花棉布沙发上，沙发边铺着钩织的地毯，周围摆放着各种玻璃精灵瓶、埃塞俄比亚的食谱和装饰绳结。他当时并没有立即让我联想到叛逆者、卡萨诺瓦式人物、垮掉的一代流浪者，英雄、小偷或圣人的形象，在后来的不同时刻，我才逐渐领悟到他的这些不同形象。但还是有一些小东西泄露了他的秘密。一顶挂在钩子上的绿色贝雷帽。书架上堆满了这样的书:《如何在余生中与同一个人做爱》《浪漫嫉妒》《开放式婚姻》。一个受过耶鲁大学教育、拥有爱因斯坦大脑的人,为何会沦落到在如此简陋的环境中生活,在女朋友家的地下室办公呢?

哈维医生似乎认为这一切都理所当然。他端来了茶,我们坐了一会儿。两个来自同一个世纪不同时代的人,在温暖的炉火旁坐定,在未来到来之前把糖放进我们的立顿茶里搅匀。在大家都忙着去月球殖民地之前,我终于和托马斯·哈维医生坐在一起,像狂热的朝圣者一样,等着他开口说话。

目录

1	第一部分
41	第二部分
135	第三部分
193	第四部分
239	后记　鲱鱼统一场论
250	致谢

第一部分

1. 魔鬼爱挑大堆便

1879年，阿尔伯特·爱因斯坦出生在德国乌尔姆市。刚生下来时，他的头像一个不平衡的健身球。第一次看到他，他的祖母震惊不已。"太胖了！"她嚷道，"太胖了！"他的母亲也吓坏了，以为自己生下了一个怪物。小爱因斯坦直到3岁才会说话，而且要嗫嚅很久才能挤出一句话。所有人都认为他发育迟缓。

据爱因斯坦自己回忆，小时候他大部分时间都在自娱自乐，会在脑子里建造复杂的纸牌屋，并对父亲给他看的罗盘感到十分新奇。邻居家的孩子们会叫他"讨厌鬼"，因为他不参与他们的打打闹闹，实在躲不过的时候，才会主动提出担任他们的裁判。通常情况下，他总是独来独往，更喜欢和叔叔们待在一起，因为他们可以向他介绍家族生意：电力设备。他更相信自然万物，而不是人。他的妹妹马娅出生时,小爱因斯坦垂头丧气地盯着摇篮,据他的家人回忆,他当时问道:"很好,可是,它的轮子在哪里?"

在学校,与传言相反,他的成绩大多都很好。尽管如此,他还是对德国教育体系的专制化极为不满,很早就开始嘲讽老师,引得同学们大笑,展现出淘气、幽默的一面。他的第一本几何书、宇宙的对称性和各种角度,以及父亲所在工厂制造的发电机都让他惊叹又着迷。作为第一代获准在德国拥有财产和接受高等教育的犹太人,爱因斯坦的父母对唯一的儿子寄予厚望,但爱因斯坦本人却开启了自学成才之路。10岁时,他就开始阅读欧几里得的著作,并如饥似渴地阅读科学书籍。这一时期,他还笃信宗教,拒绝吃猪肉,并为上帝创作赞美诗,走在街上时会轻声吟唱。但爱因斯坦本人表示,他在12岁时放弃了犹太信仰,因为他所受的科学训练让他明白,"《圣经》中的许多故事不可能是真的"。

虽然他的大多数老师低估了他——一位希腊语老师曾对他说,他一生都不会取得任何成就——爱因斯坦却十分自信,而他的老师们都视之为傲慢。问题在于,他们这个自命不凡的学生会毫不犹豫地指出他们知识上的不足,或为人的虚伪,更令人气恼的是,他说的通常都是对的。他极力摧毁阻挡在他与创造力之间的东西——平庸,而他们却将这种冲动视为无礼。"爱因斯坦,你是个聪明的孩子,一个非常聪明的孩子。"他的大学物理教授对他说,"但你有个很大的缺点:你从来不让别人教你任何事情。"爱因斯坦后来在写给一位朋友的信中,做出了激烈而简短的回应:"对权威不加思考的尊重是真理最大的敌人。"

十几岁时,爱因斯坦从德国慕尼黑搬到意大利,再移居瑞士。为了逃避兵役,他放弃了德国国籍,这也是他和平主义思想的开端。爱因斯坦的身体日渐强壮,胳膊和腿都很粗壮,英俊潇洒,招人喜欢。他有一头浓密的黑鬈发,笑容散发出讽刺调皮的味道,目光温柔美好。爱因斯坦身高大约1米67,有扁平足,喜欢徒步和航海。他会拉小提琴,喜欢莫扎特、巴赫和舒伯特的曲子。虽然没有成为优秀的小提琴家,音乐创作却成为他生活的重要组成部分。上大学时,他的手受伤了,随后他写信给他的二重奏女搭档,声称他非常想念"他的老朋友"——小提琴:"我通过它诉说和吟唱的一切,是我清醒时通常不会对自己坦白的事情,或是别人嘲笑我最多的事情。"

爱因斯坦按照自己的规划,顺利长大成人,他大部分时间都静静地坐着,幻想着宇宙万物,思考月球的重量或水星的轨道。1905年,26岁的爱因斯坦在瑞士伯尔尼专利局勤恳工作(因为以前的老师都不推荐他,他找不到教书的工作),这时,他提出了"狭义相对论"和质能方程式$E=mc^2$,假设从羽毛到岩石的所有物质都具有能量。

在专利局工作的一年被称为爱因斯坦的奇迹年[①],他创作了五

---

① 原文为拉丁语。——译者注

篇具有开创意义的论文，全部在德国著名期刊《物理学年鉴》[①]上发表，使其从默默无闻一跃成名。这一年的影响力至今仍令人惊叹，近一个世纪后[②]，我们仍处于爱因斯坦所观察到的那个宇宙的余波之中，纠缠于时间对每个人来说都是相对的这一理论。在与好友米歇尔·贝索探讨几个月后，爱因斯坦的脑海中第一次冒出相对论的概念，他对他的朋友说："谢谢你。我已经彻底解决了这个问题。"

意识到一场革命即将到来，与爱因斯坦同时代的顶尖科学家们很快就来到专利局的顶楼拜访他。此后不久，他接到了来自伯尔尼、苏黎世、布拉格及慕尼黑的一系列教职。爱因斯坦的理论预言了宇宙的起源、本质和命运，推翻了牛顿和近300年来的科学理论。20世纪最伟大的科学成就——电子学、原子弹和太空旅行——都藏在1905年的那些论文中，在接下来的几十年里得到完善。

随后，爱因斯坦又在1916年提出了广义相对论。三年后，英国天文学家亚瑟·爱丁顿在一次日食观测过程中证实了这一理论。当时爱丁顿观测到，星光在经过太阳时的确发生了偏移，偏移的角度与爱因斯坦所预测的完全一致。这证明了光有质量，而且太阳的重力使光在时空中弯曲，这就解释了地球是如何以及为

[①] 原文为德语。
[②] 本书英语原著于2001年出版。

什么会维持在一定轨道上绕着太阳旋转。阿尔伯特·爱因斯坦随即闻名世界。他带着神秘笑容的脸登上了世界各地报纸的头条——一个天才，一个揭开上帝秘密的神秘大师。

从好莱坞到拉合尔①，各种邀请纷至沓来，爱因斯坦开始了他的世界之旅。他受到帝王、总统和电影明星的热烈欢迎。他一脸困惑地在世界上最神圣的大厅里欣赏音乐，脚上连袜子都没穿。他总是心神恍惚，会把行李落在火车站站台上，用未兑现的支票做书签。他声称自己的发型是"疏忽所得"——结果得到了一头"电光白的野性灵光"。对于自己的粗心大意，他解释道："如果包装纸比包在里面的肉还好，那将是一种悲哀。"他笑起来像只大叫的海豹，鼾声像雾号②声，会赤身裸体地晒日光浴，还会和女王一起喝茶。

世界各地掀起一阵爱因斯坦热。他先后到访上海、东京、耶路撒冷和里约热内卢。1921年，爱因斯坦乘坐荷兰鹿特丹号首次来到曼哈顿。他腋下夹着小提琴盒，沿着跳板走向喧闹的人群，看起来更像一名音乐家，而非科学家。《纽约时报》叮嘱读者，不要因为世界上只有12个人真正理解"一夕成名的爱因斯坦博士"的工作而觉得受到冒犯。在伦敦，爱因斯坦受邀在帕雷迪姆剧院阐释其理论，为期三周，与吞火和走钢丝表演一样要收费。一名

---

① 巴基斯坦第二大城市，巴基斯坦文化和艺术中心。
② 雾天里向过往船只发出警告的喇叭。

驻日德国外交官曾描述当时盛况："在菊花节上，备受瞩目的既不是举办招待会的皇后，也不是摄政王或皇太子，一切都围着爱因斯坦转。"

在接下来的几年里，爱因斯坦的名声只增不减。他强烈批评纳粹主义，因此，成为德国极端民族主义者的攻击目标，他们会等在他家门外，朝他大喊一些反犹太主义的脏话。1933年，一家德国报纸报道，极端民族主义组织费赫姆悬赏5000美元取爱因斯坦的人头。爱因斯坦听说这个消息时，摸着自己的头发说："我不知道它值这么多钱。"然后，他先逃到英国，接着又逃到美国的普林斯顿，并于1940年成为美国公民。

与此同时，他还获得了牛津大学、剑桥大学、索邦大学、哈佛大学和世界上其他许多大学的荣誉学位。爱因斯坦对每次获得的奖项或荣誉似乎都不放在心上，每次他都会用德语表示："魔鬼爱挑大堆便。①"1944年，爱因斯坦的狭义相对论手稿以600万美元的价格被拍卖。不过，爱因斯坦搬到美国后，他在科学界的影响力已经大不如前。当时的科学研究重点是量子力学，这是一种从分子层面描述高度不稳定、不可预测的现实的理论，爱因斯坦无法接受这一理论。对此，他有一句被广泛引用的名言："上帝不会和宇宙掷骰子。"

---

① 德文俚语，直译是"魔鬼找大的粪堆在上面拉屎"。意思是恶者会凑集。当下这一俗语常用来指"有钱人会变得更有钱"。

相反，在生命最后的20年里，爱因斯坦在普林斯顿高等研究院孜孜不倦地研究统一场论，这一理论试图平衡有关引力场和电磁场的观点，以期形成对宇宙更完整的理解。尽管研究上徒劳无功，爱因斯坦在这一时期却因高调的和平主义言行，以及对一个堕落世界的道德愤怒而让世人印象深刻。在一些人看来，他的政治宣言和印度民族解放运动领导人甘地的政治宣言一样重要。而且，因为同样被视为先知，1952年，时任以色列总理戴维·本-古里安认为有必要邀请爱因斯坦担任以色列总统。当时以色列建国并没有多久。① 令本-古里安和羽翼未丰的以色列政府大多数人感到失望的是，爱因斯坦拒绝了这番好意。

在爱因斯坦生命最后的孤独岁月里，他常常感到恶心，最后发展到腹泻或呕吐。医生检查发现，他的腹主动脉上长了动脉瘤，但爱因斯坦拒绝手术，期盼着死亡的到来。他表示："我想被火化，这样人们就不会来祭拜我的骨头了。"

1955年4月17日晚上，即爱因斯坦去世的前一天晚上，76岁的爱因斯坦躺在普林斯顿医院的病床上，要求看看他最近的计算草稿，他就这样一直工作到生命终结。早些时候，他告诉一个朋友："我已经完成了我在这里的任务。"几周前，他一生的挚友米歇尔·贝索去世了，贝索曾是他提出相对论的得力助手，他曾写道："现在，他比我先离开这个奇怪的世界。这没有什么意义。对我们这

---

① 1948年，以色列国正式宣布成立。

些坚定的物理学家来说,过去、现在和未来只是一种固执的幻觉。"

第二天早上,即4月18日,医院的首席病理学家托马斯·施托尔茨·哈维医生来了。他当时42岁,身材魁梧,长得像好莱坞演员蒙哥马利·克利夫特那般英俊。他已经结婚,有两个儿子,前途一片光明。他来到位于医院地下的办公室,然后走向太平间。走廊十分阴暗,天花板上露着水管,他沿着水管一路向前。爱因斯坦的尸体就躺在轮床上,赤身裸体,斑驳不堪。

那天下午,在他女朋友家的地下室里,壁炉里的灰烬纷纷扬扬,从壁炉飞到金属隔断上再落到石头地面上,哈维对我说道:"想象一下我当时多惊讶,在纽约的一个家伙,我以前的老师哈里·齐默尔曼医生原本负责解剖尸体。但他脱不开身。他给我打电话,我们商量好由我来解剖。"齐默尔曼医生和爱因斯坦是旧相识。哈维随后向我介绍了他的资历:他曾在耶鲁大学神经解剖学家齐默尔曼手下工作,还在宾夕法尼亚大学为弗里茨·路易医生教授了两年神经解剖学。他解释说,在希特勒掌权之前,路易是柏林的神经病学研究所负责人,他因为"在阿尔茨海默病患者的脑细胞中发现了一些包涵体,现在被称为'路易体'"而闻名于世。他滔滔不绝地聊了好一会儿路易的事,也许有将路易的一些经历转接到自己身上。

相比之下,哈维在肯塔基州一个虔诚的贵格会①教派家庭中

---

① 兴起于17世纪中期的英国及其美洲殖民地的团体,创立者为乔治·福克斯。

长大，在路易斯维尔市度过了平淡的童年。后来，他的父亲在一家保险公司找到了一份好差事，他们一家就搬到了康涅狄格州的哈特福德市。随后，他考上耶鲁大学，就读于医学院。在医学院的第三年，哈维感染了肺结核，并在接下来这一年入住疗养院，那是一段黑暗时光，他的活动范围仅限于一张床和一把摇椅，据哈维说，他目睹了身边几个朋友去世。当他回归现实世界时，他转而学习病理学，原因是"工作时间不那么紧张"。他后来告诉我，生病的那一年是他人生中最沮丧的时候。

1955年4月18日，哈维迎来了人生中最伟大的胜利。全世界的媒体都涌向普林斯顿。爱因斯坦一家住在默瑟街112号，这位伟大的科学家在这里度过了生命的最后时光。然而，在哈维的描述中，他和齐默尔曼关于谁来进行尸检的谈话，听起来就像两个朋友在设法安排将一辆破车送进车库。在那个周一的早上，大约8点时，哈维推开太平间的门，房间里灯火通明，铺着绿色瓷砖，放着各种吸尘器、水管和银碗。房里还有一台冰箱，尸体被放在巨大的金属托盘里，然后放进冰箱保存。另外还有一杆查狄伦牌的秤，用来称量新切除器官的重量。他坦言，当他与这位独自躺在苍白灯光下的世界著名物理学家面对面时，他不由得心生敬畏。

哈维说他拿起解剖刀，在爱因斯坦身上划了一个"Y"形切口，从每根锁骨向下一直划到腹部，皮肤像玻璃纸一样裂开。和他做过的其他数百次尸检一样，他剖出了大理石纹的肋骨肉和一层芥末黄的脂肪。他像拉窗帘一样拉开两块厚重的皮肤，右手拿起一把锯子，锯开了爱因斯坦的胸膛，呈现出湿漉漉的身体奇境。他记得自己用手指摸过爱因斯坦的心脏和胃。他拽住白色的肠子，用绳子把它们绑起来，然后切开心包和肺动脉，把气管和食道分开。

太平间像往常一样有苍蝇嗡嗡乱飞，但迷失在爱因斯坦身体里的哈维什么也没听见。他在爱因斯坦的腹膜腔中发现了近三夸脱[①]血，这是动脉瘤破裂的结果。在对爱因斯坦的心脏和静脉进行进一步检查后，医生们得出结论，如果进行手术，这位物理学家或许还能多活几年，但很难判断他具体还能活多久，根据哈维的说法，"爱因斯坦爱吃油腻的食物"。

太平间的灯泡咝咝作响，哈维把爱因斯坦的肝脏放入容器中，又摸了摸他的心脏，然后默默做出一个决定。谁能说做出这个决定是出于敬畏还是贪婪，抑或是出于职业责任或渎职，还是出于仁慈或仅仅是小气？当一个平凡人面对另一个人伟大而炫目的光辉，内心深知我们永远也不会拥有这种伟大的东西时，会产生什么化学反应？

哈维迅速用解剖刀切开爱因斯坦的头皮：从他的一只耳朵下方开始，绕过后脑勺到另一只耳朵，然后沿着脑袋的弧线向上切到头骨上方。皮肤从骨头上剥离，发出撕裂的声音，就像胶带被迅速从物体表面撕下来一样。哈维继续剥去面部皮肤，香草白色

---

① 美制1夸脱约等于0.946升。

的头骨此时完整地露出来。接着,他用圆盘锯锯断爱因斯坦的头。他像敲椰子一样敲开头骨,取出一块头骨,剥开黏稠的脑膜,剪断连接的血管、神经束和脊髓。

最后,终于看到了它——一颗表面不平滑的大珍珠。他把手指伸进颅内,取出了那颗闪耀的大脑。

2. 沦陷

18岁那年,我和一个叫马克·帕拉迪斯的朋友飞到俄勒冈州,然后搭了几千英里[①]的顺风车来到阿拉斯加,打算在荷马镇的渔船上干一段时间的活。这可是件大事,浪子们准备创造财富啦。马克有一点马萨诸塞州口音,他比我们三个人加起来还要聪明,几乎可以说服我俩做任何事情。在我们沿途拍的照片里,我俩看起来就像小孩子:我眯着眼笑得傻乎乎的,有着一头浓密黑发的马克则目光拘谨。我们到达温哥华时,觉得搭了太多醉鬼的顺风车,于是决定把钱凑到一起,花400美元买了辆二手旅行车,准备沿着阿拉斯加高速公路一直开到安克雷奇市[②]的第四大道。

不幸的是,我们看错了地图。我们驾驶旅行车沿着一条消防道路行驶了40英里,不知道走到了哪里,然后就开始从一个陡坡

[①] 1英里约等于1.61公里。
[②] 美国阿拉斯加州南部最大港口城市。

上向后滑下山。"40美元一英里。"我们在一侧路肩停了下来，马克茫然地盯着挡风玻璃说道。我满腹怨念地点头表示同意。我们的车卡住了，我们甚至连数字都没算对。我们依靠篝火熬过几晚，等着有人开车经过。苏打饼干吃完了，蚊子成群结队地来了，虽然我们最终到达阿拉斯加（当然是搭便车），但我最珍视的回忆是那段短暂却光辉的40英里。我仍然记得我们把车从二手车市场开出来，向销售员挥手道别，那是我第一次感受到靠我们自己的力量驾车兜风。我们沿着海岸加速行驶，有一段路紧挨着水边。我们一路大喊大叫，击掌欢呼。我们把窗玻璃摇下来，左侧的大海像无数刚切割的宝石一样闪闪发光。而在我们右侧，群山耸立。我从没如此快乐过。

五年后，我23岁，我想重温那种感觉。我辞去了麦迪逊大道上一家广告公司的工作，我在那里花了很多时间探索人类心灵深处的秘密，看看是否能让人记住一首广告歌，借此销售一种脆杏仁巧克力棒。我获得自由后做的第一件事，就是和一个叫比尔·门策的朋友开着他的棕色阿尔法罗密欧敞篷车来了一场穿越全美之旅。当时是11月底，天气很冷。门策一头鬈发，会说好几门语言。他在曼哈顿度过了一段同样不如意的短暂工作时光，正要回马林县的家。他深深迷恋着自己的车，仿佛一个人在为期两周的假期里遇到一个喜怒无常的异国情人，开车的时速都不敢超过55英里。我们就开着车在慢车道上走遍了全美，而我们车后通常紧跟着气势汹汹的老奶奶们开的车。

我们旅途的幸福指数取决于这辆车的故障频率——频率还挺高,虽然如此,我们每天还是欣赏到了属于所有穿越国境的旅行者的神奇景象:芝加哥像巨大的金属玉米秆,从中西部的土地上拔地而起,从圣路易斯市眺望大平原①的壮丽景色令人心生敬畏,丹佛市出现在落基山脉前的紫色幻象中。在一个门可罗雀的小餐馆里,我们遇到了一个非常漂亮的女服务员,我们酝酿了好一会儿才鼓起勇气点餐。一天午夜,在弗拉格斯塔夫市一家闹鬼的酒吧里,一根水管破裂,壁炉里突然燃起火,包括酒保在内的所有人都从前门往外逃。一路上,我们有时在朋友家借宿,有时住6号汽车旅馆,每天的行程结束后,我们都像两个长途旅行的老手一样喝杯象征胜利的冰啤酒,看深夜脱口秀。到了加利福尼亚州我们掀开车顶,像两个赤身露体的嬉皮士那样对着月亮号叫。

现在回想起来,我早年生活的一个主旨是,我总是同时向前和向后投射自己,否定当下,以惊人的速度改变自己的想法。我是如此善变,轻易爱上某些想法,某些摇滚乐队,某些女朋友——她们最后一定很高兴看到我离开——然后又轻易动摇。毕竟,当时我无法清楚表明我的渴望,但它就在那里,总是驱使我离开原本站着的地方。

我母亲来自一个苏格兰-爱尔兰家族,家族中的五代人都住

---

① 美国大平原,位于美国中部,地理范围包括内布拉斯加、堪萨斯、俄克拉荷马、得克萨斯等州。

在纽约州的最北端。我人生的一半时光也在此度过。我的一位曾曾外祖母是一名天主教徒，嫁进了一个新教家庭，她的内心因内疚、上帝和公婆而备受煎熬，最后带着孩子淹死在蓄水箱里。我的一位叔外祖父为人和蔼可亲，有一天，他打完干草，吃了些稠李，喝了一杯牛奶，然后就倒地身亡。我的表姐辛迪和我差不多大，但她在5岁那年的冬天淹死在一条溪里。我的舅舅斯宾塞，也就是辛迪的父亲，后来死于一场意外事故，一辆拖拉机突然向后翻倒，压在了他的身上。他去世时才42岁。

虽然人们一直向往北方，但我要去阿迪朗达克山脉①之外的地方，我要在由隐士、农民和喋喋不休的老师组成的家族中找到自己的位置。我的家人没有质疑我的梦想，不管它多么不成熟或不可言喻，因为在一定程度上，这也是他们的梦想：对自食其力的渴望，不惜一切代价获得自由。周末有些时候，外祖父会直接钻进谷仓，埋头修修补补。多年来，我都认为这可能也是我的命运：周末一头扎进谷仓。这种依时而过的生活——夏天收获玉米，秋天收获苹果，冬天田地休耕，春天谷仓里挤满猫和牛——似乎极具田园诗意，但有一个问题：人在哪里呢？

那个人在哪儿？当我比所有对我有点心动的人都走得更远之后，我开始认真思考这个问题，我想知道怎么才能找到那个能与我幸福生活的人。

---

① 美国纽约州东北部的一处山地，其最高峰马西山是纽约州的第一高峰。

☼

我认识萨拉是通过电话。当时我在密歇根大学读研究生，写作项目的主任问我是否可以和她谈谈，说服她来读研。我是将近中午时分给她打的电话，结果把她从睡梦中吵醒了。她表示目前情况可能有点尴尬，她是一所文理学院的大四学生，而且已经读到最后一个学期，也就是说，她的生活中现在唯一重要的词是"自由"，她仿佛身处自由派对中。她和她的四个朋友刚刚在脚踝上文了鱼的文身。我不记得我们聊了些什么，但我们的确聊了很多。我只记得她的笑声，让人如沐春风。

第二年秋天她来到安阿伯市时，我们几乎没怎么说话。我不知道是因为害羞、忙碌还是冷漠，或是下意识地觉得我们以后还有时间相处。但我并非对她漠不关心。我知道她会跑步、山地骑行，还知道她手臂和手指都很修长，因为她是多年的赛艇队队员，所以有结实的臂膀。她有一双绿色的眼睛，一头浓密的过肩红发，双唇很漂亮，下巴上有一道疤。有时候，和朋友在一起时她会忍不住大笑，笑得前仰后合，那无拘无束的笑容让她光彩照人。当时她有个男朋友。在来访作家举办的各种读书会上，如果他迟到了，他们就会坐得很近并接吻。如果他没来，她就把腿搭在前排座位上，摆出一副舒服懒散的样子。

其实，在她入学第二年冬末的某一天，我们一起参加了一个聚会。大家都在玩猜字游戏的时候，我们四个人冲进暴风雪中，打起了雪仗。一开始我们只是随便玩玩，可是后来我的后脑勺不停被砸……而且下手很重。萨拉！经过大约半个小时的激战，我记得我举起手来投降，而她站在白茫茫的雪地里，神采奕奕，几缕湿漉漉的头发搭在额前，眼睛里闪烁着充满敌意的光。"拒绝投降！"她喊完又朝我额头扔了一记雪球。接下来我们继续开战，一直打到筋疲力尽，再也抬不起胳膊。

那时，我就知道我彻底沦陷了。

我们变得形影不离。我们一起穿旧货商店买的毛衣，在深夜喝波本威士忌，和凶狠的老太太们玩金罗美纸牌。她为我剪头发，我给她的车换油。拿到学位后，我们身无分文。我们自然而然地在一起了，因为工作原因，我们先后搬去俄亥俄州、肯塔基州、伊利诺伊州和新墨西哥州。一开始，我们只有一个日式床垫，后来我们买了二手沙发、梳妆台和书柜。我们做着吃力不讨好的无薪工作：我做编辑，萨拉则撰写有关垃圾压缩机的商业视频脚本。虽然如此，在那些不用工作的时间里，我们无论住在哪里都会在周五晚上狂欢，或是在周六早上睡到很晚才起床。我们实在是天造地设的一对，我们注定会幸福。

在一起的第二个夏天——我28岁，她25岁——我们开着我的皮卡车出发了。我俩或许都在暗暗怀疑对方在想象彼此的结局，认为我们中的一个会在94号州际公路的某个地方消失。我们尽力开向远方，我们在后挡板上用便携油炉做饭，在北达科他州、蒙大拿州和爱达荷州的休息站和国家公园里露营、徒步。我们沿着不知通向何处的路向前开，然后又开回来。开到加拿大不列颠哥伦比亚省的某个地方时，我们没有时间继续前行，于是在秋天到来前回了家。即使到了现在，虽然我已经记不起这次旅行的一些关键细节：我们到了怀俄明州吗？我们是在奥马哈①买的我们这趟旅程的唯一纪念品——两顶羊驼帽吗？但我还记得，当她靠在副驾驶座的车门上给我讲故事时，乡村的阳光照在她身上的模样。我记得一切都向我们敞开怀抱，而她就像艾奥瓦州的肥沃土地一样真实，我想知道我是否已经到达未来的起点。

回想我们最后一次公路旅行，我才意识到，我总是每五年就进行一次穿越全美的旅行，仿佛冥冥之中自有天意。它们都是对某种深邃而不可知力量的回应，某种无形的力量试图破坏、重组或验证我为自己设定的生活。它们是分界线，也是转折点。而每次穿越之旅，在我看来都有所不同，仿佛脱离自我，融入这个国家，仿佛正在走进奥兹国②。

在见哈维医生之前的几个月里，我陷入极度恐惧之中。在一起五年之后，我和萨拉身边越来越多的人开始追求"雅皮士"③式体面生活：婚姻、房子和高薪。即使我们完全反对"雅皮士"式体面生活，我们似乎也在向着那个方向飘移。尽管如此，我们还

---

① 美国内布拉斯加州最大城市。
② 著名童话《绿野仙踪》中虚构的国度。
③ 指西方国家中年轻能干有上进心的一类人，他们一般受过高等教育，具有较高的知识水平和技能。

是坚持自己的某些想法。萨拉梦想着到南极洲的南部。在南极六个月的黑暗时间里,美国麦克默多南极科考站上空有一缕缕极光闪烁。我想象着自己在遥远的丛林中跋涉,寻找失落的文明。当我们谈论婚姻和孩子的时候,总会想起我们还没有做过的事情,没有去过的地方,以及没有见过的人。

我们十分迷茫,突然对彼此产生怀疑,不知道该怎么办,于是我们放弃现在的生活,收拾好东西,搬回东部的缅因州,离我们的家人和朋友更近一些。我们搬到了一个荒无人烟的地方,真的,一个靠近新罕布什尔州边境的地方,在这个地方,你甚至找不到足够的人临时打一场篮球比赛。我们刚安顿下来,萨拉就开始在全美各地旅行,然后还要去世界各地转几个月,她刚刚签了一份图书出版合同,旅行结束后她要再花好几个月的时间创作一本书。她要赶各种意想不到的截稿时间,压力重重,她连轴转那么多天,每天工作很长时间,她的整个身体都疼起来:背部、手腕和头。当她的眼睛开始抽搐时,医生给她开了一副希拉里·罗德姆[①]当年在韦尔斯利学院上学时戴的粉色同款框架眼镜,她只在我睡觉的时候戴这副眼镜。不过,当我偷偷溜到她工作的阁楼上时,会发现她神情恍惚,眼镜耷拉在鼻梁上,映出电脑屏幕上的文字,嘴里念念有词。"我觉得自己老了20岁。"她会这么说,当时她离30岁还差一岁。"青春都到哪儿去了?"

---

① 即希拉里·克林顿。

然后是我：我是无用主义的完美研究对象。突然之间，我成了一个庞大帝国的首席执行官，这个帝国由我和我们的狗特劳特组成。特劳特是一只可爱苗条的混种拉布拉多犬，似乎和我一样有很多时间。我们靠萨拉的出版预付金支撑了几个月，我花了点时间来评估我的前景，但基本上没什么前景可言。我在地下室布置了个临时办公室，每天看会儿书，然后带特劳特一起去附近的山上远足。回家后我也许会码放点木头，让自己看起来很忙，就这样一直忙到晚餐时间。但我其实陷入了某种绝境：一个人和一只狗，难道这就是生活的全部吗？

这几个月里，我拜访了哈维医生三四次。有一次，我们一起去吃寿司，哈维含糊地提到他要去"西部"办点事。离开堪萨斯之前，他出了场小车祸，因此要去见保险公司的人。这时，他说希望能去加利福尼亚州见几位研究过爱因斯坦大脑碎片的神经解剖学家。但最重要的是，他想见见爱因斯坦的孙女伊芙琳·爱因斯坦，她住在伯克利。虽然他没有解释原因，但我猜测他可能是想完成一些晚年心愿，想要一次性解决与爱因斯坦家族的过往。或者是想在他老得动弹不了之前，把爱因斯坦的大脑交给他的近亲。

他随口向我提起这些事，我却上了心。快离开的时候，我一边计算着时间，一边盘算着回缅因州的路况。我毫不犹豫地脱口而出："我可以开车送你去。"说出这种话，连我自己都大吃一惊。

哈维带着疑惑的表情看向盘子里堆积如山的芥末。他敲了一下筷子，然后沉默不语。我越界了，提出了更亲密的接触，而这位老医生也许并不想要这种接触。如果是萨拉，她会说些什么？哈维紧张地笑了笑。"嘿，嘿。"就像两块木头碰撞出声。

"好呀，"他回应道，"我看没什么不可以的。"这与我预期的回答正好相反。竖琴叮当作响，铁火细卷①令人食欲大增，我们总算解决了哈维和爱因斯坦的大脑要去加利福尼亚州的问题，而找不到生活方向的我将开车带他们上路。

3. 英属圭亚那1分洋红色邮票

在爱因斯坦去世前的照片中，可以看到他坐在门廊的椅子上摇晃的身影，他嘴里叼着烟斗，他的梗犬奇科坐在他脚边，还可以看到他和客人讲笑话的情景。他在这类照片中几乎总是一副和蔼可亲却又一脸困惑的模样。他仿佛是一个装在超大码儿童身体里的老人，很快就会长大到穿不下不合身的衣服，但他看起来仍然有那种晨起身着睡衣时的轻松感，笑起来时眼角一条条鱼尾纹中都夹着快乐和惬意。

我们很难将这种表面的快乐与爱因斯坦私人生活的痛苦联系起来，尤其是与他的家庭遭遇联系在一起。1897年，在瑞士的苏黎世联邦理工学院，他结识了第一任妻子，并与之相爱。这个

---

① 包鲔鱼的细卷寿司。

女学生叫米列娃·马里奇，天生跛脚，爱因斯坦会和她一起喝咖啡、吃香肠。他早期给她的信里充满各种爱称：我的多莉、我的小猫、我心爱的女巫、我的小宝贝，以及各种爱的告白。1900年，21岁的爱因斯坦在写给米列娃的信里写道："如果没有你，我不想再和这群可怜人生活在一起。"

他们一起学习，一起欣赏音乐。他们成为朋友，然后是恋人。当爱因斯坦的一个同学指出米列娃跛脚的问题，并坦言自己永远不会娶一个跛脚的女人时，据说爱因斯坦如此回应道："但她声音甜美。"尽管如此，作为夫妻，他们最后的决裂却十分惨烈。即使他声称自己属于她，他在各方面却又那么遥不可及。他们分居了很长时间。后来他又受不了孩子们的吵闹，因为对他而言，最重要的是工作。他们在婚前就生下了女儿丽瑟尔，这个小女孩据说被送养了。后来，他们又生了两个儿子：汉斯·阿尔伯特，后来成为一名水利工程师，以及爱德华，后来得了精神分裂症。而爱因斯坦则开始追求自己的第二任妻子——堂妹埃尔莎。在1913年写给埃尔莎的一封信中，爱因斯坦写道："我把我的妻子当成一个不能解雇的雇员。我有自己的卧室，避免和她共处一室……我绝对是我自己的主人，也是我自己的妻子。"此时距离他和米列娃正式离婚还有五年多时间。

埃尔莎从来不关心丈夫的科学事业，也不渴望在智力上和丈夫势均力敌，后来爱因斯坦又重复了与第一任妻子的相处模式。他们之间也开始了无性婚姻，据一个朋友描述，科学家爱因斯坦很快开始追逐其他漂亮女人,"就像磁铁吸引铁屑那样"。他又一次给自己留出一间独立卧室,虽然埃尔莎被允许陪同他出去旅行和参加电影首映式,但她似乎还是沦为了雇员。他对她说:"可以说'你'或'我'的事,但绝不要谈论'我们'。"

在后来的岁月里,爱因斯坦对女人心怀怨恨,认为爱情完全子虚乌有,终身承诺的理论更是糟糕透顶。他曾对朋友奥托·南森说过:"婚姻是试图让个别事件持续下去的不成功尝试。"奥托后来成为爱因斯坦的遗嘱执行人。

如果说爱因斯坦在家庭生活中有一种被围困的感觉,他在公共生活中则压力巨大。和在德国的情况一样,他在美国也成为众矢之的:在宗教狂热分子和天主教主教们看来,他关于宇宙起源的理论削弱了上帝的权威,暗示了宇宙中连道德都是相对的。反犹主义者鄙视将爱因斯坦这样的犹太人当作超级明星。1932年,一群美国爱国主义女性抗议爱因斯坦申请美国签证,声称他是共产主义者。(爱因斯坦曾写道:"我从未经历过女性如此强烈地拒绝所有的进步,就算有,也绝不会同时有这么多女性参与。")最重要的是美国政府的看法。

美国联邦调查局将爱因斯坦在美国生活22年的情况整理成档案,档案显示,在20世纪40年代和50年代,对于针对爱因斯坦的各种离谱指控,大批联邦特工进行了详尽的跟踪调查。在不同时期,特工们都报告指出,有人声称这位伟大的科学家正在制造可以读懂我们最高军事领导人思想的机器人,或是真的在与好莱坞名流密谋推翻美国政府，或是作为约瑟夫·斯大林的秘密特工，计划移民到苏联。

在一份联邦调查局特工V. P. 凯伊写给H. B. 弗莱彻的备忘录中，凯伊引用了一篇报纸文章中的信息，他写道："1948年5月，爱因斯坦教授和'十名纳粹研究智囊团前成员'召开了一次秘密会议，他们在会议上穿着石棉防护服……"据这名特工说，后来有人看到这些人用激光枪射出一束光，熔化了一块钢。他还写道："这种新的秘密武器可以在飞机上操作使用，可以摧毁整座城市。"与之相比，原子弹似乎是"小男孩的玩意儿"。J. 埃德加·胡佛[①]一怒之下向陆军部发出了一份措辞严厉的备忘录，宣布他正在就"是否有可能撤销其公民身份"，对阿尔伯特·爱因斯坦展开调查。

当然，现在回过头再看，整个事件似乎纯属无稽之谈。但在20世纪中期的"红色恐慌"时期，联邦调查局急于证明爱因斯坦的背叛行为，纽瓦克[②]、图森[③]和洛杉矶等地的特工所提交的报告达到了前所未有的荒谬程度。这位物理学家周围时常笼罩着紧张的气氛，对其最不可思议的指控，无论多么夸张和似是而非，都能被当成事实对待。这位天才无形的力量最令人畏惧：超人的精神力量。彼时，美国政府就想控制爱因斯坦的大脑。

---

① 美国联邦调查局第一任局长。
② 美国新泽西州最大港口城市。
③ 美国亚利桑那州第二大城市。

一个寒冷的冬日,我和哈维医生开车绕着普林斯顿转了一圈,这是我早期对他的一次拜访。我们照例去了默瑟街112号"朝圣",爱因斯坦在这里度过了人生的最后20年。我们没有熄火,暖风从加热器里喷出来,我们就这么在车里坐了一会儿。我们凝视着那栋装有黑色百叶窗的朴素的殖民主义风格的木结构房子。爱因斯坦说过,他非常喜欢这栋老房子,因为楼上的房间充满阳光,房子后面还有花园。他把米开朗琪罗和叔本华的照片挂在书房,他曾说过这俩人逃离了单调乏味的日常生活,"在一个充斥着自己创造的图像的世界里避难"。

托马斯·哈维在车里回忆了爱因斯坦去世后,他的家人曾聚集在这里,他的儿子汉斯·阿尔伯特、长期助理海伦·杜卡斯、遗嘱执行人奥托·南森和其他密友开车到特拉华河沿岸的一个秘密地点,把他的骨灰撒掉。就这样结束了。

不过,毫无意外的是,摘除爱因斯坦大脑的行动即刻引发争议。哈维的前老师齐默尔曼医生泄露了哈维拥有爱因斯坦大脑的消息,而他原本期待可以从他的学生那里得到这颗大脑。爱因斯坦去世后的第二天,《纽约时报》就报道了这则新闻,汉斯·阿尔伯特大吃一惊,他对父亲的大脑被摘除一事毫不知情。奥托·南森则表示遗憾和震惊,后来他暗示哈维是个厚颜无耻的小偷。

但据哈维说，南森当时就站在太平间门口，观看了整个尸检过程。南森于1984年去世。（南森后来声称他不知道哈维当时在做什么。）

与此同时，哈维在新闻发布会上宣布，他计划对爱因斯坦的大脑进行医学研究。他说，他和汉斯·阿尔伯特通过电话，向后者保证只针对大脑的科学价值进行研究，之后将在医学杂志上发表研究成果，以此消除爱因斯坦家族最深的恐惧之一：爱因斯坦的大脑将成为华而不实的流行文化代表。"我唯一遗憾的是，没有来默瑟街和汉斯·阿尔伯特本人聊聊，"哈维那天向我坦言，"在事情失控之前说清楚一切。"

但事态已然失控。齐默尔曼当时在纽约的蒙特菲奥里医学中心工作，他为迎接爱因斯坦的大脑做了很多准备工作，但这颗大脑却一直没有送来。齐默尔曼越来越疑惑不解，继而变得愤怒和尴尬，他发现在一个叫约翰·考夫曼的家伙的授意下，普林斯顿医院不肯交出爱因斯坦的大脑。1955年的一则新闻标题是："医院之间为爱因斯坦的大脑吵得不可开交。"这则新闻描述了爱因斯坦的大脑是如何一直处于"司法纠纷的中心"的，普林斯顿医院就像旧时代的枪手一样坚持自己的立场，坚称"大脑不会被带出城"。

但是，尸检过后没几年，哈维被解雇了，原因据说是他拒绝将爱因斯坦的大脑交给考夫曼。事实上，哈维一直保存着爱因斯坦的大脑，不是保存在医院，而是保存在他的家里，当他离开普林斯顿时，他只是将它随身携带。一晃好几年，没有什么研究或发现。与此同时，也没有什么针对哈维的法律诉讼，因为没有在这种情况下要求恢复大脑原样的先例。然后，哈维就消失了。

四十年过去了，仍然没有什么研究。望着他那双湿润的蓝眼睛，看着他缓慢而蹒跚的步履，还有笼罩在这个老人身上的难以形容的日渐萎靡的职业操守，我发现自己动了恻隐之心，无法开口询问那些重要的问题：他是贼还是叛徒？是虚伪的艺术家还是巫师？有传言说他计划以数百万美元的价格将爱因斯坦的大脑卖给迈克尔·杰克逊[1]，或是已经考虑接受另一份300万美元的私人报价，这些传言是真是假？他是感到羞愧，还是自认有理？如果说这颗大脑堪比法贝热彩蛋[2]、希望蓝钻石[3]、坎迪诺平面球形图[4]、英属圭亚那1分洋红邮票[5]，那它究竟长什么样？摸起来什么感觉？闻起来像什么？他会像和贵宾犬或蕨类植物说话那样和它聊天吗？

有一次，在我第三次或第四次拜访他的时候，我问他可不可以亲眼看看那个声名在外的大脑。哈维医生顾左右而言他，希望

---

[1] 美国著名音乐人，于2009年去世。
[2] 俄国著名珠宝首饰工匠彼得·卡尔·法贝热所制作的类似蛋的工艺品。
[3] 历史上有名的"厄运之钻"。
[4] 现存最早的展示葡萄牙在东方和西方的地理发现的地图。
[5] 1856年初，英属圭亚那当地的邮票短缺，新印刷的邮票还未从英国送到，因此只能在当地报纸印刷厂内赶印了少量的洋红色1分和蓝色4分邮票。后来因洋红色1分邮票仅存一枚，十分稀有，逐渐成为世界上最贵的邮票之一。

我能忘记自己的问题。但后来他心软了，带我去了一个秘密地点。这地方离他家大约10英里路程，他要求我不要泄露地址。在一间灯光昏暗的房间里，他让我坐在沙发上，然后就消失了。房间里很热，我穿着羊毛狩猎夹克，更觉闷热。不过，哈维之前已经说得很清楚，我们不会待太久。我能听到他上下楼梯的声音，还有费劲拿什么重东西的动静。他气喘吁吁，嘴里还轻轻发出某种声音，后来这种声音变得熟悉起来：他在嚼口香糖，那是他轻轻咂嘴的声音。哈维的一个儿子也来了，他是哈维和第一任妻子的孩子。他大约40岁，长相英俊，身材健硕，彬彬有礼，他的出现似乎是为了阻止我产生任何疯狂的想法。他静静地站在阴影里，看着我，似乎有点不耐烦。他熟悉这套流程。

哈维从黑暗中出现，手里捧着一个大纸盒。他把盒子放下，接连从里面拿出两个大玻璃饼干罐，罐子里装满了看起来像浸在金色肉汤里的鸡块：爱因斯坦的大脑被切成小块，有的有鸡脖子那么大，有的只有十美分硬币那么大。那仿佛是一个自成一体的宇宙：有属于它的银河系、太阳和行星。它似乎在发光。年迈的哈维就这么站在那儿，呆呆地点了点头。他的表情显而易见，那是一种敬畏的表情，一种灵魂出窍的感觉。

他终于注意到了我，开始关注我。他或许看出了我也如此着迷的样子，或许他为自己暴露了这么多而生气。毕竟，在过去几十年里，托马斯·哈维医生在世界上大多数地方都是隐形的。他随即把饼干罐收起来，放回盒子里，然后捧着它走出房间。我不禁独自回味，那闪烁的亮光，拜访时的担心。

他再次回到房间里，似乎有点不好意思。"嗯，嗯。"他紧张地笑着说道，"它的确是个奇妙的标本。"说完就再也不发一言。

4. 三人行

我和哈维医生开始穿越美国之旅的那天，萨拉开车送我到波特兰长途汽车站。天空下着雪，灰蒙蒙一片。我们并没有真的说再见，我们只是在人行道上站了一会儿，拥抱了一下。但隔着我的狩猎夹克和她一层又一层的毛衣，我感觉不到她的身体。她要回去写书，而我要……我不太确定我要去哪儿。但我要去。当时是2月，下着雪，她的耳朵冻得通红，特劳特疯狂地舔着冰。我不确定她是否希望我回来。我也不知道自己会不会回来。

像这样的时刻，有时候身处其中却感受不到它的意义所在。只有等到过后，当你回忆那一刻的时候，它才会成为过去的你和现在的你之间的分界线。你无法用语言形容当时的感受，只有等你站在街角，站在一辆等待发动的长途汽车前，与某人告别，登上那辆长途汽车，与一个拥有爱因斯坦大脑的人开始一段旅程时，你才明白什么是最重要的。只有等你透过车窗看着她钻进你俩共用的那辆车，车子的挡风玻璃上有狗的鼻印。她错误地按下雨刷，然后把车开走，尾灯在车流中变得模糊，然后长途汽车从她刚站过的地方开走，你才能明白这一切。然而奇怪的是，你无法说出那一刻的感受，以及那一刻如何改变了之后的一切，直到未来某个时间将你带回那一刻。

2月的天从来不肯褪去灰色，似乎从来不愿施舍一丝怜悯。我试着不去思考未来，只让思绪停留在此刻。长途汽车上很暖和，但我还是觉得冷。旁边座位上坐着一个面色憔悴苍白的女人，她咳嗽得很厉害。她的实际年龄可能和我差不多，但看起来比我大十几岁。不过，她那双幽蓝的大眼睛还是很漂亮，我好奇她为什么会坐上这趟长途汽车，她要去哪里。另外还有一个脖子后面文着蜘蛛网的家伙，他在零度的天气里只穿了一件T恤，还有坐在前座的老妇人，她紧紧握着钱包，仿佛身旁坐的都是哈拉雷①的乞丐和小偷。你可以从他们脸上看出他们的生活。他们都是一副担惊受怕的模样。我也是这样吗？

在波士顿南站，我买了几个甜甜圈、几份报纸，然后去搭火车。我的计划是去康涅狄格州，在父母家过夜，然后租一辆车，第二天一早去普林斯顿接哈维医生和爱因斯坦的大脑。我穿着褪色的工装裤，格纹狩猎夹克，脚上蹬着一双破旧的工作靴。我只带了一个旅行袋，里面装着一条牛仔裤，几件法兰绒衬衫和T恤，一两件毛衣，天气转暖时穿的短裤，以及一些内衣和袜子。如果不是为了那一堆书和临时保持干净的东西，我可能会把所有的东西塞进一床床单里，然后把它拴在一根杆子上，像流浪汉一

---

① 津巴布韦首都。

样上路。

坐火车很舒服。即使是走在站台上，听着引擎的轰鸣声，我也感到高兴。铁轨像两条银线一样蜿蜒到其他地方。我一直喜欢从波士顿坐火车去父母家。我喜欢这么做的原因和我渴望长途飞行到国外的原因一样。这还会让我想起我们家过去从康涅狄格州开车向北，穿越阿迪朗达克山脉，一路经过普莱西德湖、萨拉纳克湖和圣里吉斯瀑布，到达在纽约州波茨坦的祖父母家的情景。在这些旅途中，你可以徜徉在自己的思绪之中，不受任何干扰。汽车以每小时60～80英里的速度前进，一切都变得绚丽多彩，从你眼前飞速掠过，有那么一刻，你会将悲伤远远甩在身后。如此这般在不同空间穿梭，更容易像爱因斯坦曾经做过的那样去展开想象，想象自己骑在一束光上是什么感觉。

火车上全是东海岸的人：从哈佛去耶鲁参加辩论赛的穿着羊绒毛衣的学生，拿着公文包和笔记本电脑的商人，去曼哈顿参观博物馆的穿着考究的老人。这些习惯于坐火车的人看起来温文尔雅，不像坐长途汽车的人那样轻易流露出绝望的神态。火车呼啸着穿过罗得岛，奔向海岸，把我们带到神秘莫测的海边。我在脑海中描绘大西洋的模样：波光粼粼的灰绿色海面，忧郁的内在美。当我和哈维医生到达太平洋沿岸时，无论我们何时到达，我知道一切都会变得不一样。如果我们到不了加利福尼亚州呢？那么，我们的命运就会停留在此处和彼处之间的某个地方，停留在我们没听说过的某个内陆城镇，停留在我们尚未遇见的人群之中。

✿

　　大学毕业后我就离开了家，这些年来，我会趁假期回家，偶尔也会在周末回去。但我从来没有回家好好待过几晚，只是趁机去见见朋友和家人，然后就匆忙离开。每次回去，我都会在郊区精心修整的景观中寻找线索，就像一个人可能会从失散多年的兄弟的面容、手势和语调中寻找线索，以此确定自己是谁一样。当然，蜿蜒的道路和石墙，海滩和游泳池是我的整个青春地图，其中包含着我犯过的最严重的错误，以及我获得的最微小、最甜蜜的胜利。我看见了少儿联赛棒球场，我小时候当过捕手，模仿过我心中唯一的英雄——伟大的洋基队捕手瑟曼·芒森。他在1979年的一次飞机失事中丧生，去世时的年龄和我现在差不多。我还看见我献出初吻的墓地。另外还有一些房子，现在里面住着新家庭，过着新生活，但曾经我最好的朋友们住在这些房子里，我们曾经在这些地方一起玩威浮球[①]或足球，消磨时间。当我经过这些房子时，偶尔会看见一个男人在门前耙树叶或割草，他通常皮肤黝黑，体形结实，身着卡其色衣服。曾经也有这样一个男人出现在门口，他可能是某个朋友的父亲，身上散发着淡淡的金酒

[①] 一种轻质塑料制成的中空球，通常用于室内或室外游戏，可视为简化版的棒球游戏。

味。但现在这个男人只是一个不一样的我，一个留在这个小镇、在曼哈顿拥有一份工作的另一个版本的我。

我下火车时，我的父亲已经在车站等着我。他戴着一顶棒球帽，一件棕褐色夹克束缚着结实健硕的身体。他现在已经退休，有时间做一些曾经忙碌时没时间做的事情，比如做饭、跑腿、接送需要接送的人。我这个普通旅客已经旅行了250英里，感觉筋疲力尽。我和父母一起吃饭：烤剑鱼，芦笋，当季土豆。"这可能是你这段时间里最后一顿像样的饭了。"母亲笑着说道，那笑容仿佛昭示着她知道一些我不知道的事情。她和父亲总是偷偷打量我，也许是因为疑惑，也许是出于担心，我不知道。我只是一直吃到肚子快要撑破为止。接着又吃了一些。吃完饭，我们把地图摆上桌，指尖在可能的越野路线上指指点点。我们还看了看气象频道，电视屏幕上闪烁着冬季暴风雪和被暴风雪覆盖的白茫茫的州际公路。"一路会很艰难，"父亲严肃地说道，"你能不能推迟到春天再动身？"

我已经把哈维医生和爱因斯坦大脑的事情告诉了父母，但我敢肯定他们并没有完全记住。或许，他们只是不想知道太多。见识过我各种各样的荒唐幻想之后，他们学会了不问太多问题、单纯鼓励他人的艺术。"你会安全吗？"母亲问道。

"保持警惕，"父亲叮嘱道，"你不知道在路上会遇到什么怪事。"

我们坐着聊了一会儿。他们问起萨拉的情况，我告诉他们她很好，我们俩也很好，一切都很好，如果不这么说，他们就会担心。母亲给我讲了镇上的最新消息，父亲则满怀希望地介绍了为后院做的总体规划，说等春天到来，几丛绣线菊和一些多年生植物就会让后院乱糟糟的灌木丛面貌一新。晚上10点左右，我上楼来到一间里屋，我曾经和我的三个兄弟中的一个一起住在这里，我在小时候睡过的床上躺下。表面上看，我们家就是最普通的美国家庭，热爱运动，孩子成绩好，有体面的朋友。从小到大，家里从来没有片刻安宁。甚至在晚上睡觉的时候，我们也会一直聊到另一方打呼噜为止。后来十几岁的时候，我们会听平克·弗洛伊德①的《动物》或是范·莫里森②的《星际礼拜》，跟随音乐进入迷幻梦境。

但现在这里一片寂静，仿佛坚不可摧的深沉的寂静。我即将踏上一段十分怪异的旅程。我睡着了。

第二天早上，在离开之前，我和父母一起去了海滩，加入了我母亲标志性的"极速走"，这是她的奥运会竞走方式，行走过程中她偶尔会向空中猛挥几拳。天空阴沉沉，凛冽的寒风吹落了守卫着长岛海湾的橡树的最后几片叶子。不知怎的，父亲突然开始和我讨论速度和死亡。通常情况下，这类谈话会让我感到不舒服，但这段谈话来得那么快，那么自然——就像一阵风一样——

---

① 英国著名摇滚乐队。
② 英国知名音乐人。

我只好听之任之。"年轻的时候,时间过得很慢,"他说道,"然后,它开始飞速流逝。突然,你就会为了再多活十年,付出一切。"

他说这话的时候,母亲已经走在我们前面,于是我们重整旗鼓,赶上她。多年来,我回家寻找他们逐渐衰老的迹象,注意到他们有了新的白发、皱纹,记忆逐渐衰退。我一直害怕他们死去,我一直拒绝面对他们的死亡阴影,幸而他们现在看起来都还年轻,充满活力。从旁观察,我母亲看起来似乎还是17岁,面色红润,仍是那个即将成为教师的小镇女孩。风吹拂着她浓密的黑色短发,她的目光中流露出期待和乐观的神情。而我父亲的运动衫下似乎仍然藏着那个摔跤手,在他高中的一年里,他坚如磐石,不可战胜,他获得了"大十联盟"[1]奖学金,一份未来在蓝筹电脑公司的工作,他的未来之路就在眼前,他的四个儿子还处于梦幻般的空想中。

后来,他们开车把我送到白原[2]的租车处。我们拥抱道别,母亲像往常一样叮嘱我:"小心!"父亲看起来好像有问题要问,但一直没有问出口。租来的车是一辆蓝绿色的四门别克云雀。这不是我的最佳选择,但也够好了。里程表显示只有87英里。我把包扔进后备厢,车钥匙插进钥匙孔点火。我在开车时习惯性调换电台广播,所有这些声音突然开始对我说话。不知道为什么,听

---

[1] 美国最古老的大学体育联盟之一,成立于1896年。
[2] 美国纽约州威斯特彻斯特县县治,距离纽约市区仅约40公里。

到这些声音让我感觉良好。

  曼哈顿呈现出斑驳的灰色。我驾车滑出草地，穿过点缀着橘子棒冰颜色烂泥的暗褐色沼泽。出入纽瓦克机场①的飞机在头顶上飞来飞去，似乎世界上每个人都忙个不停，都必须在瞬间赶到某个地方。

  我曾经也是他们中的一员。在新泽西收费高速公路上，我驾驶"云雀"穿过城市远郊，碾过枯叶旋涡，穿过乱糟糟的橡树和松树丛，以及整齐划一的马场。我经过一个谷仓，谷仓上面挂着一个手工制作的牌子，上面写着"斯密提宰鹿场"。接着我歪歪扭扭地开上一座小山，此时已是傍晚时分，已有几颗星星悬在半空，然后我从山的背面往下开。这里有条坡道，而树林中又隐藏着牧场。

  我还没来得及下车，哈维医生就拖着脚走下了门前的一层水泥台阶，着急要走。他一直在厨房门口等着吗？他不再穿背带裤，系彭德尔顿牌领带，而是换上了公路行头：外套一件鹿皮色夹克，内搭一件蓝色高翻领毛衣，下身是一条带卡文克莱商标的牛仔裤。头上俏皮地斜戴着一顶绿色贝雷帽，这位曾经的"垮掉的一代"②的弄潮儿从退休舞台上冉冉升起，最后一次参加盛大的集会。

---

① 全称为纽瓦克自由国际机场，距离纽约市大约12公里。
② 第二次世界大战后，美国出现的一群松散结合在一起的，年轻诗人和作家的集合体。

看着他，我心底生出两种浓度相当却截然相反的情绪：喜悦和忧虑。喜的是我们快上路了。忧则是因为我真的很担心。如果他生病或踩到什么东西摔烂屁股怎么办？谁会相信我没有对他怀恨在心？他一只手提着一个镶着假皮边的格子行李箱，另一只手挎着一个沉重的灰色旅行袋。他的动作略显夸张，仿佛有个木偶师控制着绳子，轻轻拉动着他。

走到我身旁时，他放下行李，伸出一只手。我们握了握手。哈维嘴角扬起一个鬣蜥般的微笑，从我身边飘然而过——我们擦肩而过时，彼此用余光瞟了一眼对方——然后，他又走回来，我们仿佛是在波涛汹涌的海面上漂浮着的一艘船的甲板上互相打招呼，这时我才意识到是他那条意外变短的腿在作祟。

"嗯。"他说道，"旅途怎么样？"

但他并没有等待我回答，甚至都不让我帮他提行李。他提起行李，径直向汽车走去。他的女朋友克利奥拉穿着蓝色浴袍跟着他走下台阶。她脸庞瘦削，一头赤褐色的头发，长得很漂亮。早在20世纪50年代，克利奥拉在普林斯顿医院当护士时就认识了哈维。现在他们在一起了。"噢，天哪，你看到了，他已经等了一下午，"她轻声说道。我之前来拜访时，她几乎都不露面，但现在她被允许安排她男朋友的离开。"他很担心我。"她吐露心声。

"担心什么？"我问道。

她压低声音说道："我肚子有点不舒服。"过了几秒，她发现我没太明白她的意思。于是，她随意地向下指了指说："你知道的，就是肠胃。"

"我会没事的。"克利奥拉勇敢地说道，同时微笑着看向哈维医生。哈维正提起行李放进后备厢，跟我的行李放在一起。忙活了一阵，他砰地关上后备厢，然后走回来和她吻别。

"再见，亲爱的。"他说道。

"他是位优秀的贵格会绅士。"她一边看着哈维拖着腿穿过人行道，一边对我说。他顺手擦去后视镜上的一点污渍，然后在车前来回打量。她叹了口气，说道："是啊，他总是尽力做正确的事。"

"好好照顾他。"她在我身后喊道，我向她保证我会。我们坐进车里，调整好位置。哈维系上安全带。我系上安全带。哈维呼出一口气。我呼出一口气。

"都准备好了？"我问道。

"当然。"他答道。

"你带了大脑？"我问道。

"在旅行袋里。"他答道。

我们对视一眼，然后我转动点火开关。发动机猛地发动起来。哈维紧张地笑了笑，匆忙清了清喉咙，说出了后来成为他口头禅的一句话："是的，先生……非常好。"他拿起地图，似乎在仔细查看加利福尼亚州。我们倒车经过正在轻快地挥手告别的克利奥拉，沿着车道前行。我们出发了。是的，一切都在移动。将要发生的一切已经发生。我们只是随机而动，置身事内。

第二部分

5. 扭曲和摇摆

我们在沉默中启程，我们像阿波罗号飞船的宇航员一样，适应着"驾驶舱"内的新生活环境。在明亮的钠灯[①]照耀下，一辆辆十八轮大卡车、小汽车呼啸而过，还有长达4000英里的令人眼花缭乱的白线一路同行，数周的期待开始慢慢融化。但有那么一段路，我们沿着特拉华河行驶，在阴暗的树林间穿行，耳畔响起淙淙流水声，爱因斯坦的骨灰就被撒进了相同的灰蓝色水流中，这一刻，我们仿佛是美国的新生儿。

作为司机，我的责任巨大：关注汽油、润滑油、胎压，清除挡风玻璃上的死虫子，监控所有的发动机故障灯，及时调整到下

---

① 主要用于高速公路、隧道、桥梁等照明。

一个目的地的行程，给予我的乘客最舒适的体验。在每个自助加油站，我都要下车检查车况，仔细地绕车一圈，认真思考，就好像我们要去参加莫斯科红场的阅兵式一样。除此之外，在哈维打瞌睡的时候，我还得掌控收音机和录音机，我怀疑他会经常打瞌睡。挑选适合不同目的地播放的磁带并不是件容易的事。我一遍又一遍地打包我装磁带的盒子，试图预测我需要什么音乐来渡过难关。我准备了"灵魂咳嗽"[1]、"人行道"[2]、汉克·威廉姆斯[3]和"闪电"霍普金斯[4]的磁带。但我仍然怀有最大的恐惧：当我在密苏里州想听"伏特之子"[5]，或是在得克萨斯州想听巴迪·霍利[6]时，手边却没有他们的磁带。

我内心一直纠结于路线问题。因为父亲在气象频道上看到冬季暴风雪即将来临，我决定沿70号州际公路直达堪萨斯州的劳伦斯市，一路经过哥伦布市、印第安纳波利斯市和圣路易斯市。抵达劳伦斯市后，我和哈维商量驶离州际公路，向西南方向行驶，前往拉斯维加斯和洛杉矶，然后再北上前往旧金山。哈维在这个问题上的态度仍然令人难以捉摸。之前当我问他是去盐湖城还是

---

[1] 美国另类摇滚乐队。
[2] 美国传奇独立摇滚乐队。
[3] 美国早期乡村音乐巨星之一。
[4] 美国知名乡村蓝调歌手、词曲作家和吉他手。
[5] 美国另类摇滚乐队。
[6] 原名查尔斯·哈丁·霍利，美国著名歌手和词曲作家，是20世纪50年代中期摇滚乐的核心和先驱人物。

洛斯阿拉莫斯时，他说："哦，当然，那太好了。"这次我更大声地问出相同的问题时，他说："嗯，真的很好。"

"云雀"内部看起来已经像个不守规矩的单身汉公寓。到处都是苏打水瓶子和全麦饼干袋子，还有个太阳镜盒和一卷吃了一半的薄荷糖。后座搁脚的地方垃圾越堆越多，里面有皱巴巴的粉红色和蓝色的租赁协议，我吃剩的熟食店午餐裹在一个棕色袋子里，还有一个空可乐罐。这种情况会一直持续下去——等到了俄亥俄州的某个地方，哈维会将礼貌教养抛之脑后。在他吃完一个甜甜圈、喝完半品脱①牛奶后，我将看着他把纸盒随手向后一扔，熟练得仿佛已经做了一辈子这个动作。

但现在他像青蛙一样弓着背坐着，绿色的贝雷帽有点歪，他在暮色中缓缓地眨着眼睛。可以肯定的是，哈维是我喜欢的那种乘客：没什么要求，愿意尝试任何事情。这位老好人把这条路当成一条上等白兰地河，沿途经历的油腻腻的烟雾，油腻腻的海市蜃楼，油腻腻的快餐，油腻腻的加油站都让他变得越来越强大。"云雀"在加油站加油的时候，我们穿过加油站去买糖果棒吃。

爱因斯坦的大脑？有一部分在后备厢里。但具体有多少，我也不太确定。启程之前，我给哈维打过电话，他说他从饼干罐里捞了几把，用特百惠瓶子密封装好，然后放进旅行袋拉上了拉链。然而现在，一想到爱因斯坦的大脑就在车后的福尔马林里晃

---

① 美制湿量1品脱约等于473毫升。

来晃去，既觉得不可思议，也不免为此分心，因此一开始也无法发挥出最佳状态。

我们在车辆高峰时间到达费城。为了开上西向的州际公路，我们从出口下高速公路，驶入城市街道，其间经过宾夕法尼亚大学附近，看到黑色大门后面矗立着一组全砖建筑。虽然哈维当时只字未提，我后来还是了解到，哈维在拥有爱因斯坦的大脑后不久就熟悉了这些错综复杂的街道，这段从普林斯顿到费城的短途旅程。哈维受委托领导一项有关爱因斯坦大脑的研究，他当时参观了这所大学，并观看了爱因斯坦丘脑的载玻片。

我瞥了这位老人一眼，只见他一副心满意足的样子。从他身上看不出他是很多人的"狩猎目标"。就连耶路撒冷的希伯来大学——爱因斯坦遗产的受益人，也曾提出认领爱因斯坦大脑，就像它曾经认领存放在普林斯顿高等研究院的爱因斯坦的一批论文一样。普林斯顿高等研究院成员、著名科学家弗里曼·戴森曾在一本关于爱因斯坦的书的序言中回忆过这件事，整个过程仿佛一部侦探小说：

> 那是一个昏暗的雨夜。一辆大卡车停在研究院前面，一队全副武装的以色列士兵负责守卫……电梯接连不断地把几个大木箱从顶楼运下来，再从敞开的前门抬出大楼，装上卡车。士兵们跳上车，卡车消失在黑夜中。第二天，资料就抵达了它们在耶路撒冷的最后安息地。

回想戴森的话时，我不经意地瞟了眼后视镜，试图窥见以色列悍马汽车的影子，但只看到一辆装着银色轮毂的低底盘车。开车的人没刮胡子，长相凶狠，头上像海盗一样系着头巾，看起来像帮派成员。当他加速超过我们时，我看到他的后窗上用白色肥皂潦草地写着一句话：安息吧，提托，我心爱的狗。一场大雨就能冲走这句话。这让我在路上第一次感到心碎，因为在曾经的美好日子里，他的身旁跟着提托，身后则是一群屁股被咬烂、鼻青脸肿的家伙。虽然哈维并没有注意到这一幕，我还是忍不住想：提托是只什么样的狗？它对这个孤独的男人意味着什么？

✧

宾夕法尼亚州自成中间地带，不是真正的东部，也不是西部，是神经元之间的脉冲。一出费城，就进入了丘陵、山脉和宽阔平坦的山谷。天空中仍有一丝光亮——紫色的旋涡，哈维的蓝眼睛贪婪地收集着沿途风景。穿过田野，我们可以看见厨房里都亮起了灯，家庭活动室里闪动着电视机的亮光，人们都下班回家了。我们驶过萨斯奎汉纳河，河水幽暗，卷起点点破碎浪花。我们开上蓝山，山上已经漆黑一片，我们暂时与文明社会失联。这时，哈维开始说话，回忆起很多很多年前在这里有人给大名鼎鼎的配制李施德林漱口水的兰伯特先生①抽血的故事——是的,在他的豪宅里抽血,然后吃早餐,再带着装满血浆的小瓶子慢慢走过前面的草坪。

他还回忆起格蕾丝·凯利②,她是如何在费城长大——"一个真正的宾夕法尼亚姑娘!"——同时声称艾森豪威尔③在这一片某个地方有一个农场。他似乎把他和这些业已消失的人在年龄上的接近误认为是某种熟识,或者在他的那个相对宇宙中,他们就是密友。他对他们直呼其名:"当然,格蕾丝去了蒙特卡洛,成了王妃……"

聊到这些话题时,哈维滔滔不绝,将一个名人的生活串联到另一个名人身上。他无缘无故闲扯起他最喜欢的作家:"嗯,凯·博伊尔爱上了一个法国男孩,他们去了法国,但男孩的家人十分严厉,她说服他去了巴黎。嗯,是的,呵呵,我得说她很喜欢巴黎。时候到了,法国男孩不得不独自离开。瞧,凯又爱上了一个美国男孩!这个男孩后来死于某种疾病,于是她搬去了意大利,同时爱上了一个奥地利男孩,我记得他是个滑雪运动员。嗯,她是个积极主动的女孩,最后她搬回了加利福尼亚州,和那

---

① 乔丹·惠特·兰伯特,1879年,他和约瑟夫·劳伦斯博士首次配制了李施德林漱口水。
② 好莱坞著名女演员,活跃于20世纪50年代,嫁给了摩纳哥亲王,1982年因车祸去世。
③ 德怀特·戴维·艾森豪威尔,美国著名政治家、军事家,曾任美国总统。

个叫查维斯的家伙一起研究农业问题。噢，是的，她是我想见的人。是的，先生，多么美好的生活啊！"

哈维没有讲述她的故事，只提到她的情人，似乎在他眼中，更出名的是她生活中那些危险、冒险和随心所欲的事情，而不是她的写作。然而，当话题转到爱因斯坦的大脑时，他却沉默不语。他说话简短迅速，可以说有点惜字如金——而且几乎不带拖腔，听不出他在肯塔基州度过的童年——在主语和动词之间略有停顿，然后一口气说出其余单词。当我问他为什么过了40多年才发布一份关于爱因斯坦大脑的全面研究报告时，他淡淡一笑，重重地清了清嗓子，然后说道："嗯……"他就这样消磨掉更多时间，接着将注意力转回地图，像研究神秘符号一样研究起来。

我没有追究这个问题。相反，我把注意力转向收音机，调各种各样的节目：高中篮球、园艺节目、当地直播拍卖、喋喋不休的唱片骑师（DJ）、农场报道和基督教热线节目。我早就准备好音乐磁带，就等着哈维打瞌睡。我还带了盘有声书：威廉·吉布森的《神经漫游者》，这是一部科幻经典，讲述了在一个充满暴力的世界里，神秘特工要应对遗传物质和合成腺体提取物。在那个世界里，到处都是完美的克隆人和移植人类。

我推测哈维一眨眼的工夫就会睡着，但我很快意识到，84岁高龄的他还真是精力充沛。几个小时过去了，他还能欣赏宾夕法尼亚州最后的景物：谷仓和谷仓上绘制的精美星形符纹，代表阿米什人①商品的标识，阿勒格尼山脉像一头黑色的鲸鱼从地面跃起。他看着夜幕不停变幻色彩：紫色、银色和肉桂色，仿佛午夜脱口秀中闪亮的毛绒幕布。接下来，我们在夜里穿过半个俄亥俄州，所有东西仿佛都被压平再抛回原位。他懒洋洋地朝着窗外眨眼睛，但就是不睡觉。

坦白说，我希望哈维睡觉。我希望他陷入深深的、模糊的、瑞普·凡·温克尔②式的睡梦中，我想停下"云雀"，走到后备厢旁，打开它。我希望在我打开旅行袋，把手伸进去的时候，哈维正鼾声大作。我想——什么？——触摸爱因斯坦的大脑。我想触摸那个大脑。是的，我承认。我想捧着它，珍爱它，用我的手掌测量它的重量，触碰部分休眠神经元。触感像豆腐、海胆还是腊肠？究竟是什么样的触感？这种渴望把我变成了什么？遗物怪物军团中的一员？还是更糟？

窗外掠过越来越多的城镇，哈维凝视着远处一户户快乐家庭的客厅，而这个想法一直萦绕在我的脑海中，事实上，我更加想知道把大脑捧在手心里的感觉究竟如何。我的意思是，那不是真正的爱因斯坦，也不是真正的大脑，而是不相连的大脑碎片，正如路过的那些农场并不是真正的美国，而是一个整体的一部分，是事物本身的象征，它既是一切，又什么都不是。

---

① 亦被称为阿米什门诺派教徒，北美基督教团体的成员。
② 美国作家华盛顿·欧文创作的著名短篇小说《瑞普·凡·温克尔》，书中瑞普在山上睡了一觉，醒后下山回家发现时间已过去20年。

尽管如此，我触摸到的将会是超级巨星爱因斯坦，他那头触电般的头发和悲喜交加的眼睛，一眼就能认出来。这个男人的美国神话如此完美，以至于现在咖啡杯、明信片、T恤上都有他的形象。他已化身为修辞手法，广告推销员，保险杠贴纸（我在一辆大众捷达汽车后面看到过一张保险杠贴纸上写着："屌大如爱因斯坦①"）。尽管爱因斯坦61岁时才入籍成为美国公民，这个国家却完全将其占为己有，令人惊叹不已。

这是为什么？我认为是因为爱因斯坦其实并不是我们中的一员，在过去一百年中，没有人像他一样。即使是现在，他再次以李尔王的弄人②和忒雷西阿斯③的形象出现，诙谐地给予未来不可思议的想象，同时警示我们人类潜藏的暴力。"我不知道第三次世界大战将如何打响，"据说他曾警告说，"但我知道第四次将如何打响：用棍棒和石头。"因为他窥见了宇宙的运行，看见了不具人格的上帝——他称为"看不见的风笛手"——他迎接20世纪的方式是携突破性的理论飞速跃向21世纪，他因此表现出一种不可战胜的姿态。他马虎轻率的举止与我们对长着白翅膀的先知的期望形成鲜明的对比，他因此看起来既天真又值得信赖，也因此显得更加不可思议。

---

① 原句应源于俚语hung like a horse，意为屌大如马，后来发展出戏谑说法 I'm Hung Like Einstein and Smart As A Horse，屌大如爱因斯坦，聪明如马。
② 莎士比亚戏剧《李尔王》中的人物，其话语滑稽而荒诞。
③ 希腊神话中的一位盲人预言者。

如果我们把相对论纳入我们的科学宇宙观，以及我们的文学、艺术、音乐和文化中，就会发现这位伟大的科学家试图设计出一种个人宗教——一种亲密的精神和政治宣言——这种宗教与现代社会呈现的伪善的救赎体系形成鲜明的、近乎神圣的对比。爱因斯坦将20世纪的怀疑主义与19世纪的浪漫主义相结合，给予我们一种不一样的希望。

他表示："我是虔诚的无信仰者。这是一种新的宗教。"不仅如此，他还试图通过重新定义科学和宗教的关系将两者结合起来。"我认为，在科学领域中，所有更精准的推测都源于一种深刻的宗教情感。我也相信，这种虔诚信仰……是我们这个时代唯一具有创造性的宗教活动。"

触摸爱因斯坦的大脑仿佛乘坐一束光一样，爱因斯坦小时候就曾梦想乘坐一束光。紧紧抓住时间本身。感受宇宙的扭曲和摇摆。爱因斯坦声称，他一生中最满意的想法出现在1907年，当时他28岁，已经在伯尔尼联邦专利局工作了6年，一直找不到一份教书的工作。穿着领子高得快遮住耳朵的精纺羊毛套装的他手里拿着专利申请书，耳边响起一个声音："如果一个人自由下落，他不会感觉到自己的重量。"这促成了广义相对论。成千上万本书讲述着他的生平和思想，直到今天，科学家们仍然在验证他的成果。最近，美国航空航天局（NASA）的一颗卫星在太空中进行了数百万次的测量，证明原始温度略高于绝对零度的均匀分布，也就是说，这些数据证明了宇宙处于大爆炸的余晖之中，进一步证实了爱因斯坦对宇宙起源的解释。

要是能触碰科学的余晖就好了。

◈

第一天晚上,我们入住俄亥俄州哥伦布市的贝斯特韦斯特酒店。夜凉如水,我们伸伸懒腰,抬头望向由灰泥和胶合板搭建的高效建筑,它们成为这个国家高速公路沿线点缀的绿洲。这就是我们过夜的家。当我们打开后备厢拿起行李时,我看到哈维拿了必需品,把灰色旅行袋留在了原处,旅行袋的拉链在路灯下闪闪发光,像一排银牙。

"它安全吗?"我朝旅行袋点头示意。

"什么安全吗?"哈维反问,冷若冰霜的眼睛在黑暗中闪过一线亮光。他似乎不知道也不记得这个旅行袋的存在。会不会是他携带着这颗大脑太长时间,以至于现在认为他自己才是最重要的?他不再需要依靠这个标本来定义自身,他自己已经成为标本。他就是一段活生生的历史。他就像摇滚明星一样在巡回演出。他的格纹旅行箱里放着一堆他最近为自己制作的明信片,一张他若有所思地坐着的照片,那姿势看起来就像罗丹[①]的雕塑《思想者》。

[①] 奥古斯特·罗丹,法国著名雕塑家。

哈维拒绝让我帮他拿行李,他扛起装着爱因斯坦大脑的旅行袋,把它搬到了楼上他自己的房间。我目送他进房,然后离开,走进隔壁我自己的房间。我们在路上的第一个晚上,我累坏了。我扯下一张标准大床上的俗气的床罩,额外再放上几个枕头,随心所欲地把房间弄得乱七八糟:一个打开的旅行袋,凌乱的书,乱扔的袜子。在房间里留下临时印记,明天离开之后,这里就不会再有我的痕迹。

和此刻美国其他地方汽车旅馆房间里的许多可怜人一样,我用过牙线,刷完牙,照了照镜子。我记得,第一次世界大战期间,超过800万人在欧洲战场走向死亡之后,爱因斯坦的相对论让人类得以从"遍布坟墓和鲜血的地球仰望星空",这句话出自这位科学家的同事之口。爱因斯坦突然站在世界的门口,激发了超越国界的敬畏与和解。一个自由的德国犹太人,坚持自己的瑞士公民身份,与暴力分道扬镳。想要免除自己的所有罪行,有什么方法比跟随一位无可指摘的科学家进入时间和空间的波光粼粼的水域更好呢?

在家里,父母用鞋盒装满了我和兄弟们的照片,这就像一个展示罪行的画廊,记录了我们每个人成长过程中最出名和最尴尬的时刻。我的弟弟史蒂夫长着一张弥勒佛样的胖乎乎的脸,他穿着绿色的圣诞短裤和长袜,站在一棵亮着灯的树前。从我另一个弟弟约翰留下的各种各样的照片中,可以看到他的黑眼睛、厚嘴唇,以及因为玩橄榄球或撞树而缝合的伤口。在一张张照片里,我最小的弟弟里奇看起来就像"好奇的乔治"[1],露出灿烂的笑容和小小的猴子耳朵。

至于我自己,我父母喜欢展示一张我的照片:一个刚出院、扭着屁股、没有头发的婴儿,光着身子躺在更衣台上,水汪汪的眼睛惊愕地看着镜头。因为我是他们的第一个孩子,我父母拍了很多这样的快照,但照片里的那个婴儿总有点让我联想到其他人。在一个遗传棕色眼睛和棕色头发的家庭里,我长成了一个蓝眼睛的金发怪人。我高中时期的朋友常开玩笑说,我长得很像那个清洁工。但我盯着那个干瘪的婴儿看时,看到的可不是什么清洁工。

我26岁时,祖父因为阿尔茨海默病,在佛蒙特州伯灵顿市的一家医院去世。祖父身材魁梧,有宽阔的肩膀和巨大的手。在我和弟弟们看来,他的一双拳头就像花岗岩一样坚硬。后来,他瘦了大约50磅[2]。他的太阳穴深深凹陷,皮肤变得蜡黄,连手指都显得纤细易碎。我最后一次见他的时候,他已经83岁,他那双茫然的蓝眼睛和我刚出生时的眼睛一模一样。

我祖父的情况是这样的:我认为他并不想死。他一直活在自己的身体里,而不是脑袋里。他喜欢打猎、钓鱼。他从小在家里的农场干活,后来又去采石场干活,最后在电力公司当了一名线

---

[1] 玛格丽特·雷和H. A.雷创作的系列绘本《好奇的乔治》中的主角——一只充满好奇心的猴子。
[2] 1磅约等于0.45千克。

路工。祖母曾经告诉我："他喜欢和人打交道。他只是不喜欢表现出来。"他还喜欢狗，但这就容易看出来了：挠狗耳朵，给狗扔骨头。事实上，他的生活中从来没有离开过狗，这些狗有的叫普林斯，有的叫帕。一只狗老死后，第二天他就会去动物收容所挑回来另一只笨狗，给它起名叫帕。他的一生中就养过两只狗：普林斯和帕，它们轮流上岗。他就以这种方式让时光倒流。这就是他在地球上的来生。

爱因斯坦的另一位同辈埃尔温·薛定谔曾表示，简而言之，爱因斯坦的相对论意味着"时间这个顽固的暴君遭到了废黜"，揭示了存在另一个总体规划的可能性。他写道："这是一种宗教思想，不，我应该称之为那种宗教思想。"因为有了相对论，爱因斯坦这位见解独到的宇宙懒人自己也在触摸一位新上帝的大脑，试图挣扎着穿过时间的褶皱。他表示："我们完全有可能做出比耶稣所做的事情更伟大的事情。"

这最终成为爱因斯坦的终极力量，紧握住了我们的想象力——无穷无尽。要是能触碰一下这个也很好。

6. 好狗

有时候我会想，阿尔伯特·爱因斯坦有没有设想过自己在这个世界的死后生活，是否想到过自己会获得如此的不朽。他一定想到过，他的理论也许能经受住时间的考验。但他能想到他的大脑也会不朽吗？一个只和他见过一次面的人，就这么拿着他的血肉，一走了之，抱着两个装满爱因斯坦大脑的饼干罐，成为移动的爱因斯坦朝圣点，这是多么怪异。

这种行为简直就是亵渎神明。但托马斯·哈维坚持认为，他这么做是出于职业责任和对这位物理学家的尊重。大脑如果要存活下去，就要通过哈维活下去，他不像爱因斯坦的信徒，更像是他的保护者。这就是这位病理学家一开始转移这颗大脑时非常小心谨慎的原因，也是他让那么多认为他根本不适合研究这颗大脑的人感到困惑的原因。

将爱因斯坦的大脑从脑袋里取出后，哈维对其进行了称重，重量为2.7磅。然后，他小心翼翼地将其放入多聚甲醛溶液中，这样大脑被包裹在溶液中，看起来就像在活人的脑袋里一样。哈维接着给这颗大脑注射蔗糖，以便更好地保存。

他还对爱因斯坦大脑的额叶和顶叶进行了精准测量，又从不同角度为其拍照——一个表面有深沟槽、仿佛被脚踩过的标本的黑白照，如果你盯着这些照片看足够长的时间，如果你的视力稍微模糊一点，爱因斯坦的大脑可能就会变成木星的一颗未知卫星，或者仅仅是一颗卵子。

最后，哈维将这颗大脑切割成大约240块，其中一些用石蜡密封，另一些则继续漂浮在福尔马林中。为了制作载玻片，哈维向一个叫玛塔·凯勒的大学实验室技术人员寻求帮助。玛塔使用类似于熟食切片机的显微镜用超薄切片机，将爱因斯坦的部分大脑切成细胞厚度的薄片。然后,她将每片切片放入盐水中,令其漂浮在载玻片上,待干燥后,再用甲酚染料染色,使其呈现红色。即使在今天,这也是一个要求极为严格的过程——脑组织可能会撕裂,细胞核可能会分离并漂走——这很容易破坏大脑。

多年后,我在缅因州的一家养老院找到玛塔,她说话带有浓重的德国口音,可是她几乎不记得哈维,也不记得曾为他制作载玻片。"我想这很有趣。"她对我说。此时的她已经94岁,身体十分虚弱。哈维去找她的时候,她一定是个能力极强的技术人员,因为一些最后看到爱因斯坦大脑载玻片的专家仍然对她的成果赞不绝口。

哈维还咨询过威斯塔研究所的多名研究人员,该研究所与宾夕法尼亚大学有着密切联系,曾以收集大量大脑和骨骼而闻名。1894年,参加过美国南北战争的艾萨克·威斯塔创立了威斯塔研究所,艾萨克经历十分丰富,他的一生足以被写成好几本书。威斯塔研究所曾声称拥有沃尔特·惠特曼[①]的大脑,但在临近21世纪的某一天,一名研究助理不小心把它掉在了地上。根据当时报纸的真实报道,惠特曼的大脑当天就被扔进了垃圾桶。

谁知道什么样的命运在等着我们?

出于好奇,在我们自驾游结束后几个月,我去参观了这家研究所,当时的驻馆图书管理员、历史学家妮娜·隆领着我参观了

---

① 美国著名诗人、记者、散文家,代表作有《草叶集》。

一圈。妮娜身材矮小，十分忙碌，她带我去地下室见识了一些"好东西"。她穿过一堆装有各种细菌样本的便携式银色冰柜，在一个储藏室前停了下来。"接下来会有点奇怪，"她回头警告道，然后用一把旧钥匙打开了一把旧锁，"我只是想确保大家在进去之前做好准备。"

储藏室里很暗，十分狭窄，我的眼睛适应昏暗的光线之后，我才看清我们站在一个堆满木乃伊和头骨的房间。屋子里可能有半打大脑漂浮在福尔马林中，其中包括爱德华·德克林·科普[1]、约瑟夫·莱迪等伟大人物的大脑。约瑟夫·莱迪是伟大的古生物学之父，19世纪末，他首次发现恐龙骨骼化石，证明了我们这片土地上曾经生活着这种"大蜥蜴"。除此之外，还有艾萨克·威斯塔的右臂，他在鲍尔斯布拉夫战役[2]中被一支步枪击中受伤，而他的其余遗体也被分装在几个罐子里：凌乱的主动脉，腐烂的大脑，以及他的马的骨头，真是很奇怪。这些东西就像糖果店的糖果一样摆放在架子上，我第一眼看到它们的时候，不禁向后退了一步，正好撞进一具骨架怀里，我好不容易才忍住没有叫出声。

"那是中国人的，"隆说着将一根瘦骨嶙峋的手指从我肩膀上弄掉，"我们找到了十三副完整的骨架，别问我为什么，因为我也

---

[1] 美国著名古生物学家、比较解剖学家、爬行动物学家和鱼类学家。
[2] 美国南北战争中的一场早期战役，1861年10月21日在弗吉尼亚州劳登县打响。

不知道。"

一想到这个塞满曾经的身体组成部分的"地下墓穴",我就毛骨悚然。然而,哈佛大学、康奈尔大学、加利福尼亚大学洛杉矶分校等学校,有大量这样布满蜘蛛网的储藏室和光线昏暗的密室,秘密或不那么秘密地储藏着漂浮的大脑和内脏,仿佛哥特式"死而复生"的地下世界。小时候,我对天主教信徒把圣徒的骨头藏在地下洞穴里的故事充满敬畏,因为这些教徒认为这些骨头散发着天堂的翠绿光芒。可是,储藏室这些人类的残骸有什么意义呢?

让我们以弗拉基米尔·伊里奇·列宁为例,哈维一直饶有兴趣地关注着他。在列宁生命的最后阶段,病情每况愈下,他遭受了几次中风的打击,最后于1924年去世,并且留下了经典遗言:"好狗!"当时的苏联领导层不顾列宁妻子的抗议,取出列宁的大脑,对其遗体进行防腐处理,为其戴上圆点领带,穿上时兴的外套,作为苏联最重要的公共象征之一展出。苏联有一句流行口号是"列宁比所有活着的人都更有活力",宇航员和新婚夫妻都会在开始各自的旅程之前来瞻仰他。

长期以来,天主教会一直声称在诺曼底拥有抹大拉的马利亚[①]的手臂,在意大利拥有基督的包皮,以此建立与天堂的直接

---

① 在《圣经·新约》中,被描写为耶稣的女追随者。罗马天主教、东正教和圣公会教会都把她作为圣人。但其真实性和事迹一直存在争议。

联系，斯大林对列宁的大脑做了相同的事情。1926年，他创建了莫斯科大脑研究所，这是一栋五层的砖墙建筑，位于首都莫斯科的亚乌扎河畔，用于解析列宁的天才之处。列宁的大脑在福尔马林里浸泡数年，其间他曾经的战友们为此争论不休，最后他的大脑被放入显微镜用超薄切片机，切成31000片，制成载玻片，锁在装有金属门的19号房间里，直至今日。后来，斯大林本人、彼得·柴可夫斯基和安德烈·萨哈罗夫[①]的大脑也陆续加入其中。

1994年，列宁的大脑已经在高度保密的情况下经过了近70年的研究，研究结果终于公之于众。莫斯科大脑研究所所长奥列格·阿德里阿诺夫直言不讳，列宁的大脑"没什么了不起的东西"，斯大林的大脑也没有任何"特别之处"。曾经有一个广为接受的理论，即大脑越重，人越聪明，但如今这个理论已经逐渐被摒弃。列宁的大脑重约3磅，在名人大脑世界里，超过了阿纳托尔·法朗士[②]和沃尔特·惠特曼的大脑重量，前者大脑重约2.1磅，后者大脑重约2.8磅。但与作家伊凡·屠格涅夫的大脑相比，列宁的大脑就相差甚远，屠格涅夫的大脑重达4.4磅。其实，在很多人看来，列宁的大脑就相当于"马耳他之鹰"[③]，只是个可怕

[①] 苏联著名理论核物理学家，被誉为"苏联氢弹之父"，曾获得诺贝尔和平奖。
[②] 法国作家、文学评论家、社会活动家。
[③] 美国作家达希尔·哈米特于1930年出版的小说《马耳他之鹰》中的同名雕像，被传为无价之宝，并被卷入一场复杂案件。

的阴谋。"这当然是一个耻辱,"哈维评价道,"但我们对爱因斯坦大脑的研究发现正好相反。"

哈维知道自己不具备独立研究的专业能力,于是埋头钻研20世纪50年代的医学文献。作为一名病理学家,他阅读顶尖神经解剖学家的著作,对这一领域进行深入研究,筛选可能的合作对象。他仔细研究了哈特维希·库伦贝克[1]的著作,并在珀西瓦尔·贝利[2]和格哈特·冯·博宁[3]的《人类的大脑皮层》一书中的空白处,用铅笔认真做笔记。他开始欣赏神经解剖学家耶日·罗斯和瓦勒·瑙塔,对其近乎崇拜。他把爱因斯坦大脑的载玻片寄给了芝加哥一个叫西德尼·舒尔曼的神经学家,西德尼至今仍记得哈维的"热情洋溢和天真"。然而,当时收到载玻片的其他人道出了哈维的最大恐惧:这些标本根本没有任何特别之处。爱因斯坦的大脑也不过是个普通大脑。

当我开始思考有关哈维医生的情况,想到他为人温和、长相平平无奇,我们公路旅行第一天在他之前走过的费城街道上闲逛时,我意识到,他的脸不像拳击手或酒吧老板的脸,从他的脸上看不到故事。哈维在普林斯顿医院的同事现在大多已经80多岁,据他们回忆,爱因斯坦去世后,哈维的第一段婚姻开始破裂,他

---

[1] 德裔美国生物医学家、健康教育家。
[2] 20世纪最有影响力的神经学家、神经病理学家、神经外科医生和神经生物学家之一。
[3] 德裔美国神经学家。

和一个护士的婚外情成为压垮这段婚姻的最后一根稻草。"我记得她是个漂亮、活泼的金发女孩。"戴维·罗斯医生告诉我,他曾是妇产科医生,1955年在普林斯顿医院工作。哈维的婚姻故事的另一个版本是,他的妻子发现了他的婚外情,把这件事告诉了院长约翰·考夫曼。作为一名积极进取、有责任心的管理者,考夫曼想要解雇哈维。

据罗斯回忆,20世纪50年代的普林斯顿医院不像今天这样现代化和风平浪静,当时的医院有点像《小城风雨》[①]里的情况。因此,以婚外恋为由解雇哈维将意味着解雇更多其他员工。除此之外,与哈维同期的本杰明·赖特医生表示,哈维在日常工作中并没有做过任何惹怒考夫曼的事情。"他在各方面都很专业。"赖特回忆道。最后,哈维直面考夫曼,声称如果他想拿自己的私生活做文章,他反过来也会拿对方的私生活大做文章。考夫曼立即另寻由头,拿哈维对爱因斯坦大脑的处理方式做文章,声称他获得这颗大脑的方式不当,而且多年来一直没有进行研究。

双方随后僵持不下。1995年,哈维·罗斯伯格医生曾出版过一本关于这家医疗中心历史的书,据他回忆,哈维、考夫曼、医务人员和医院董事召开了一系列会议。董事们决定解雇哈维,但医务人员反对,并要求考夫曼立即辞职。本杰明·赖特也表示:

---

① 20世纪60年代美国的一部热门肥皂剧,讲述了新英格兰的一个小镇上发生的丑闻事件。

"我们很多人表示抗议，我们喜欢哈维，认为这一决定不公平。"最后，董事们还是开除了这位病理学家。

哈维自己甚至不承认此事，声称他是自愿离开医院，因为"是时候向前看了"。这种否认是典型的哈维行为，因为他真的相信自己的说法，而我发现自己也想要相信他的话。这似乎是对年轻时的哈维的一种宽慰，在其生命的黄金时期，他惨遭羞辱，深受打击，于是收拾行李，离开孩子和第一任妻子，把爱因斯坦的大脑放在汽车后备厢里，驶向未知的未来，或许就像我们现在这样。

时间飞逝。在接下来的几年里，哈维辗转于多家精神病院和研究机构，他尝试过开办养老院，尽其所能从事感兴趣的工作。他搬到了西部，在密苏里州开过一家家庭诊所，还曾为莱文沃思监狱提供医疗服务。后来，在他70多岁的时候，他没有通过堪萨斯州一个为期三天的体检，医生生涯实质上宣告结束。在这期间，他又相继娶过两任妻子。在爱因斯坦去世30多年后，他在堪萨斯州劳伦斯市的一家塑料厂工作，过着默默无闻的生活。他住在一间狭小的公寓里，睡在折叠沙发上，等待着一个千年的终结，而他的书架上还摆着那个或许是千年来最伟大的大脑。

在人生的低谷，哈维似乎重新开始研究爱因斯坦的大脑。20世纪80年代，他开始将这颗大脑分别送给12个人。这些大脑标本远渡重洋到达德国、委内瑞拉、中国和日本，收到它们的人不仅限于医生，还有一小群奇怪的朝圣者。哈维向来谨慎，不愿意谈论自己的决定，或是企业家、风险资本家、解剖博物馆和名人提出的关于爱因斯坦大脑的各种建议。对于克隆爱因斯坦大脑的计划是否真实存在，他依然守口如瓶。如果能从已经分割成240片的爱因斯坦大脑中任意提取一些具有活性的脱氧核糖核酸（DNA），克隆计划确实可行。尽管有些模糊不清，他希望谈论的还是切实的医学发现。

其中包括日本研究人员山口晴保的研究发现，他一直在研究爱因斯坦晚年的记忆丧失问题，以及通过检查大脑中的神经元纤维缠结和老年斑块来研究衰老的发生问题。在阿根廷首都布宜诺斯艾利斯，豪尔赫·科伦坡医生一直在分析爱因斯坦的大脑皮层星形胶质细胞，取得了一定程度的成功。澳大利亚的查尔斯·博伊德医生看起来和蔼可亲，他将爱因斯坦的遗传物质保存在一个标有"人工智能大脑"的容器里，试图通过研究其大脑标本，寻找到爱因斯坦家族遗传疾病的蛛丝马迹。此外，他还尝试过将伊芙琳·爱因斯坦提供的皮肤样本的DNA与其祖父大脑的DNA进行比对。虽然伊芙琳是被汉斯·阿尔伯特正式收养的孩子，但人们对其亲子关系仍然存疑。有人声称她实际上是阿尔伯特的私生女，但迄今为止这种说法尚未得到检测证明。

同时还有一些相关论文发表。其中一篇论文署名为哈维和布里特·安德森医生，后者是亚拉巴马大学神经内科医生。（据安德森回忆，他完成了所有研究，然后在发表前把论文发给哈维进行初步通读。）这篇论文名为《阿尔伯特·爱因斯坦额叶皮层厚度和神经元密度的变化》，这篇简短的论文没有得出什么定论，它指出，与对照组相比，爱因斯坦的大脑皮层更薄，神经元密度更高（爱因斯坦大脑每立方毫米有47000个神经元，而其他大脑每立方毫米的神经元数量为37000个）。安德森在文中提出问题："大脑皮层堆积密度的差异能否用来解释爱因斯坦卓越的智力技能?"然而，这个问题并没有答案。

另一篇论文出自玛丽安·戴蒙德医生之手，这篇论文也更广为人知。戴蒙德是加利福尼亚大学伯克利分校的神经解剖学家。她声称，在爱因斯坦大脑的顶叶中发现的胶质细胞数量高于正常量，而胶质细胞是滋养大脑的物质。确切的数据是，爱因斯坦大脑顶叶中的胶质细胞比正常量高出73%。因此，与其他11颗大脑相比，神经元细胞与胶质细胞的比率"明显更小"，戴蒙德表示，针对爱因斯坦"非同寻常的概念思维能力"，"这一组织可能起到了增强作用"。

加利福尼亚大学洛杉矶分校的神经生物学教授拉里·克鲁格曾跟随耶日·罗斯进行博士后研究，这让他在早期关于爱因斯坦大脑的竞赛中占得先机。他声称关于爱因斯坦大脑的"微不足道的发现""十分可笑"，并表示他的话代表了该领域许多人的看法。他还记得戴蒙德在某次会议上发表其论文时，听众认为其研究结果"滑稽可笑"，因为"它没有任何意义"。

玛丽安·戴蒙德本人端庄大方，有一头令人惊叹的蓬松白发，专业能力无可挑剔。她的一切似乎都闪闪发光，仿佛好女巫葛琳达[1]，只是多了一个非常聪明的大脑。后来，我把克鲁格的评论告诉她时，她微笑着回应他"缺乏抑制性细胞"，并表示他的反应可能更多地与"两个男人之间的紧张关系"有关，而不是针对她对爱因斯坦大脑的研究。戴蒙德口中的两个男人是指克鲁格和她的丈夫阿诺德·沙伊贝尔，后者是著名的大脑研究专家，也是加利福尼亚大学洛杉矶分校的教授。对于其他批评言论，戴蒙德表示："可是，我们总得开个头，不是吗？"

不过，哈维为其增添了一点戏剧性。他说："你看，我们发现爱因斯坦的大脑比许多人最初想象的更不寻常。"说到分享大脑标本，他把自己描绘成一个大胆的领导者，在阅读了一群杰出国际人物的作品后，精心挑选出目标人选。然而，其中一些人表示是自己先联系的他，然后过了几个月，有时候是几年，他们才收到装着爱因斯坦大脑标本的匿名包裹。

在所有收到爱因斯坦部分大脑的人当中，加拿大哈密尔顿市麦克马斯特大学的研究员桑德拉·维特森拥有最大部分——据哈维说，将近五分之一颗大脑。维特森是一名以性别研究著称的心理学家，她曾邀请哈维见面，据哈维说，她把他关于爱因斯坦大脑的印刷出版物和文章整理成了一本剪贴簿，而他则给了她一小部分大脑。

"她是真正的优秀人物，"哈维坦言，"她拥有最大部分的大

---

[1] 经典童话《绿野仙踪》里的虚构角色。

脑。她从一个当地殡葬师手里得到的。我认为她对爱因斯坦大脑的研究将会非常重要。"虽然维特森称哈维关于她的说辞"不正确"——否认自己有爱因斯坦的大脑，但后来又承认自己有——但有些人只是把她当作一个投机分子。

杜克大学神经生物学教授戴尔·珀维斯直言不讳："研究爱因斯坦的大脑就是个愚蠢的想法。没人知道去哪寻找爱因斯坦的技能，也不知道他对物理的直觉和智慧从何而来。他在其他事情上可能笨手笨脚，比如打篮球或保持收支平衡。我们没有理由相信他的大脑和其他人的不一样。"

负责爱因斯坦论文项目的前主任罗伯特·舒尔曼则表示："这就像笛卡儿相信松果腺是灵魂密码一样。（爱因斯坦会）认为这是胡说八道，没有任何科学依据的神话。他会觉得通过解剖其大脑弄清他的能力从何而来这件事很荒谬。"

另外还有一些人觉得整件事都令人厌恶。我第一次打电话给伊芙琳·爱因斯坦，提出与哈维和她的祖父的大脑见一面的时候（哈维本人从没给她打过电话），她第一反应是说："啊，那只白兔。"然后陷入沉默，接着说道："他住在堪萨斯州，他叫哈维。听够了。"她指的是詹姆斯·斯图尔特1950年主演的电影《哈维》中的角色。在这部电影中，精神错乱的斯图尔特与一只想象中的超大兔子哈维陷入了各种各样的麻烦之中。然后她变得十分严厉，继续说道："这真令人恶心。他的所作所为令人作呕。"当我告诉她哈维非常想见她时，她先是略感惊讶，继而又有点好奇。

"我对科学很感兴趣,"她表示,"我对那颗大脑很好奇。而且,面对这件事我得有点幽默感。这是我面对它的唯一办法。"

罗杰·里奇曼是对这件事毫无幽默感的人之一,他在洛杉矶的代理机构负责阿尔伯特·爱因斯坦的形象使用权授权,并且是爱因斯坦遗产受益人的代理人,该遗产本身由希伯来大学负责管理。哈维对待爱因斯坦大脑的行为令他痛心疾首,他最近威胁要采取法律行动。为了塑造得体的爱因斯坦形象——孜孜不倦地美化爱因斯坦这一概念——里奇曼禁止做一些事情。例如,他不允许用爱因斯坦的形象宣传理发店。他不会容忍这位伟大天才的形象遭受任何做作或粗俗的玷污。而爱因斯坦的大脑就是他的噩梦。里奇曼认为:"如果作品属于遗产,那么某些人一生之中塑造的形象也属于遗产,大脑也必须属于遗产。这些人应该被珍惜,而不是被切碎。"这可能最终成为起诉哈维的依据。

7. 我们的故事

第二天早上,我们起得很早,赶在吃早餐前上路,沿着代顿市北部的高速公路行驶。俄亥俄州的土地看上去苍白而脆弱,仿佛贴着一块需要过冬的创可贴。在印第安纳州边境附近的一个休息站,我们下了高速公路。路边有一排公用电话,我给萨拉打了个电话。她已经起床多时,赶着写书。她告诉我缅因州还在下雪,特劳特整个上午都在追松鼠,现在正气喘吁吁地坐在门廊上，鼻尖上戴着一顶"小雪帽"。她还跟我说，她刚吃了点卡瓦胡椒，她最近开始相信这种草药具有神秘作用，认为联邦政府应该直接把它添加进我们的水源，让整个国家变成一个更幸福的地方。

我告诉她我们一切顺利。哈维的情况很好，等到了堪萨斯州，我们打算去见他的一些老朋友。两天前碰头后，我们俩都摆出了生活中最好的样子。她问起爱因斯坦的大脑，我告诉她那颗大脑在后备厢里，她沉默了一会儿，然后说："真的是他的大脑吗？是真的吗？"我们以一种不敷衍的态度敷衍地聊了大约十分钟，一直在回避我们之间的问题，我开始怀疑如果她那头有来电显示，她是否还会接电话。

"这是不是太奇怪了？"我最后问道。

"什么奇怪？"

"我是不是不应该打电话？"

"你可以打。"她柔声说道，听起来很认真。

"你知道的，我只是想……问个好。"

"嗯，问过好了。"

"是的，问过了……还有……"

"还有？"

"我想你。"

"我也想你……我只是希望……情况……有些……不同。"

"比如……"

"比如，我们不能聊这些。我是说我们不能像这样聊天。你在休息站。而我现在得写书，要赶最后截稿期限。我们现在不能闲聊。"

接着是一阵长时间的沉默，即使最后我们都同意挂断电话，我也没法说再见，我也不会说出口。我就等着萨拉挂电话。我听着电话挂断后的忙音，听着最后一波电流从缅因州流向山地人之州①，从她流向我，然后等待着这波电流过后那浓稠的沉默。我就这么站着，电话紧贴着我的耳朵，我垂着头，听了一会儿那种沉默，然后电话里传来咔嗒咔嗒的声音，我被转接到一条录音信息：请挂断电话，再试一次……

通常情况下，我们分开时，我和萨拉仍然会找机会在电话里聊上几个小时，或是将十几分钟聊出几个小时的感觉。恋爱初期，我们分开住了一段时间，我们每晚都会打电话，有几次我们一口气聊了好几个小时，聊到最后我真的在沙发上睡着了。那些电话，那些千言万语和说不完的故事，只是"我们的故事"的开始。那么，我们是如何陷入现在这种僵局的呢？为什么一切似乎都错了，如此突然地……没了感觉？

我现在的想法是：一开始，你坠入爱河。清晨迷迷糊糊地醒来，傍晚被星光般的紫色光照亮。你们深入彼此内心，直到你们拥有彼此的某种内在愿景，它指向一件事：我们在一起。时间流

---

① 印第安纳州的别称。

逝，就像地球的形成过程一样，火山升起喷发出熔岩，海洋形成，岩石板块移动，海龟游过半个海洋，在故地产卵，为了树上的浆果，鸣禽飞越大陆迁徙。你们按照宇宙和地质法则进化。你们失去彼此，又找到彼此。日复一日。直到爱将你的世界的海龟和鸟类聚集在一起，并将它们也包围起来。

在州际公路上行驶了好几英里，我还在分析那通电话，过了一会儿，我努力平复思绪，或者更确切地说，专注于向前行驶。时速80英里，速度成为我们前进的尺度，遗忘的速度。窗外，数不清的树木、标识、栅栏柱和农田，这是美国自身真正的、有形的、正在发生变化的东西。

我们飞速穿越印第安纳州和伊利诺伊州，这两个州就像连体婴一样连在一起，阳光清透，云朵疾行，凛冽的空气中弥漫着粪便和饲料的味道。我们跨过冰冷的溪流和塞满旧冰箱和发动机的沟渠，小心翼翼地超过整装待发的农作物喷粉机和灰狗巴士，抬头望见53英尺[①]长的卡车拖车摇摇晃晃，上面装满了电影录像带、香蕉或工业涡轮机，这些大卡车都是成群结队而行。有一次，我们看到一辆平板拖车上拴着一架越南战争时期的直升机。

阳光明媚，冷风呼啸，中西部的外屋[②]和谷仓映入眼帘，农民们在它们周围围成一圈，像手足无措的紧张的准爸爸一样望着

---

① 1英尺约等于0.3米。
② 用来存放物品或工作的小房子，靠近住房或主楼，但与其分离。

自己的田地——有时候，就像在劫难逃的幸存者——他们修理脱粒机，翻动第一块土地，指着还看不见的东西，念念有词：施肥，含水量和耕作深度。每天劳作时，每次田间会议时，每次独自坐在大型拖拉机的空调驾驶室内时，他们都会默默地向更强大的自然力量祈求完美的阳光和雨水配给，以及市场价格的理想提升，以此实现丰厚的收获。收音机里传来农业新闻：瘦肉猪期货下跌10%，饲养牛期货上涨7%。玉米期货上涨2.25%，大豆下跌0.5%，可可价格无变化。3月的糖，7月的玉米，9月的大米，12月的棉花，所有这些都有一个短期价格，这个价格可能会让一些人发财，同时让另一些人破产。

"看那头奶牛！"哈维的喊声打破了他一直以来的沉默。

黑色的牛身，白色的屁股，真是头特别的奶牛！今天是我们同行的第三天，我们之间——我们仨之间——开始发生一些变化。时间似乎在变慢，或是在膨胀，以填满更广阔的天空，更开阔的景物。东方强烈的阳光已蜕变成微弱的夕阳。夕阳之下，一头奶牛，一棵随风摇曳的树或是生锈的旧舵柄看起来更加神圣，甚至更神秘。这并不代表中西部缺少热闹，只是在远离城市的地方，最后期限是由地球和季节所赋予。我摘下手表，感觉自己开始慢慢进入哈维时间。

美国人源源不断拥入这片土地，休耕的土地一直延伸至地平线，这片无边无际的土地上令人敬畏的力量是造就某种深刻的自由感的关键。这片土地开始重新给予一种古老的风的语言，以及沉默的语言。周围的一切异常美丽,同时散发着某种忧郁的气息,不禁让人感叹,虽然我们属于这个国家,这个国家也属于我们,我们却只是在它的一个个"房间"穿行的过客,将我们的想法投射到墙上,我们最好的行动就是好好生活,也许能增加几个自己的复制品,但之后必须让位于另一代人——Y世代、Z世代[①]……再次开始短暂交接,然后呢?我们又得从A开始一个世代吗?还是说当我们用完字母表中的字母时,时间就结束了?

第一批移民就沿着我们眼前的道路来到圣路易斯,然后坐着大篷车穿越平原,他们面临着饥饿、印第安人等未知的危险。紧随其后的是铁路工人、探矿人、银行家和一拨又一拨的移民,他们因为某种信念成群结队到来。现在,在路上奔波的人换成了长途卡车司机,开着房车的退休老人,因工作调动租用瑞得卡车租赁公司和友好搬家卡车公司卡车搬家的打工人,以及大学生——一个由不同移民组成的新国家,寻找着属于自己的方寸之地——他们沿着州际公路奔驰,路旁是古老的马车车辙,他们抵达密西西比河时情态各异:兴高采烈,泪流满面,谢天谢地。

但今天的密西西比河并不欢迎朝圣者。上游的瞬时解冻使得水位上涨,它从明尼苏达州北部的艾塔斯卡湖流出的第一缕溪流中诞生,流经圣路易斯,加速狂奔,沿途汇入圣保罗市南部的圣

---

① Y世代大约指1981年到1996年期间出生的人,Z世代大约指1997年到2012年期间出生的人,各世代具体起止时间存在争议。

克罗伊河，伊利诺伊州的罗克河，艾奥瓦州的得梅因河，伊利诺伊河和密苏里河，它仿佛一位泡沫横飞的愤怒母亲，夹带着冲积物、鲟鱼和史前沙砾奔涌不息。

此刻，穿行在横跨密西西比河的桥上，笼罩在圣路易斯拱门的阴影下，我既感觉庄重威严，也感觉无比渺小。我不禁想起，我们正沿着哈维离开新泽西时的路行进，他与爱因斯坦大脑相伴的前五年里已经过着充实的生活。当然，在解剖尸体之后，他几乎即刻意识到他劫持了一名重要的人质。自然而然，曾经默默无闻的托马斯·哈维医生，现在也必须得到那些对爱因斯坦大脑感兴趣的人的细心呵护和应有的尊重。

其实，很多人想拥有哈维所拥有的，包括以韦伯·海梅克等优秀医生为代表的美国陆军。海梅克瘦骨嶙峋，长着一对招风耳，看起来有点像雷·博尔格[①]扮演的稻草人。海梅克是一位备受尊敬的神经解剖学家，成就斐然，他曾研究过墨索里尼的大脑。此外，他还发表过一篇名为《平流层鼠》的论文，他通过高空气球将一只老鼠送入太空，以此研究辐射对生物细胞的影响。正是海梅克在爱因斯坦去世几个月后联系哈维，邀请他参加在华盛顿特区举行的峰会，与会者都是当时顶尖的大脑研究专家，包括哈维的偶像哈特维希·库伦贝克、克莱姆·福克斯、格哈特·冯·博宁、耶日·罗斯和瓦勒·瑙塔。

---

① 美国好莱坞电影演员、舞蹈家，曾在电影《绿野仙踪》中扮演稻草人。

哈维自然位列其中，不过大家对待他的态度有些许纡尊降贵的意思，他在他们眼中也许就是一个有些局促不安、紧张地傻笑的半吊子医生，一件有瑕疵的商品，一个来自小镇医院的病理学家，只不过这家医院与普林斯顿大学神圣大厅和精英饮食俱乐部有着相同的前缀。据哈维回忆，会议在一种含蓄优雅的氛围中开始，海梅克为爱因斯坦的大脑制订了一系列计划，哈维则洗耳恭听。不过，海梅克言语间流露出爱因斯坦的大脑已经属于他的意思。哈维只要翻身挠下肚皮，海梅克就能偷走他的肉骨头。当哈维表示拒绝献上爱因斯坦的大脑时，彬彬有礼就不翼而飞。海梅克直截了当地索要这颗大脑，哈维断然拒绝。呵呵。海梅克勃然大怒，哈维丝毫不让步。当有人提醒哈维想清楚是在和谁打交道时（海梅克代表美国陆军，两次世界大战的赢家），他表示"哦"，然后仍然坚持自己的立场。现在再看，谁笑到了最后？谁没能活到现在？他们每一个人。谁带着爱因斯坦的大脑奔向加利福尼亚州，一路大快朵颐连锁速食餐厅温迪的冰淇淋、烤土豆、煎饼、蔬菜沙拉和鸡肉面汤？

"哈维根本不知道自己的屁股、胳膊肘和那颗大脑的区别。"当时跟随耶日·罗斯的博士后研究员拉里·克鲁格坦言，"尽管他不是什么神经病理学家，但他拒绝放弃那颗大脑，所有期望都落空了。我想说，你要拿它做什么？我听说他把它放在地下室，向来访者展示。我猜就像有人会炫耀收藏的莎士比亚珍本。他会说：'嘿，想看爱因斯坦的大脑吗？'这家伙就是个混蛋……他想出名，却一无所获。"

后来我去洛杉矶拜访克鲁格，他在加利福尼亚大学洛杉矶分校的办公室杂乱不堪，里面有一本超大的书《猫脑的树突细胞-脑皮质神经纤维结构图集》，他提到一些我将多次听到的事情，几乎可以看作一种威胁，或是一种为所有被忽视的大脑研究人员重申道德责任的宣言，这些研究人员通常身着白大褂，实验室里满是漂浮的大脑。"哈维所做的事情很可能是违法的，"他告诉我，"我猜他一定是个有点奇怪的家伙。如果他够聪明的话，就会放弃那颗大脑，远离它，但他却在哗众取宠，我想他为此付出了代价。"

联邦调查局甚至也在关注哈维的一举一动，他们偶尔会剪下有关这位病理学家和爱因斯坦大脑的文章，把它们添加到爱因斯坦的秘密档案中。阿尔伯特·爱因斯坦活着的时候，J.埃德加·胡佛就认为他是危险分子，因此他很可能认为死去的爱因斯坦仍然是危险分子。毕竟，冷战时期，无论是火星人入侵还是毁灭世界的机器，任何事情都有可能像克隆世界上最伟大的大脑一样立即成为可能，爱因斯坦的大脑有可能落到莫斯科大脑研究所手里的想法的确会让人不寒而栗。

人们意识到哈维想要私自占有爱因斯坦的大脑，舆论就开始针对他。随着时间的推移，对尸检真实情况的复述变得越来越可怕，充满了恐怖氛围和异教徒仪式，其中还掺杂着爱因斯坦的眼科医生亨利·艾布拉姆斯移除爱因斯坦眼睛的故事，他后来告诉我:"它们是大脑的一部分,我想留作纪念。"

1994年,英国《卫报》发表了一篇文章,记者乔纳森·弗里德兰在文中这样总结1955年的那一天:"往好的方面想,一些尖锐的道德问题被切断了。往坏的方面想,这位病理学家的实验室变成了屠夫的厨房,对一位老人的尸体进行合法猎捕,而这位老人碰巧是人类历史上最重要的人物之一。(有传言说那些喜欢动刀的医务人员不止对眼睛和大脑下刀:一个同时代的人回忆说,第二天看到爱因斯坦的心脏和肠子被放在一个"桶"里。)正如艾布拉姆斯所说,在解剖传奇人物遗体的亢奋情绪支配下,'没有人考虑任何其他事情'。"

虽然这篇文章想象出博斯①画作般的场景,将哈维塑造成"理发师陶德"②式的人物,但同时又形容今天的哈维是"一个会发出刺耳笑声的无害老顽固"。其他人就没有那么宽宏大量了。在《情书,来自爱因斯坦大脑的静电干扰》这首诗中,作家乔伊斯·卡罗尔·欧茨讲述了她的家乡普林斯顿的传说,称哈维的所作所为"邪恶"。奥托·南森在生命的最后阶段明确表示,哈维的行为违背了爱因斯坦遗产管理委员会的意愿,促成了一种广为认可的流行说法,即哈维是被放逐在教堂的异教徒。多年来,每

---

① 耶罗尼米斯·博斯,著名尼德兰画家,画作大多描绘罪恶与人类道德的沦丧。
② 虚构作品中的人物,理发师陶德会杀害理发店的客人,并将其尸体做成馅饼。

当哈维昔日的老师哈里·齐默尔曼被问及其下落时，出于无知或故意，他都说他的这个学生已经死了。

在哈维带着爱因斯坦的大脑消失的几十年里，关于他的传说发展成奇怪的流行崇拜，在奇怪的地方吸引着奇怪的注意力。1978年的一期《新泽西月刊》中，记者史蒂文·利维报道称自己追踪哈维到了堪萨斯州，据他说，哈维把爱因斯坦的大脑放在一个标有"科斯塔苹果酒"的盒子里，藏在一个啤酒冷藏柜后面。过了将近20年，一个叫"爱的阁楼"的重金属四人乐队在歌曲《偷走爱因斯坦的大脑》中，描绘了一个瘾君子密谋从哈维那里偷走爱因斯坦的大脑：

一天早上，他听说了那个传言，
在中西部的某个地方，
爱因斯坦的大脑被装饰在一位全科医生先生桌子旁的奖杯架上。
他是谁，竟然能有如此好运？
于是他制订了一个计划来表明立场，
总有一天他会偷到爱因斯坦的大脑。
偷走爱因斯坦的大脑。

1993年，一个叫凯文·赫尔的英国电影制片人在劳伦斯拜访了哈维，当时他正在制作关于爱因斯坦大脑的纪录片。他的制作成果《爱因斯坦的大脑》异常精彩，以至于我决定在和哈维出发之前去伦敦见见赫尔，听听这位老人的看法。我到达伦敦时，整个英格兰似乎都在号叫、狂欢，圣诞派对上的狂喜转眼变成科文特花园阴沟里醉醺醺的悲伤，人们迷失其中。在一家小酒馆里，我一边吃着菠菜沙拉、香肠和鳕鱼，一边和赫尔畅谈，从世界的命运聊到英国和美国小便池的区别。他透露说，在拍摄最新的一部关于英国国防工业的纪录片期间，从军情六处①得到消息，日本正在效仿洛斯阿拉莫斯模式②制造大规模杀伤性武器。

当我喝到第四杯酒时，我觉得有必要用前一天晚上的一个奇怪的梦来回报他的信任。在梦里，我发现自己迷失在一个陌生的地方，一群饥饿的、愤世嫉俗的狂热分子把我团团围住，朝我扔石头，有点像雪莉·杰克逊③的短篇小说《摸彩》中的场景，只是我没有倒下，没有放弃我的命。相反，事实上，朝我身上扔的石头越多，我就越兴奋。

赫尔一脸困惑地仔细听我讲故事，浓浓的眉毛像两条毛毛虫一样缩成一团。突然，他身体前倾，从我制造的梅洛葡萄酒的迷雾中清醒过来，双眼炯炯有神地盯着我，说了另一个故事，仿佛这两个故事有什么关系一样："哈维偷拿了它。那家伙他妈的偷拿

---

① 英国陆军情报六局的简称。
② 1943年，美国秘密建立了洛斯阿拉莫斯国家实验室，随后在这里诞生了世界上第一颗原子弹和第一颗氢弹。
③ 美国著名哥特惊悚小说家。

了它……"

"偷拿了什么?"

"那颗大脑。"

"你是说,他偷走了它?"

"还用说得更清楚吗?"他回应道,"有些东西你是找不到的。首先是尸检记录。它不见了。其次是汉斯·阿尔伯特说要把那颗大脑赠送给哈维的那封信。"

"有这么一封信?"

"我也有这个疑问。目前据我们所知,没人把爱因斯坦的大脑送给哈维。"

但当我直接问哈维他是否偷了爱因斯坦的大脑时,他勃然大怒,坚持自己的说法:内森授权他移除大脑,汉斯·阿尔伯特授权他研究大脑。说到艾布拉姆斯和爱因斯坦眼睛的问题,哈维先是皱起眉头,然后异常生气,怒道:"我根本不同意他的做法。几年前,他联系上我,想把眼睛给我,但我不想要。我要它们干吗?"

与此相反,艾布拉姆斯则告诉我,自从哈维40年前离开普林斯顿医院以来,除了偶尔互赠节日贺卡之外,他就没有和哈维有过任何联系,并明确否认要把爱因斯坦的眼睛给哈维。他说,他把爱因斯坦的眼睛存放在费城某个保险库里,每年会去看一两次。每当他凝视着那两颗"白色星球"和上面引人注目的棕色球体时,都会唤起他温暖的回忆,让他感觉与这位教授有着"深深的羁绊"。他还否认了他与喜欢收集人体器官的流行歌手迈克尔·杰克逊协商出售这双眼睛的传言。传言杰克逊为这双眼睛开价数百万美元。

曾出版《变形人：人类和机器融合成一个全球性的超级有机体》一书的加利福尼亚大学洛杉矶分校教授格雷戈里·斯托克认为，任何有关爱因斯坦的眼睛或大脑的市场价的传言，都只会让哈维隐藏得更深。他认识哈维的一个儿子，他曾向哈维提出重建爱因斯坦大脑的建议，一块块拼凑起来，完成三维重组，然后进行巡回展出。斯托克声称自己从没有想过把爱因斯坦的大脑变成一个赚钱的项目，但哈维拒绝了这个提议，并表示他就是想赚钱。不过，双方都表示，斯托克的确去堪萨斯州拜访过哈维。据斯托克说，哈维"把大脑摊放在一个奶酪盘里"，看上去就像一盘开胃菜。

不论斯托克有何想法，他并不是第一个想到利用爱因斯坦的大脑赚钱的人。哈维透露，苏格兰爱丁堡的一个解剖学会和由已获罪的垃圾债券经销商迈克尔·米尔肯创建的米尔肯基金会都曾提出购买这颗大脑。另外还有一个人声称想把这颗大脑收入自己的历史文物、怪物和怪癖博物馆，报价15000美元购买一片大脑。此外，一名企业家还想把爱因斯坦的大脑切片植入钢笔和纪念牌中。

除了简单直接的"金钱诱惑"，哈维还收到过很多其他请求，有的充满挑衅，有的满是甜言蜜语，提出请求的人并非都情绪稳定。在克利奥拉家中的地下办公室里，他保存了几个装满信件的鞋盒：一个拉比[①]指责哈维的行为是对上帝的亵渎，要求将爱因斯坦的大脑妥善安葬。圣保罗市的一名女性恼怒地总结道："思想在人出生时进入大脑，在死亡时离开……在我看来，你研究大脑是在浪费时间。有关天才思维的部分早已不复存在。好好想想吧。"另外还有很多来自可爱的小学生、业余数学家、脾气暴躁的怪人的信。俄勒冈州的一名教师被控在意识清醒的情况下实施性虐待，他恳求哈维为自己的辩护基金捐赠现金。

但哈维是否如克鲁格所言，因为占有爱因斯坦的大脑而付出了代价？也许吧。他从医生变成塑料厂的挤出机操作员，先后离过三次婚，原本在还算舒适的居住环境生活，后来变成在地下室度日。这一切都发生在他占有爱因斯坦的大脑之后，也许就是因为它吧。

"现在想想，我觉得哈维的动机很奇怪，"斯托克表示，"从某种程度上而言，这颗大脑就是他的全部身份。"

然而，人的一生远不止一段话那么长，我们也可以认为哈维是个幸福的人，他的每一个举动可能都让他感觉自己进入了下一场冒险，和每个妻子和孩子在一起都让他觉得自己被人爱着。再看看现在的他，当我们进入密苏里州时，他用手指在地图上指指点点：他看起来就像羊羔一样温柔。尽管如此，我还是试着想象

---

① 犹太教负责执行教规、律法并主持宗教仪式的人。

他站在爱因斯坦的遗体前——那个毫无遮掩的时刻。那时他有没有意识到他的生活将会变成一串破碎的承诺?

你只能偶尔透过一个彬彬有礼的人的眼睛窥见他的内心,只有在某些一闪而过的亮光中,这种人的牙齿才会变成獠牙。我们被欲望和恐惧所驱使。只有在孤独的渴求中,我们才会发现自己有能力犯下最意想不到的罪行。

8. 余生中如何与同一个人做爱

我和哈维真是天生一对。即使我们的年龄相差50多岁,他出生在威廉·霍华德·塔夫脱①任总统期间,我则是在林登·贝恩斯·约翰逊②任职总统期间出生。他会穿紫色袜子和七号黑色袋鼠鞋,我会戴太空时代运动太阳镜,下巴留一小撮胡子。他有一对前妻、十个亲生孩子和继子女,以及十二个孙辈,我却还没生儿育女。我们开始一起思考,下意识进行团队决策。我们一起喝瓶装苏打水,哈维说这是防止"肠胃不适"的有效方法。我们一起看广告牌,一起点评路过的司机:一个包头巾的男人,开一辆林肯城市汽车,像流氓一样抽着烟;一个看起来14岁的孩子开着一辆破旧的灵车。我们俩最重要的共同点是,我们爱吃的

---

① 美国第27任总统。
② 美国第36任总统。

东西一样：珀金斯的豪华煎蛋卷，温迪家的冰淇淋。每次我们在麦当劳点餐时，都会来一杯可乐和一份小薯条，保证下午精力充沛，而且每次我都想大叫：我们的后备厢里有爱因斯坦的大脑！

可是，谁会相信我呢？

现在也有医生宣称在我们有生之年，将能看到第一例脑移植病例，或是克隆将成为司空见惯的事情。他们其实是在预测科学将保证我们有"来世"，而不是宗教。但是，我不禁会想如果爱因斯坦现在就坐在后座，会对美国有什么看法，或者说，当他再次坐在后座上时，会对美国有什么看法。

我想知道这种"来生"是否真的那么美好。一个叫法比奥的人的身体里装着爱因斯坦的大脑？或者是爱因斯坦重生，在他已经经历过的生活基础上生活，囿于自己以前的成就。这是一种在重新开始之前就已经受到限制、经过分类和整理的生活。在你出生的时候，联邦调查局就已经对你展开调查，你会作何感想？或是知道你的工作曾经彻底改变世界，但你却从未找到真爱，你会怎么想？你会用一种人生换另一种人生吗？

当然，一方面，爱因斯坦会对我们的世界及其挥霍无度感到震惊：既是自由之地，也是运动型多功能汽车之家。我们的庞大生活充满各种荒谬。或许，他还会因为我们所处世界的惊人速度和互联性而震惊。他难免会感到不适应：音乐电视，微软，州际公路上的快餐广告，霓虹绿洲，所有这些将大众敲打成一起点击鼠标、听嘻哈音乐的同类人。他可能还会对自己的受欢迎程度感到震惊，事实上，他死后可能比活着的时候更出名。他是新千年的代表人物。另外还有很多令人迷惑不解的东西会让爱因斯坦忍俊不禁：跆搏健身操和豆腐汉堡，杰西·文图拉①和比尔·克林顿②，硅胶乳房和阴茎增大术。

只要把爱因斯坦的大脑放在后备厢里，就能改变你看待事物的方式。此时，在这辆"云雀"里，出现了一种自然选择：哈维斑驳的手在地图上指指点点，地图占据了我们之间最主要的位置，除此之外还有玛氏巧克力豆和全麦饼干。我俩之间还散落着一些我的旅行必备物品，磁带——适用于任何难题，无论是打瞌睡还是路怒症。后座上放着我的一些书。这是我的一个习惯，喜欢随身带着《白鲸》《尤利西斯》《追忆逝水年华》这样的大部头。万一我们的车在得克萨斯州狭长地带③抛锚三四个星期，这些书就能起到安全保障的作用，但我从来没翻开过其中一本书。我们继续把报纸和垃圾堆在后面，心满意足地看着它们堆积起来。

我和哈维各自都有护身符。哈维的是绿色贝雷帽，他习惯把它放在膝盖上，或是像拨弄念珠一样用手指拨弄帽檐。我则是把瑟曼·芒森1979年的棒球卡放在仪表盘上，我习惯随身携带这张

---

① 美国前职业摔跤明星、演员，曾任明尼苏达州州长。
② 美国第42任总统。
③ 得克萨斯州西北角被称为狭长地带。

卡，卡片上是这位纽约洋基队队长的照片，他留着海象式胡子和看上去有点滑稽的鬓角。芒森不是传统意义上的帅哥，也许从任何意义上看都不算帅，但他是20世纪70年代末洋基队的核心和灵魂，他会带伤比赛，缝合的伤口、肿胀的膝盖、发炎的肩膀和葡萄球菌感染都不能阻止他上场。他是我的英雄。

我常常想，一个不到12岁的火柴棍一样的笨蛋为什么会和一个坏脾气、爱惹事的成年男人产生共鸣？他曾经把一盘意大利面倒在记者头上。一个一心向善的圣坛男孩[①]和一个满嘴脏话、朝摄影师扔棒球的卡车司机的儿子之间有什么相似之处呢？年幼的我也是捕手。在镇上的少儿联赛中，我戴着超大号的护垫，移动起来仿佛背着一堆石头。仅仅是和瑟曼·芒森站在同样的位置给予我一些力量。身体遭受的每一次暴投[②]，手指上的每一处瘀伤，都是在向瑟曼·芒森所受的伤痛致敬，伤痛超越智力、经验和年龄，将两个人联系在一起。在我心里，我们是同类。

对我和我的弟弟们来说，芒森的死就相当于肯尼迪遇刺。比赛休息期间，芒森在俄亥俄州的坎顿市练习飞机起飞和降落，他的错误操作导致其驾驶的塞斯纳飞机失速。跑道近在眼前，他的飞机急速下降，刷到树木，翻滚着坠向一片玉米地，以每小时108英里的速度撞向地面，飞机翻转，机翼折断。当时机上还有

[①] 在礼拜仪式中协助主持人的男孩。
[②] 棒球中，偏离本垒板致捕手无法接住的投球。

两名乘客幸免于难，他们试图把芒森从飞机残骸中拖出来。当时他还有意识，但很可能无法活动，只能大声呼救。突然间，飞机燃油泄漏，他周围聚集起一摊油，然后飞机爆炸了。后来，相关人员通过牙科记录确认了他的身份。尸检报告写道："这具尸体是一名发育良好、营养充足的白人男性，他遭受了相当严重的高热和灼烧，导致其身体呈现拳斗姿势[①]。"当天晚些时候，有人取回了他的奔驰450SL敞篷车，发现烟灰缸里还点着一支雪茄。

哈维对瑟曼·芒森一无所知。他给我讲了1931年耶鲁大学一名橄榄球跑卫的故事。这名跑卫叫阿尔比·布思，他身材矮小，但身手敏捷。他擅长端区之间的回攻，利用外侧掩护冲跑越过防守球员，能凭一己之力击败对手。在他职业生涯的最后一场比赛中，他精准的一脚射门得分，带领球队以3∶0击败哈佛大学队。"天哪，他太能跑了！"哈维感叹道。我的脑海中则浮现出哈维身着常春藤盛装、毛皮大衣，手举耶鲁横幅为阿尔比·布思欢呼的画面，尽管我知道这一幕绝不会出现。

我们在一起的第三天，在我们穿越密苏里州的路上，2月的阳光一直跟随着我们的车。后来，又有一只鸟——一只大黑乌鸦——跟着我们，我认为这是某种征兆。但预示着什么呢？

也许预示着这一天不寻常，也许是因为我们要去堪萨斯城，

[①] 全身被烧时，肌肉遇高热而凝固收缩，由于屈肌较伸肌发达，屈肌收缩较伸肌强，所以四肢常呈现屈曲状，类似拳击手在比赛中的防守状态，因此被称为"拳斗姿势"。

哈维有亲戚在那里，但哈维只顾着讲述这个国家的历史故事。他每次都以这样的句子开头："在运河时代……"或"我记得大萧条是因为咖啡……"他给我讲了道尔顿帮的故事，来自堪萨斯州的几个兄弟和他们的朋友从守法公民莫名其妙地变成银行劫匪，在西部平原屡屡得手，吓坏了所有人，直到其中几人被枪杀。他们经常在袭击银行和火车之后，在堪萨斯州的米德镇躲藏一阵。哈维讲得慢吞吞，让人有机会插入其他话题。这时候我想再聊一聊爱因斯坦的大脑。不知道是哈维的听力有问题，还是单纯因为他的固执，我们的对话就像实验话剧：

道尔顿帮会瓜分赃物，嘿嘿……
但这似乎是不可能的……
我猜他们喝醉了，在藏身处打牌……
你拿了那两个罐子就走了……
就像这些来自米德镇的美国亡命之徒……

后来，当哈维回忆往事时，就像这样：

以前认识一个家伙，造帆船，嘿嘿……
但是，当时为什么有那么多争议，当……
他造了一艘纵帆船驶回了英国……
没人受伤，你说不是偷的……

不知道他是怎么做到的……也不知道为什么。

在密苏里州的独立城，我们驶离州际公路，参观了哈里·S. 杜鲁门①的家和总统图书馆。杜鲁门曾经经营一家男装店，但不太成功。他参与了20世纪的一些重大事件，其中大部分发生在他担任总统的头四个月：德国投降，第二次世界大战欧洲胜利日，波茨坦会议，联合国成立，在广岛和长崎投下两颗原子弹和日本投降。我们参观了图书馆，里面有各种各样的展品，重点展示了杜鲁门不得不做出的每一个痛苦的决定。在杜鲁门的办公室里，站在他空荡荡的办公桌前，我们听到了他刺耳的声音。这个声音来自某个有杂音的录音，通过藏在某处的扬声器播放出来，仿佛是死者在向我们打招呼。

"我是哈里·S. 杜鲁门，"哈里·S. 杜鲁门说道，"这个房间完全按照20世纪50年代白宫西厢的总统办公室复制。"

对哈维而言，这里的每一张剪报或旧照片都与真实的时间和真实的人物联系在一起，这些东西为他打开了一扇门，门的另一边是他在二战时期可能感受到的爱国主义，纳粹狂热或幸存的喜悦，而试图想象那段岁月的我更像是坐在上层甲板的一名观众。我看到很多矮人在很远的地方打球：杜鲁门，希特勒，裕仁和丘吉尔，他们的身高加起来才相当于一个美国职业篮球联赛球员的

---

① 美国第33任总统。

身高。然而，他们摧毁了欧洲和日本的大部分地区，造成数百万人死亡。整整一代美国人自发地应召去战斗。今天你还在家里种地，还是工厂工人或汽车推销员，明天你就在法国行军了。对于我这代人来说，距离战争最近的时刻就是在电影院观看《现代启示录》，我很难做出这样的选择，很难理解作为美国人的每一个理想和原则都可能处于危险之中。那个年代，即使是坚定的贵格会和平主义者哈维也为政府机构工作，测试用于武器的化学品。

在礼品店，我买了几个罗斯福、杜鲁门的竞选胸针，把其中一枚别在我狩猎夹克的前侧口袋上。离开时，我们与一个中年男人擦肩而过，他看到胸针后生气地摇了摇头，大声对与他同行的另一个中年男人说道："他大笔一挥就杀了更多人。我想可以这么说他。"哈维似乎没有听到这番评论，他转头直接对我说："我曾经见过哈里·杜鲁门，是通过克利奥拉。她是杜鲁门家的朋友，在他去世前，我们在图书馆见过他。我们一起喝了柠檬水。他是个好人，脚踏实地，也是个好总统。"

我不知道哈维是不是在骗我，但他说这番话必然是出于真情实感。他就是泽利格，这个角色的生活不知何故总是与其他人更加丰富多彩的生活交织在一起，在历史的画布上上演人生故事，最后这也成为唯一令其引人注目的地方。可是真的是这样吗？没有了爱因斯坦的大脑，哈维真的只是一个无害的老顽固吗？

我们重新开上州际公路，日落时分，堪萨斯城仿佛一颗宝石。夕阳从摩天大楼的玻璃窗上掠过，电子和量子像一团看不见的子弹从我们身边飞过。每个朝西走的人都眯起眼睛，躲在遮阳板后面，略微放松一点油门，感受阳光的强大力量。哈维闭上眼睛，沉浸在温暖的夕阳中，仿佛置身加勒比海的小岛。他已经说过今晚我们将和一个朋友共进晚餐，但他拒绝透露更多详情，很快，他指引我向城里开，随后我们沿着一条两旁都是商业区的大道驶向第八街。

他称她为"前任"。雷伊是他的第三任妻子。他的第一任妻子埃露伊斯给他生了三个儿子，第二任妻子艾莉森是个"聪明的澳大利亚女孩"，非常有经济头脑。这次要见的是雷伊，她在1982年抛弃了他。巨大的挡风玻璃放大了她浅褐色的眼睛，薄薄的嘴唇和一头齐肩的银发。她是个端庄的美人，略带嘲讽的笑容下流露出难以抑制的悲伤。她的目光犹疑不定，似乎看向这里，似乎又哪儿都没看。她已经56岁，身无分文，搬来和自己的女儿、哈维的继女弗吉尼亚一起生活。她手腕上戴着一条粉色医用塑料手环。

我们来到她女儿家，那是半间小木屋式复式公寓，弗吉尼亚和她的伊朗丈夫以及两个女儿共同生活。哈维没有提前打电话联系，一声不响地出现在他们面前。雷伊、弗吉尼亚和雷伊的两个外孙女——两个阴郁的黑发女孩，一个大约10岁，另一个大约6岁——表现得很平静，仿佛一直在等着他，就好像他出门去买了一夸脱牛奶，哪怕他已经离开这里快一年了。"去抱抱外祖父。"

弗吉尼亚平静地说道。最小的那个女孩冲我做鬼脸，还朝我吐舌头，竖中指。我生气地噘起嘴——有没有点爱心？她挑衅地扭动屁股，还指了指屁股，好像在说：亲我的屁股，傻瓜，然后跳回她姐姐旁边的沙发上。两个小女孩立刻投入地看起电视来。哈维也看向电视，试图融入其中。新闻里正在播放在情景喜剧中扮演老爹的比尔·科斯比的片段，当晚他正在堪萨斯城进行脱口秀表演。

"嘿，科斯比在哪儿?!"哈维问道，这时电视里突然变成了杂耍演员表演。两个女孩转头看向这位外祖父，似乎对他的抱怨感到疑惑不解，同时瞪了他一眼，然后转回头去看电视。哈维颓然地站在屋子中间，用指尖转着那顶绿色贝雷帽。

"汤姆①，你至少可以来帮我一把。"雷伊说道。她在屋子的另一边，正在拆箱子，箱子里都是从旧家打包过来的东西。她看起来很脆弱，好像一直在哭。哈维笑了笑，又清了清嗓子。"当然，"他说道，"我很乐意帮忙。"他把贝雷帽放在桌子上，笨拙地拆着一个箱子，而雷伊已经整齐叠放好了另外三个箱子。

令人感到奇怪的不是冷淡的欢迎或缺乏亲密感的态度——他们几乎都是陌生人——不是这样的，我了解人们是如何崩溃的。更确切地说，这一瞬间我在哈维身上看到了自己的影子。他是个老人，孤身一人。我在这个满是陌生人的屋子里，也是孤身一

---

① 托马斯的简称。

人，同时在逐渐变老。等我们到达旧金山的时候，我想我也会变得头发灰白，弯腰驼背。

现在，亲眼看到哈维落得如此一无是处，我想知道一个男人为什么会有那么多前妻和破碎的家庭，为什么会从一个前途远大的年轻医生沦为塑料厂的工人。当临近生命终点的你一觉醒来发现身体不听使唤，松散的关节让你在走廊走路的速度大不如前时，你会作何感想？最后，你不知怎的站在堪萨斯城一个普通的客厅里，已经走过半个美国，还有半个美国要走。客厅墙上挂着宗教日历，而你正在和一个纸箱"殊死搏斗"，仿佛那是一条野生鳄鱼。

不止如此。在这个看似平静的家里，我也听到了一丝不满：哈维这个随心所欲、来去自如的浪荡子在浪荡途中，似乎过于频繁来这个特别的"卡车驿站"歇脚了。我感觉，爱因斯坦的大脑也许不仅仅是给了哈维人生中一次公路旅行的借口，还撬动了与他最亲近的一些人的关系，它既是攻击武器，也是防御手段。

弗吉尼亚对他的冷淡态度就可以当作证据。而雷伊则用茫然的沮丧掩饰更深沉的东西。在这对曾经的夫妻之间，那种无法言说的爱已经消亡，躺进了棺材，而他俩现在只能尴尬地在一旁站着。看着他俩微妙的交流，我不禁想起与之相似的爱因斯坦的一生。这位物理学家在生命的尽头曾说过："我真的是个孤独的旅行者，我从来没有全心全意地属于我的国家，我的家，我的朋友，甚至我的亲人……我从来没有丧失过距离感和独处的需求。"

但可以肯定的是，哈维和雷伊就像爱因斯坦和米列娃，曾经有过那么一天，两人第一次在彼此面前感到紧张，感受到某种巨大的、无名的强烈情感：某种欣喜若狂。他们一定有一种共谋的感觉，时间在他们面前延伸。那么，这种感觉怎么就消失不见了呢？

我们三个人——哈维、雷伊和我——去了本尼根餐馆吃饭。当我们走进这家复古芝加哥风格的餐馆，看到仿蒂梵尼灯饰映照下的各种微波炉食物和苏打汽水时，他把我拉到一边，对我说："这顿我买单。"他刻意压低了声音，不让雷伊听见。餐馆里色彩鲜艳，令人赏心悦目。我们坐定后，哈维极力让雷伊点虾。"你爱吃虾。"他说道。她则回忆说，上次他们像这样一起出来吃饭时，她因为吃虾食物中毒了。"还记得吗？"他心烦意乱地看向她身后的一幅画，画里有个男人留着八字胡，戴着圆顶礼帽。

"什么？"雷伊歪着头说道，"是我的头发？还是别的什么东西？"

"不是，"哈维回应道，"只是那个家伙的胡子太搞笑了。"

哈维点了虾，雷伊点了汤，我点了玉米卷饼，在我们的食物端上来之前，我问雷伊是否觉得把爱因斯坦的大脑放在家里是一种负担，这颗大脑是否改变了他们的生活。"哦，是的。"她答道。她深吸一口气，好像对这件事有很多话要说。"但是，汤姆其实并没有拿它做什么……"

她还没来得及继续说下去，哈维就突然开始插话，气急败坏地说道："我知道我没有处理好这件事，我犯了些错。"说完他突然改变话题，强行掌控了谈话，重新说起道尔顿帮的故事：抢劫银行，在米德镇的最后的枪战。他自顾自地说着，仿佛在争分夺秒地拆除某个炸弹。

我们开始吃饭，哈维继续喋喋不休，雷伊则专注地听他念叨，而餐馆里的其他喧闹声都消失了：一个把餐巾像领巾一样围着的男人发出的刺耳笑声，我们身后的座位正召开一场看似非法的秘密会议。最后只剩下心烦意乱的雷伊和哈维，后者用一种全新的活力掩藏起心不在焉。两个人仿佛在去往别处的路上擦肩而过，彼此靠近，然后彼此远离。

晚餐结束后，我们送雷伊回家。哈维把她送到门口，我则留在车里。已经10点了，而且开始下雨——淅淅沥沥的冰冷的蒙蒙细雨。哈维和雷伊在门口站了一会儿。我盯着他们的影子看了一会儿，哈维微微弯着腰，雷伊和他拉开一点距离，略显僵硬。随后我收回目光，开始调收音机，听到了很多有关生猪价格的消息。这时哈维侧身走回车里，因为完成了告别而长舒一口气。后来，在我们开出几百英里之后，他将意识到他把绿色贝雷帽放错了地方，可能落在了客厅的桌子上。但此时我们只是扣好安全带，缓缓驶出车道，加速行驶，消失在街灯的灯光之中，再次踏上穿越美国之旅。我、哈维和爱因斯坦的大脑一起待在这辆"云雀"里，放飞回忆，历数我们的得与失。

9. 射击 Z

即使是爱因斯坦自己也无法预测1905年发生在他身上的事情。在那之前,他发表了一些有趣的论文,但没引起多大关注。接着,突然之间他就发表了三篇令人惊叹的论文:《关于光的产生和转化的一个启发性观点》,在这篇论文中他详细介绍了电磁辐射如何以一种被称为光电效应的方式与物质相互作用;在《关于热的分子运动论所要求的静止液体中悬浮小粒子的运动》这篇论文中,爱因斯坦又探索了布朗运动,证实了热的分子动力学理论;最后,他发表了最伟大的研究成果《论动体的电动力学》,首次提出了狭义相对论。两个月后,他又发表了一篇简短的论文,假设所有的能量都有质量,这一想法过于激进,爱因斯坦又花了两年时间才用一个公式将其重新表述出来,那就是 $E=mc^2$。

在全世界都没有察觉的情况下——更不用说当时顶尖的科学家了——爱因斯坦以一己之力炸毁了神圣的科学殿堂,朝牛顿挥动了大锤,创造了一种全新的语言,用来理解一个全新的宇宙,这个新宇宙似乎与人类想象中的那个新宇宙有着完全不同的复杂之处。这个新宇宙由神秘的方程式和看似随意的想法编译而成,与一堆科学术语纠缠不清,这些术语单个看起来似乎并不合乎逻辑,合在一起却形成了某种超级连贯、令人费解的东西。

事实上,相对论的影响及其引发的连锁反应几乎不可能被高估,一家英国报纸就曾自鸣得意地称之为"对常识的侮辱"。值得注意的是,1666年,艾萨克·牛顿爵士因为瘟疫逃离剑桥,独自在安静的英格兰村庄伍尔斯索普的家中探索万有引力定律,而爱因斯坦则"躲"在专利局,在各种废纸片上草草写下相对论方程。多年后,当记者让他解释这一理论时,爱因斯坦开玩笑地总结道:"和漂亮女孩在公园长凳上坐一个小时就像过了一分钟,但在热炉子上坐一分钟却像过了一个小时。"

关于爱因斯坦的狭义相对论,我们最熟悉的一个例子是这样的:一个女人面朝火车前进方向坐在火车上,她认为包括头顶的灯泡在内的所有东西都是静止的,而火车外面的所有东西都在移动。与此同时,站在站台上的一个男人认为,火车内的所有东西都在以火车前进的速度移动。如果火车上的女人想要测定头顶上的灯泡发出的光束照射到地板上又反射回车顶的时间,她所测量的将是光束垂直照射与反射的时间,而外面车站上的男人想要测定他所看到的相同光束的运动时间,从他的角度来看,光束则是以斜角反射穿过车厢回到车顶。假定光速恒定不变,光从车顶照射到地板再以斜角反射回车顶所需时间就更长,因为它经过的距离更远,因此在站台上的男人测量所需时间也更长。

也就是说,时间是相对的。或者说,火车上的女人和站台上的男人对时间有两种不同的感受:即时和彼时。

除此之外,从站台上的男人视角看来,朝前行驶的火车似乎在缩小。根据爱因斯坦的说法,如果火车的速度接近光速,火车的长度将趋近于零,时间将停滞不前。

爱因斯坦在这个思想实验中提出的是相对论宇宙的革命性理念,这不再是一个按既有规则运行的宇宙,而是一个空间和时间合二为一的地方:"时空"就是新宇宙中看不见的聚酯薄膜结构。为了将这一概念扩展到所有物理学,尤其是重力领域,爱因斯坦在1916年开始研究广义相对论。爱因斯坦重塑了牛顿的万有引力理论,他设想一个人在一个盒子里,比如一个人正乘坐宇宙飞船向海王星疾驰而去,尽管重力在太空中不起作用,这个人还是会被压倒在地。同样地,如果地球上一个人搭乘电梯,电梯的缆绳断掉,电梯加速朝地面坠落,电梯里的人在这一过程中其实并不会碰到地板。如果电梯坠落的情况发生在无重力空间,电梯里的人也不会碰到地板。爱因斯坦宣称,无论是在地球上还是在海王星上,重力在这两种情况下都不会发挥作用。这意味着,在任意一种情况下,是加速度发挥着与重力相同的作用。

在这一假设前提下,爱因斯坦疯狂展开推论。在这一理论的众多复杂观点中,广义相对论假设引力场的存在导致"时空"弯曲,因此在"时空"结构中存在扭曲,被爱因斯坦称为量子的恒星、行星和卫星附近的点会使光束弯曲。由此揭示:物质和能量驱动"时空"的弯曲。为了证实这一点,爱因斯坦几乎是炫耀式地迅速运用方程运算,预测了日光经过水星时的确切位移:大约每100年43角秒。令人震惊的是,亚瑟·爱丁顿在观察了1919年发生在西非的日食后,证实了这一方程的正确性。狭义相对论以光速的绝对速度为基础，证明时间是相对的，而广义相对论则证明，不仅加速度是相对的，现在光速也是相对的了。

然而，面对这一系列发现及其意义，人们却保持沉默。爱因斯坦击出的本垒打和马克·麦圭尔一样多，打点数[①]和哈克·威尔逊一样多，命中率和泰·柯布一样高，连续比赛场次和乔·迪马吉奥一样多[②]，同时一举拿下金手套奖[③]，而且他是在一个赛季内取得所有这些成就。一开始，无人欢呼。爱因斯坦将狭义相对论作为博士论文提交给瑞士苏黎世联邦理工学院，但因为难以理解而遭到拒绝。同时，方程 $E=mc^2$ 直到20世纪30年代才在复杂的实验室条件下得到证实。甚至连他在1921年获得诺贝尔奖也不是因为相对论，而是因为他在光电效应方面的研究。相对论引发的激烈争论，吓跑了保守的诺贝尔奖委员会。

在爱因斯坦创造的"奇迹年"过去近100年后，现在的我们当然懂得欣赏他的天才之处，因为对我们大多数人来说，爱因斯坦就是天才的代名词。而且，因为他的研究成果直到今天仍然活在炸弹、激光束、核聚变机和太空计划中，在新墨西哥州阿尔伯克基市的桑迪亚国家实验室，研究人员在尝试利用少量电能实现

---

① 棒球球员帮球队打回的分数，打点越多，表示球队靠该球员得到的分数越多。
② 以上人物都是美国棒球明星球员。
③ 美国职棒大联盟的年度个人奖项之一，用以表扬每个联盟各个位置防守表现杰出的球员。

核聚变方面取得了巨大进展，这些实验用电能只能照亮大约40栋房子。研究人员将电能储存起来，再射入一个复杂的储存罐中——一个被称为Z机的巨大机器。这台机器被放置在科特兰空军基地外围一间巨大的仓库里。在一次被称为"射击Z"的微爆过程中，这台机器产生的能量是全球输出能量的40倍，简直可以把整个仓库抬离地面。我一想到爱因斯坦的大脑，就不禁把Z机想象成它的现实化身。

但爱因斯坦从未像他周围的人那样看重自己。尽管声名远扬，他还是埋头钻研。无数个夜以继日仿佛只是一眨眼的工夫，然而等他从知识的海洋中站起身来时，他感到头晕目眩，筋疲力尽。1928年，他疯狂研究统一场论，根据这一理论，引力和电磁都可以解释为密不可分的现象。他因为过度劳累导致心脏肿大而入院治疗。这时候，海伦·杜卡斯第一次见到躺在病床上的爱因斯坦，当时他说了一句话："这里躺着一具老小孩的尸体。"杜卡斯很快成为爱因斯坦的秘书。

不幸的是，他在很多方面都是正确的。1925年，爱因斯坦贡献了最后一个突破性的发现——玻色-爱因斯坦凝聚现象，他和印度物理学家一起帮助建立了量子统计学。爱因斯坦的同事们认为，即使他将人生的最后30年全花在钓鱼上，也丝毫不会影响其伟大程度。可以这么说，从科学角度来说，爱因斯坦在46岁的时候就已完成所有任务，这个年龄和哈维被普林斯顿医院解雇时的年龄差不多。但是，在余下的岁月里，那些西西弗斯式的努力又算什么呢？那些令人发狂的死胡同，无数写满各种数字的纸页、纸片和餐巾纸，飞速运转的庞杂的思绪，自我参照，自我记录，即使是今天也很少有人能理解。在爱因斯坦30年中留下的难以辨认的潦草文字中，在今天保存在耶路撒冷希伯来大学地下室的他的作品中，是否存在一个万物统一场论？

这种可能性几乎没有。因为即使我们记忆中的爱因斯坦是个天才，他本人更多时候却在努力奋斗，体验失败和困惑。虽然很少有人质疑他的才华——似乎只有他本人认真倾听不同的声音——但他仍然经常寻求与他人合作，在数学问题上寻求帮助，与同事探讨尚未成形的想法，直至其成形。然而，随着年龄的增长，他变得越来越孤立。他的两任妻子先后去世：埃尔莎1936年去世，米列娃1948年去世。他很少见他的儿子们，事实上，他几乎没有去修复那些最亲密的关系。

在工作方面，他的传奇性有可能让他远离了那些早期富有成效的协作。他曾经通过形象化的方式解决问题，通过在自然界中做一些简单的观察，再将其提升至抽象水平来解决问题，他越来越多地从抽象水平开始倒回探究问题，而这往往只会让他陷入更抽象的旋涡。他的名声并没有帮上什么忙，因为他的失败也常常被看作成功。1929年，当他发表了一篇尝试解释其统一场论的论文时，上百名记者守在他家门口。论文一经发表，伦敦一家百货公司就把它贴在了橱窗里，引来无数人围观。公众如此热情，爱因斯坦被迫躲藏起来，与此同时，他的发现未能经受住同事的推敲。

名声因此变得令人困惑。在相对论得到证实，爱因斯坦被加冕为新的救世主之后，人们对他趋之若鹜。在默默无闻地埋头苦干多年之后，爱因斯坦似乎也很享受这种关注。他接受各种邀请，四处旅行，其魅力令主办者折服，他和漂亮女人调情，发表关于相对论的演讲，参加各种宴会，有时候甚至连衣服都来不及换就要赶赴下一场宴会。被物理学家同行和其他人所接纳并不是坏事。爱因斯坦还非常慷慨地以自己的名义支持任何符合其"左"倾情感的事件，他的名字出现在一个又一个政治事件中。联邦调查局为其建立的档案显示，他的名字总共出现在70多个政治事件中。

通往上层社会的大门也随之向爱因斯坦打开，各界名人争相想要结识他。他见过西格蒙德·弗洛伊德、托马斯·曼、弗兰茨·卡夫卡和印度神秘主义者拉宾德拉纳特·泰戈尔。他曾和甘地通信，表达对其和平主义理念的支持。他还和友人查理·卓别林、出版业大亨威廉·伦道夫·赫斯特共进晚餐，就美国富人太富、穷人太穷问题展开激烈争论。他很快和比利时女王成为朋友，在普林斯顿安定下来后，他经常和女王通信。他的魅力很大程度上来自他的气场。如果20世纪上半叶对现在的我们来说是一张张泛黄的照片，我们一定会把爱因斯坦想象成黑白影像之间一个五彩斑斓的奇怪人物，一个看起来像圣人的人。"爱因斯坦经常谈论上帝，"他的作家朋友弗里德里希·迪伦马特回忆说，"以至于我怀疑他是个隐藏的神学家。"

他曾经连一份教书的工作都找不到，更不用说养家糊口了，那时他就学会了固执己见。现在，当他重回工作岗位时，在狂热的氛围中，他固执地把所有人拒之门外，沿着自己思想的轨道，回到宇宙边缘某个探索的地平线上，陷入深深的沉思。也许正是这种固执，这种孤独的旅行，导致了他的毁灭。

随着爱因斯坦的惊人发现，科学得到迅速发展。尼耳斯·玻尔、马克斯·玻恩、沃纳·海森堡和埃尔温·薛定谔等众多物理学家，穿透了长期以来的未知领域。当时的大多数物理学家都在量子力学上做出了重要突破，这个理论预测了在原子层面上解析宇宙时会出现复杂情况。而爱因斯坦则与众人背道而驰。总体而言，他还是曾经那个穿着镶有花边的绿色拖鞋去专利局上班、沉浸于自己的思想世界的人，但他突然从推动其前行了20年的神秘气流中喷射出来，独自在漩涡中踩水。

"我对量子问题的思考远远超过了对广义相对论的思考。"爱因斯坦临终前暗示了自己的失败。

即使是现在，我们也无法想象爱因斯坦在黑暗中度过了人生最后30年，我们如此坚定地以他来定义天才，仅仅是他的名字就能让我们超越自我，进入认知的最高境界。可是，爱因斯坦为什么注定会失败呢？

不，我宁愿把他想象成一个有血有肉的人，一个和蔼可亲、有点古怪的人，说起话来带有浓重的德国口音，模样看上去好像刚把手指插进电源插座。他在20世纪30年代初乘坐横跨全美的火车前往洛杉矶，途经宾夕法尼亚州、俄亥俄州，到达芝加哥，再从芝加哥到圣路易斯，然后是堪萨斯城，接着向南来到新墨西哥州的拉米镇，穿过保留地和亚利桑那州，进入加利福尼亚州南部。

我想象有那么一个人，一个永远的外国人，宇宙的任何地方似乎都是他的家。他眺望着美国的景物，困惑不解，若有所思，他提出问题：为什么在以每小时72000英里的速度绕着太阳旋转的地球上，当我们坐在以每小时80英里的速度行驶的火车上时，感觉却像是在缓慢前行？或是感觉火车完全没有移动？为什么即使我们的速度越来越快，感觉自己充满活力，实际上却是在向零冲刺？

10. 我猜是塞内加尔医生

我们在堪萨斯州的劳伦斯市晃悠，周围到处是尖木板围栏和光秃秃的树。我们把车停在一栋红色小房子前，这栋西尔斯·巴罗克预制房①一共有五个房间。房子后面草坪上的草参差不齐，房子主人将其修剪成巨大的阴茎形状，作为欢迎即将到来的外星人的着陆点。我们按响门铃，等了一会儿，听见屋里有一些动

---

① 西尔斯·巴罗克公司是美国私人零售企业，曾经通过邮购方式销售定制房屋。

静,然后是转动门锁的声音,一道幽灵般的光映照出哈维的前邻居——即将去世的小说家威廉·S. 巴勒斯。

巴勒斯是"垮掉的一代"之父、反主流文化的化身和瘾君子桂冠诗人,他与艾伦·金斯堡和杰克·凯鲁亚克一起叩响真与美的大门,同时也打开了美国流浪者的地下世界之门,他们只为任何特定时刻的快感而活。虽然哈维曾经住在这附近,但他只见过巴勒斯一次——在电影制片人凯文·赫尔安排的午餐会上。现在,哈维握着他的手,大声说着话,他认为83岁高龄的巴勒斯有听力障碍,但其实他的听力并没有问题。接着,他把手放到这位作家的手臂上,两个人惊讶地拥抱在一起。他们俩的面色都像大理石一样苍白。

"真的、真的很高兴见到你!"哈维叫道。

"是的,是的,我确信我也有同样的感觉,医生。"巴勒斯回应道。他对着刚刚开始撒冰的云挥挥手,眯起眼睛往上看,仿佛期待看见翼手龙。随后,他把我们迎进屋里。

巴勒斯靠墙坐在一张带轮子的座椅上,上面印着"Dynachair"字样。椅子靠背在墙上擦过的地方有一道很深的印迹。这位作家因为这番动作而气喘吁吁。我们到来之前,哈维坦言自己试着读过巴勒斯的一本书,但看不进去。他不记得看的是《裸体午餐》还是《瘾君子》了。哈维评论道:"我读不懂,但他们都说他是个天才。"

巴勒斯旁边摆着张桌子,他让哈维坐在桌旁。今晚有三个人帮他看家，他又让其中一个叫韦恩的拿点喝的来。巴勒斯上身穿着牛仔衬衫，下身是牛仔裤，外面套着件绿色军大衣。大衣敞开，露出别在腰间的一把手枪。他有双像猫眼一样漂亮的蓝眼睛，双颊凹陷仿佛被刀削过一般，背有点驼。他的脸上爬满皱纹，仿佛刻着他的人生目的地：墨西哥城、丹吉尔[①]、巴黎。在他的某个人生褶皱里，也许还藏着他意外射杀妻子之前，像威廉·退尔那样放在她头上的"苹果"[②]。我们面前的蓝色盘子里摆着奶酪、薄脆饼干、意大利辣香肠、沙丁鱼和鱼子酱。巴勒斯说道："没错，鲟鱼卵，中西部人的最爱。"说完，他把一大堆黏糊糊的黑色小玩意抹在了薄脆饼干上。哈维不停地喝红葡萄酒，喝得面红耳赤。巴勒斯喝了五杯可乐和伏特加的混合酒后告诉我们，他刚刚服用了美沙酮[③]。

"什么？"哈维嚷道，他没听清巴勒斯说了什么。

"美沙酮，医生。一种了不起的吗啡替代品。你没试过吗啡吗？"

"没有。没有，我没有。"哈维认真地否认道。

[①] 摩洛哥北部古城，巴勒斯在这里创作了代表作《裸体午餐》。
[②] 威廉·退尔是瑞士民间传说中的英雄，他因为反抗当权者招来厄运。当时的地方总督表示如果他能射中放在他儿子头上的苹果，就饶他一命。而1951年，据巴勒斯说，为了炫耀自己新买的手枪，他和当时的妻子玩所谓的威廉·退尔游戏，把一个金酒瓶放在妻子头上，他用枪射击酒瓶，结果失手射死了妻子。
[③] 镇痛药物，药效与吗啡类似，服用后忌饮酒。

"难以置信。在丹吉尔,有一种最神奇、最重要的药物……去那儿只是为了吃最后一点。最后一次。医生,跟我说说你对哪些东西上瘾吧。"

"呃,嗯……"哈维什么也没说。

巴勒斯点了支烟卷递给哈维,哈维没接,烟雾像土耳其浴的蒸汽一样在他头上飘荡。

"你药物上瘾是因为疼痛吗?"

"我希望我能这么回答你,医生,但我不是因为这个。"巴勒斯答道,"我上瘾是因为我想要更多。"说完他陷入沉思,仿佛迷失在白色烟雾之中。"现在它给了我些许期待。"

哈维没有回应,只是同情地点了点头。

"嗯,没错,没错,太好了。"巴勒斯一边说,一边用手指敲击桌子。他挪动椅子,像跳芭蕾舞一样脚趾点地移动,他笨拙地摆弄着帕特里克·麦格拉思的一本平装书。接着他逗了逗小猫,这位老人喜欢猫。在他上方的一个架子上,放着给猫去体内毛球的化毛膏,以及治疗肠胃不适的善胃得。烟卷的气味和厨房里正在准备的晚餐气味混合在一起。一开始是番茄酱的味道。洋葱和青椒,散发出勃艮第葡萄酒的味道。"嘿,知道吗?"巴勒斯说着拿起一本《枪与弹药》杂志,心不在焉地翻着广告,"他们有一种黑火药子弹枪,可以邮购。你能相信吗?"

哈维还没来得及回答,巴勒斯突然站了起来,朝窗边放着的皮沙发走去。虽然没有任何危险迹象,但仿佛有什么暴力开关被开启。街上的车灯像飞碟一样无声驶过，在墙上留下一道道车影。"为什么？"他咆哮道。哈维大吃一惊，巴勒斯一只手伸向腰间的枪套，另一只手在空中挥舞着，好像在驱赶蚊子。贪婪，欲望，饥饿，这时，韦恩冲进来，安抚他："坐下，主人。没事的。我们有东西要给你。一个漂亮的小礼物。"

"一个礼物？"巴勒斯又关上了开关，突然沉浸在童年的狂喜之中。韦恩40多岁，穿着一件超大号的工装夹克——这里的制服，一头乱蓬蓬的深色头发，身材矮小，看起来显年轻。他把巴勒斯带回去坐在椅子上。"啊，啊，会是什么呢？"作家开心地跺着脚。哈维也突然好奇起来，挑着眉坐在那里，像只好奇的猫。

"我们就叫它'骨头'吧。"韦恩说着消失在房间的一个黑暗角落去取礼物。

"骨头！"巴勒斯叫道，"可爱的、可爱的骨头！"哈维此时有些不解，目光在巴勒斯和韦恩之间逡巡，只见韦恩轻轻地把一个大包裹放在咖啡桌上。韦恩读了包裹附带的一封信，包裹里的东西是一位人类学家在西南部徒步时发现的。这位人类学家如此描述发现这个东西时的情景："这个东西撞到了我的腿边。"巴勒斯卡在了这句话上，开始重复："撞到了我的腿边！撞到了我的腿边！撞到了我的腿边！"他的双手迫不及待地扑向这个礼物，疯狂地扯开包裹，露出——还能有什么？——一块巨大的褐色骨头化石。

等哈维看清是什么时,巴勒斯喊道:"它浸满了钙!"那样子仿佛这个化石要爆炸了,我们都得找地方躲起来。但是,把哈维吓了一大跳之后,巴勒斯自己却陷入了一种飘飘然的高潮过后的幻想之中。他抚摸着骨头化石,在远处低声说道:"太棒了,摸起来像油毡。"

韦恩解释道:"它有8000年历史,糙齿龙是一种鸭嘴龙科恐龙,他妈的像这栋房子这么大的凶狠的恐龙,它的粪便和这张沙发一样大。"这时,巴勒斯开心地举起双手。只要听到脏话,他就会想起在阿富汗发生的一些可怕的事情,那里有个有夫之妇被抓到和另一个男人通奸,被人用石头砸死了。巴勒斯说道:"不,他们没有立即杀死她。他们把她埋到地里,只露出头。必须像这样用一块大石头砸她的头。"

他一边说一边站起来,用尽全力扔下一块看不见的石头。然后坐下,浑身颤抖,接着又站起来。"就像这样!"他又扔了一次。"真可怕。"他再次跌坐在椅子上,抱住自己。然后再次站起来。"就像这样!"接着又一次坐下,颤抖。巴勒斯的反应开启了有关杀手和可怕的谋杀话题。韦恩是这方面名副其实的百科全书。他说加利福尼亚州的一个男人强奸并肢解了一个女人之后,又杀了另一个女人,接着又简单介绍了入选"韦恩连环杀手名人堂"的其他连环杀手:泰德·邦迪、吴志达和戴维·伯科威茨。另外一些人此刻就在美国自由自在地游荡,他们挤在立交桥边,去便利店买夹心面包,从收银台前排队的女孩中挑选下一个受害者。当巴勒斯似乎重新振作起来时，韦恩把他自己的几本书放在他面前，让他签名，这能起到催眠效果。他在给这位人类学家的书上写道："谢谢你送的漂亮骨头。回顾过去，展望未来。祝你一切顺利，威廉·S. 巴勒斯。"他写这段话花了很长时间，他反复对自己重复这段话。然后再次高喊："漂亮骨头，漂亮骨头，漂亮骨头。"

签完几本书后，巴勒斯放松下来，筋疲力尽。哈维一直在看那块糙齿龙骨头，这时他大声叫道："多么惊人的标本！"但是巴勒斯又走神了。在田园诗般的堪萨斯小镇上这个温馨的街区，在西尔斯·巴罗克预制房这间金色的房间里，一个恐龙化石让这个瘦弱的男人陷入沉思。他沉浸在思想的烟火中，身体靠着美沙酮和鱼子酱存活。现在，随着身体的衰老，他只剩下骨头了。他一直在失去，除了骨头。

这时巴勒斯开口道："塞内加尔医生，这个世纪还能有什么好结果？"哈维在椅子上转了个圈，以为又来了个医生，然后才意识到巴勒斯现在称呼他为塞内加尔医生。他摆出一副认真思考的样子。

"呃，嗯，在心理健康方面有真正的进步。"

"化学改良？"

"不仅仅是化学——"

但巴勒斯打断了他的话。"不，医生，末日不会有什么好结果。更像个警察国家，更多犯罪，更多针对酷儿[①]的攻击。我不希望眼睁睁看着这一切发生。"

他不会看着这一切发生。再过几个月他就会死了。但现在，他很糊涂，随着脑海中遥远的音乐在摇摆。我们没打算留下来吃晚餐，于是准备离开。但巴勒斯既然提到了末日，就打开了话匣子。电脑芯片植入新生儿的大脑里，诗人在通往公司总部的种满木兰花的车道上被处以私刑，新纳粹分子、嘻哈兄弟、信仰重生的教徒和黑人穆斯林手持自动武器在美国街头混战。哈维似乎从来没有从这角度考虑过问题，看起来有点震惊。这时韦恩及时介入。

"啊，威廉，"他柔声说道，"不会那么糟糕。"他把巴勒斯从椅子上扶起来，然后巴勒斯把我们带到前门。在摇摇欲坠的门廊上，哈维和巴勒斯互相道别。巴勒斯压低声音说了句告别的话，哈维会意地点了点头，但其实并不清楚他是否真的听清了这句话。

巴勒斯轻声说："塞内加尔医生，学会作恶才能让老人活下去。"

我们在倾盆大雨中，融入夜色。哈维蹒跚地走向我们的车，那一刻仿佛短暂的永恒。在他身后，巴勒斯摇摇晃晃，双臂像大象鼻子一样卷起又展开，然后摆出一个佛教徒祈祷的姿势——脸色苍白，神志不清，一动不动。

[①] 所有不符合主流性与性别规范的性少数群体所使用的身份、政治和学术用语。

❋

如果说我认为来到劳伦斯对哈维来说相当于回家——他曾经在这里生活了六年，一年前才搬去和克利奥拉一起住，那也是一次令人不悦的回归。是的，上天让我们遭遇了十分恶劣的天气。结束对巴勒斯的拜访，我们去市中心吃晚餐，哈维过马路时无意中踩进湍急的排水沟，就这么掉进了齐膝深的冰水里。"啊，啊，呀！"他大喊大叫，上蹿下跳，裤腿都湿透了。一道道闪电从他头顶划过。但是这场闹剧过后，这趟怀旧之旅中几乎没有其他意外发生。他决定不去参观他一年前工作过的那家塑料厂，他在行医执照被吊销后靠着这份工作维持生计，不过他告诉我，他的工作和厂里的同事都"非常、非常有趣"。

后来，我和哈维曾经的老板取得联系。他叫威廉·卡茨，在E&E显示集团的公司当主管，我了解了更多关于哈维在塑料厂工作的情况。卡茨热情地回忆了哈维在工厂的经历：从装配工到挤出机学徒，再到挤出机操作员，在挤出机出口端工作。这些机器生产的塑料架最常用来放置贺卡。作为一名挤出机操作员，他每小时可以挣8美元。即使是被一个老妇人的车撞断了腿，哈维仍然全力投入工作，爬上10英尺高的梯子检查料斗，没有发出一声抱怨。

"我不知道汤姆是医生，"卡茨说道，"但我能看出他是个正直的人，有文化，风趣幽默，而且吃苦耐劳。我才不管他是在切大脑还是做塑料零件，我就是爱他。"卡茨是从堪萨斯大学一份学生报上发现了这个挤出机操作员的秘密，这份报纸上的一篇文章报道了人们如朝圣一般拥向劳伦斯看望哈维和爱因斯坦大脑的新闻。"我把那篇报道拿给汤姆看，还对他说：'这一定是恶作剧。'他有点尴尬地说道：'嗯，是的，这是真的。'他告诉我爱因斯坦去世的时候，他还是新泽西的一名病理学家。他说，他将确认爱因斯坦的天赋是否有身体证据支持作为自己的使命，但他还没有找到任何确凿的证据。他说他把大脑藏在了壁橱里。"

虽然哈维的批评者声称这位病理学家要炫耀爱因斯坦的大脑，以此计算战绩，但不知何故，他并没有这么做。事实上，仔细观察就不难发现哈维的秘密，但令人惊讶的是，很少有人发现这个秘密，甚至连那些自认为是哈维朋友的人，也没有第一时间发现他拥有爱因斯坦的大脑。同样令人惊讶的是，哈维是如何巧妙地瞒天过海，过着一种全息图式的生活。到达劳伦斯当天的早些时候，我们去了一家食品合作社，哈维曾定期在这儿做志愿者。停车场里的汽车保险杠上贴着各种贴纸：伦纳德·佩尔蒂埃[①]自由，实验室老鼠自由，自由恋爱。我们推开合作社的门时，哈维说道："真是个好地方。我记得这儿的三明治不错。"然后他

---

① 美国原住民人权活动家，因被指控谋杀两名联邦调查局特工而被美国政府监禁。

在草药区一瓶瓶的紫锥菊和卡瓦胡椒中迷失了方向。

这是一家标准的时髦又环保的合作社,是大学城最常见的那种,灯光明亮,冰柜里堆满了芝麻菜和胡萝卜。这里的店员没有一个超过30岁:脸上都没有刮胡子,腋窝散发着香气,身上有文身,眉毛上穿孔。店里放着安妮·迪弗兰克的音乐,所有东西都散发着自然和糙米的味道。有几个店员看到哈维时,露出职业假笑,把他当成普通顾客,虽然他来自"老家伙"星球,还有几个店员露出不确定的表情。最后,一个戴着珠子、穿着自然风裙子的女人走过来,看着哈维挠了挠头说:"嘿,你究竟发生什么事了?"在现代生活的喧嚣中,这里似乎没有人记得这位老人的名字。

"呃,呃……我搬走了。"哈维答道。

"哦,"她应道,"嗯,很高兴见到你。"她款步走向收银台。"也很高兴见到你。"哈维几乎有点多余地补了一句。这和他的期待差不多。他无精打采地站在一面墙的"长生不老药"前,拿下一瓶紫一叶豆,阅读起标签。他走过一排排熟悉的货架,逐一进行科学分析。"这个以前在那边。"他拿起一盒古斯米说道。

看着他,我不禁想起我最喜欢的导演英格玛·伯格曼的电影《野草莓》。在这部电影中,一个叫伊萨克的年迈的医生和他年轻的儿媳妇开车穿越瑞典,去参加一个为他举行的荣誉仪式。伊萨克的人生已走向尽头,是个坏脾气的老头,但这一路上,他重温了他的过去——年轻时住过的夏季小屋,生命中遇到的人和到过的地方——他内心坚固的冰川开始融化。他驱散心底的阴霾，笨拙地尝试重新拥抱剩下的日子。可结果却是：尽管在旅途中顿悟，伊萨克并没有突然重获自由，或是彻底得到救赎。他还是那个他，内心爱恨交织，因背叛而伤痕累累，但仍心怀渴望，奔向自己的死亡。

哈维的一生似乎没有多少遗憾。如果他是个罪人，那么他自己似乎还对此一无所知。如果他是一辆车，那么他就是一辆在公路的右车道上以55英里每小时的速度行驶的车，而且忘记了很久之前就开了闪光灯，对此毫无歉意。他已经在这条公路上行驶了40多年。如果他是一栋房子，那么他就是一栋有许多不相连的附属建筑的房子，每隔六七年就会建新房子，到处都是新妻子、新孩子和工作，唯一不变的是壁纸，粉红色的花朵一直飘到天花板上。

晚餐吃完意大利面后，我们去拜访了哈维最好的朋友之一——阿西利亚斯·毛瑞里斯，也被称为阿奇。阿奇35岁，身材魁梧，扎着乱蓬蓬的马尾辫，有着明显的希腊人特征，他是哈维在劳伦斯最后两年的田园生活里的室友。他们是在贵格会的聚会上认识的。哈维告诉我阿奇是一名优秀的物理学研究生，会说五六种语言，还是造诣颇高的音乐家。他的公寓有五个房间，一眼望去是典型的研究生风格（除了高保真音响，其他一切都很普通，或者有点破旧），他是个有品位的人。这里曾经也是哈维的公寓。阿奇还爱好葡萄酒、音乐、美术和艺术。他老练地抽着烟，把烟圈吹成河马的形状。几年前，在找不到女人的时候，他发现一个网站，可以帮助他与乌克兰的女人远程恋爱。他去过一次乌克兰，遇到了一个特别的女人，还和她订了婚，但这段恋情后来突然破裂。他又想到了乌克兰，找了另一个女人，就是现在站在他身旁的金发女人。这俩人迅速坠入爱河，将在这年的夏天结婚。

哈维像凯旋的英雄一样回来找他们，阿奇在门口热情地拥抱了他。这两个拥抱的男人后面还站着阿奇的母亲和祖母，她们刚从希腊回来。阿奇的祖母和哈维差不多年纪，但乍一看她更显老。她穿着一件带亮片的黑色浴袍，头发盘在发网里。她的听力也不太好，但她的孙子提高了音量说话。"这是汤姆·哈维，祖母。你知道的，就是那个有爱因斯坦大脑的朋友。"听到这句话，她的眼睛一亮，瞳孔中仿佛射出无数道精光。她的嘴里只剩下几颗牙，说起话来有很重的口音。她开口道："这个人是最后一个接触到伟大的爱因斯坦教授的人，他很……有名。"

哈维高兴得涨红了脸。"真的、真的很高兴见到你，"说着他要去握她的手，"太棒了。"但阿奇的祖母侧身错开他伸出的手，径直在他脸颊上亲了一下。当他走向客厅时，她像个女学生一样跟在他身后。当他想去坐到沙发上时，她差点把他绊倒。她紧挨着哈维坐下，把他夹在自己和阿奇的母亲之间。据我所知，哈维没有涂什么诱惑性须后水。但很明显，他身上散发着某种光芒，这个女人无疑不由自主地被他吸引。他从阿奇手中接过一杯白兰地，阿奇坐下来说道："跟我们说说你的生活、感情和那颗大脑的最新情况好吗?"

"好吧,"哈维慢吞吞地说道,"我现在住在新泽西。"当阿奇问他具体住在哪里时,他暗示"一个朋友好心提供了住处",并没有透露更多有关克利奥拉的信息。当阿奇问他我为什么会加入这次旅行时,他迅速答道:"他是我的司机。"当阿奇问起爱因斯坦的大脑时,哈维告诉他大脑很好,"研究"正在进行中。他说话的时候,阿奇的祖母无意识地用食指在他的大腿上滑来滑去。她突然转向阿奇,问我们可否让她和哈维单独待着。

"呃……不行,祖母,"阿奇笑着回应道,"我们在小聚,我们都要跟汤姆说话。"他操着一口完美的英式英语,彬彬有礼。他说话时手一直放在金发未婚妻身上,她的手也一直放在他身上。这似乎让大家的注意力回到了沙发上。从头到尾只有我和阿奇的母亲置身事外。她是个60多岁的矮个子女人,下巴上有一颗痣。我们俩对视一眼,我们俩可没可能。阿奇替他的祖母向哈维道了歉。

然后,阿奇点燃一支烟,放了一张乌克兰民间音乐的激光唱片,又拿来些冰块,而我则去厨房又倒了些酒。哈维不在旁边,阿奇和我聊了聊大脑的事情。他告诉我,俩人还是室友的时候,哈维偶尔会把那颗大脑放在厨房的桌子上,但只有在他研究它的时候才会这么做。阿奇大声吐槽:"一开始看到它在桌上感觉很诡异。我的意思是,吃午餐的时候旁边有颗大脑,让人很难吃下去。"看来他和哈维之间没有什么秘密。"就像你在吃火腿三明治的时候,你盯着这片大火腿看,却发现它就是,你知道的,爱因斯坦的大脑。"他说有很多人从世界各地来到这间公寓,他们中有摄影师、记者,也有朝圣者,有南非人、巴西人,还有日本人。"他算是个名人。"阿奇说道。他一边夸张地从嘴里喷出烟圈,一边隔着墙向哈维示意。"他是个非常好的人,最好的人。"

我会一遍又一遍重温这句话。帕克里克·麦克阿里尼曾和哈维合伙,在堪萨斯城经营一家全科诊所。他形容哈维是"一个谨慎、保守的医生,完全是个绅士"。哈维在普林斯顿的同事刘易斯·菲什曼医生称:"他是个学者,最好的医生,诚实又真诚。他的个人生活很悲惨。现在他几乎破产了。他把所有钱都花在了几次婚姻所生的孩子的教育上。他是个非常好的人。"

我们回到客厅时,阿奇的祖母正全神贯注地听哈维说的每一个字,尽管她一个字也听不清。她噘着嘴坐着,衣服上的亮片闪着光,手则放在这位伟大医生的膝盖上,深情地冲他眨眨眼睛,又转头心不在焉地看向屋子中央,看起来略微有点斜视。"噢,汤姆……噢,汤姆。"她不时喃喃自语。与此同时,哈维正与阿奇的未婚妻交谈,想多了解她一些。他意味深长地对她说:"我很喜欢乌克兰音乐。"阿奇的未婚妻似乎也很惊讶。阿奇看到眼前的情景时,对我微微一笑,仿佛一切都很好。但是,就在我们坐下来,开始放松自己,哈维喝完白兰地之后,他突然变得坐立不安。就是如此。45分钟过去了,他准备走人了。

虽然如此,他和阿奇的家人过于热络,需要一点时间脱身。

阿奇的祖母一看出这个高大的"日瓦戈医生"[①]有想走的意思，就紧紧抓住他。让我惊讶的是，她一半的激情或许是因为其他人——爱因斯坦——而哈维只是个温文尔雅的代理人。同样让我惊讶的是，今天这个世界上还有像她这样的人，仍然为一个早已死去的人着迷。爱因斯坦的第二任妻子埃尔莎去世后，他收到许多求婚信。一位女士写道："如果我能说服你，如果我们结合在一起，在日常生活中彼此鼓励，我们就都会更幸福，而我的生活将会更加充满希望。"另一位和埃尔莎一样来自维也纳的女士则写道："我的灵魂深处有个声音对我说（它很少欺骗我），我必须把我的生命献给你……我最深切的愿望就是带给爱因斯坦教授生命中最美丽的夜晚。"

阿奇家的女人们能做的就是从哈维那里得到一个承诺，让他尽快去希腊看望她们。大家能一起游泳，一起吃橄榄！哈维答应了，阿奇的祖母仍然紧紧抓着他的手臂。一直到最后，他都表现得彬彬有礼。这个与她们隔着辈的名人，让他的粉丝们兴奋不已，但他既没有沾沾自喜，也没有自找麻烦。

告别时刻到来时，阿奇的祖母在这天晚上得到的一切都消失不见了，这一刻令人局促不安。那些没有说出口的话，就像干涸的码头上的鱼一样，闪着生命的余光，苦苦挣扎，逐渐死去。天晚了。时钟累了。哈维朝门口走去。即使手臂还被拖着，他也开

[①] 作家鲍里斯·帕斯捷尔纳克创作的小说《日瓦戈医生》中的主人公。

始努力浮出水面。这个"叛逃"的病理学家,这个挣脱束缚的塑料贺卡架制造者刚被赐名塞内加尔。祖母灵光一闪,"我永远爱你爱我们的方式……美好先生……"然后,她的孙子把她从哈维身边带走。我们走下台阶,向远处走去时,她仍然保持着微笑。她一直保持着微笑,直到哈维消失在她的视野中,她也消失在哈维的视野中,直到她意识到他已经走了。

11. 那是什么

我们住进了威斯敏斯特酒店,这家酒店在劳伦斯市郊,靠近70号州际公路的立交桥。虽然这家酒店有个十分英式的名字,但其实只是栋普通的两层预制房,没有多余的装饰。酒店的墙壁很薄,贴着牛仔图案的壁纸。我们照旧开了两间相邻的房间,确认哈维安顿好之后,我就回到自己房间,给萨拉打电话。电话通了,却无人接听。她不在家——一次又一次。

她会在哪儿呢?

这是个简单的问题,但一旦问出来,就会有一大堆问题接踵而至:如果发生了什么事怎么办?在缅因州,我们住的地方离镇上几英里远,离医院也有几英里,如果出了什么事,可能来救她的人也得走几英里的路。如果她出了车祸怎么办?我离开之前,她开着我们的皮卡以50英里的时速撞上了一块黑冰,来了个180度大转弯。还有驼鹿。在缅因州,驼鹿和松鼠一样多。这些体形巨大、重达千磅的庞然大物喜欢躲在路旁，趁机扑向路过的车辆。谁知道她是不是在暴风雪中撞上一头，需要人帮忙呢？

一旦我开始想象可能发生的意外就停不下来：如果她已经走了怎么办？比如说，打包走人？就是受够了（谁能责怪她呢？），不想继续了（终于），现在电话响起（她令人伤心的男朋友在一个令人伤心的酒店房间，隔壁房间住着同行的老头和被切成片的大脑），电话旁边放着一张便笺纸，这是一张她从曾经住过的国外的酒店随手带回来的便笺纸，上面有她的亲笔留言，写着再见，祝好运。屋子里只剩下没有生命的物体，它们再也不会因为我们俩的共同生活而充满生机，便笺纸就留在这么一间屋子里。这一想法残忍地让我陷入深深的哀痛之中，我发现自己在为一个几乎是假想的结局而悲伤，但这个假想同时又如此真实，真实到我都能触碰到它。

日复一日，月复一月，年复一年，你用别人的微光点亮自己神圣的蜡烛，就在你以为自己对她已经厌倦的时候，才意识到，她是唯一让你超越自我的人。现在她把你甩了，跟一个伐木工，或是镇上开书店的善解人意的男人，或是夏天穿紧身短裤的联邦快递的快递员在一起了。那个家伙？她怎么可能跟那个家伙在一起？

我们的狗特劳特怎么办呢？一想到他们三个一起去白山徒步，喝同一个水壶里的水，一路嬉戏打闹，就让人受不了。只是重新振作起来，迅速与另一个人重建生活，就好像曾经与你的生活从来都不重要——她怎么敢这样?

当我的思绪变得混乱时,我做了我最擅长做的事情:分散自己的注意力。我试着去想可以打电话的人,拨了两三个电话号码,但只有答录机回应我。最后,我决定联系住在加利福尼亚州伯克利的伊芙琳·爱因斯坦。

"你好?"她接电话时的语气半是提问,半是质疑,我想任何一个爱因斯坦家的人都会有这样的态度,他们曾经分享过深夜接到的奇怪电话,电话那头的人对阿尔伯特着迷,说起话来滔滔不绝。我们之前聊过两次,一次是我在缅因州的时候,一次是我在普林斯顿的时候。伊芙琳暂时同意和哈维见面,但从一开始,她似乎就对这次见面不抱什么期望。当我告诉她我和哈维已经到了堪萨斯时,她深深叹了口气,仿佛被一股无法逃避的海浪击倒。她说道:"我不知道该怎么说,我的家一团糟。"

"别担心打扫卫生的事,"我回应道,同时抬头看了看房间的角落,那里的墙纸已经剥落,还有几个牛仔似乎摆脱地心引力控制倒立了起来。"你要打交道的人没有洁癖,或者你不用……"我建议她找个人帮忙收拾屋子,或者我们可以在其他地方见面,比如说某个餐馆,但真实情况是,问题不在于房间清洁,而是她的身体出问题了。

伊芙琳告诉我她病了,行动不便。几年前,她用类固醇治疗癌症,现在她觉得类固醇正在破坏她的身体,吞噬她体内的健康细胞,破坏她的肝脏。她控诉道:"用他们给我的类固醇,你可以搞定一头大象。那些医疗保健组织都很卑鄙。"

我们聊了一会儿,话题从外星人入侵转到邪教组织。伊芙琳表示:"我敢肯定,有很多邪教组织很想染指阿尔伯特的大脑。我还是一名反洗脑人时,惊讶地发现他们通过引用我祖父的话来诱惑那些耳根软的人。"反洗脑人?这个问题打开了一个有趣的话匣子,因为伊芙琳自认为在这一领域干得很好。从业多年后,她意识到邪教无处不在,等着你上钩,因为不管你是否意识到,你都在失去一些东西,寻找一些东西或某个人,不是爸爸妈妈,就是上帝或魔鬼,期望着他们能拯救你。她坦言自己也是这样的人,她的父亲汉斯·阿尔伯特只对水文学和航海感兴趣。他把女儿扔在一边,就像他自己被父亲阿尔伯特扔在一边一样。伊芙琳就这样迷失了很多年。

"我经历过电休克治疗,"她继续说道,"我很害怕。他们想找到我,因为拥有一个爱因斯坦家的人是很好的广告。人们认为你一定得低能,但那都是胡扯。让人们不再相信自己的感觉其实是件很容易的事。他们切断你的联系,然后让你感到恐惧。他们说,还记得六个月前离开的那个人吗?她被车撞了。有一天,灵光一现,我想,'天哪,希特勒就是这么做的'。"

于是,她逃了出来,开始为另一方工作。她说她走到哪里都有疯狂的邪教徒跟踪她。她的家被邪教徒监视。当她把一个好朋友从一个邪教解救出来时,在纽约的一家酒店她遭到更多邪教徒围攻。"如果我身体健康的话,"她现在对我说,"我还会尽力阻止他们。"

伊芙琳似乎才刚刚开启话题，我就突然陷入无端恐惧之中。我小心翼翼地从这个话题中脱身。挂掉电话后，我坐下来思考了一会儿。我总是觉得在开车去巴勒斯家的路上，以及从阿奇家回来的路上，能从后视镜里看到两束气势汹汹的前照灯灯光。这究竟是我的妄想，还是从普林斯顿开始就一直出现的前照灯灯光？

我走到窗前，透过厚厚的窗帘往外看。在楼下的停车场里，有一辆汽车的发动机在轰鸣，它的前照灯没亮，后端直冒尾气。一看到这辆车，我就心神不宁。我想象有一个男人从模糊的挡风玻璃后面盯着我们俩的房间，他一边抽烟，一边面无表情地吃着甜甜圈，同时拿着手机用某种外语咕哝着，耐心等待时机。

我不禁开始来回踱步。我打开电视，调低音量，直挺挺地在床尾坐下，仿佛蜘蛛感受到危险。房间里的一切都绝对静止，除了灯链末端的球在摆动。它来回摆动。门外可能藏着任何人。我走到墙边听哈维那边的动静，但什么也没听见。我在盥洗盆上方的镜子里看到了自己，脸色苍白，眼睛下面有很重的黑眼圈，模样与汽车旅馆房间里每一个在镜子里看起来惊慌失措的人没有差别。

一个叫鲍勃·拉森的电视布道家出现在当地电视台的一个节目中，他挥舞着一本封面是哥特摇滚偶像玛丽莲·曼森的《滚石》杂志。这一幕莫名让我平静下来。"我们的五年级学生被撒旦引诱了！"他怒吼道。他的眼睛仿佛一双枪管，嘴巴快速地一张一合，锋利的牙齿闪着寒光,"我们要打败魔鬼……没有时间了"！曼森的眼睛一只冰蓝色,一只黑色,双眼凸起,看起来好像一只被人捏住的蜥蜴,黑色嘴唇微微张开,他从《滚石》杂志上凝视着外面的世界,仿佛从一个有棱有角的抽象的黑色化妆池中向外凝视。他可能刚从阿查法拉亚湾的泥浆中爬出来。有传言说,这位黑暗王子为能给自己口交,去掉了几根肋骨。这个魔鬼般的男人曾因为在舞台上把另一个男人的阴茎含在嘴里而被捕。他就是世界末日主义的邪恶的、离经叛道的口交商人。

与他相反,鲍勃·拉森50多岁,留着奇怪的铁砧形状的头发和特种兵式的胡子。他的袖子卷起来,领带松开,指关节毛茸茸的,眉毛像蝙蝠的翅膀。这个男人精心梳理自己凌乱的头发,将自己完全交给造物主,而你必须把自己收入的一部分托付给他。他在一个看起来像广播电台演播室的房间播音,金属百叶窗半开着,可以看到丹佛市郊街道上过往的车辆。他能给人以安慰,就像一位军人父亲,为自己的后代省去了自己做决定的麻烦。

一个叫拉什提的少年打来电话。他的朋友被撒旦附身了,拉什提买了鲍勃写的关于撒旦的书《以撒旦之名》,他们正在进行驱魔仪式,但恶魔并没有离开他的朋友。鲍勃·拉森的脸皱成一团,露出非常担忧的表情。"按书上说的做,拉什提。"他说道,"另一本书。"他挥舞着《圣经》,仿佛刚想起还有这么一本书。

从皮奥里亚①打来的电话。从得梅因②打来的电话。恶魔无处不在。在回应刚刚驱魔成功的塔拉哈西③的皮特的电话时,鲍勃·拉森公布了他的美国议程,致力于摧毁所有重金属音乐,消灭玛丽莲·曼森,以及推动《以撒旦之名》的热销。

"你会跟我一起吗?"鲍勃·拉森问道,"你相信福音的力量吗?"说着他又举起了他的书。这次他忘记了《圣经》。

在鲍勃·拉森照看下,在福音的庇佑下,我沉入梦海。在一个梦里,我和哈维迷失在一座古城,我肩上挂着一个麻袋,身后有戴黑色兜帽的男人追赶,我们在迷宫般的街道上仓皇躲避。在另一个梦里,麻袋又出现了,但这次没有哈维,只有一个乞丐老头,他警告我不要朝袋子里看。我似乎在某个地方长途旅行,我一直尽力听从他的警告不去看袋子里有什么。但后来我的耐心耗尽,我解开袋子,就在我朝里看的时候,被一束光吞没了。

过了很久我才突然惊醒。我就这么穿着衣服,坐着睡着了。第一道灰蒙蒙的晨光透过窗帘照进来,电视里都是雪花点。有人在敲门。敲了多久了?

我摇摇晃晃地站起来,脑子里仍然有从睡梦中突然惊醒的不祥之兆。我的脑海中快速掠过几个场景,其中包括我的同伴几个小时前和一个穿黑色蒙头斗篷的人一起离开的场景。但是,我打

---

① 伊利诺伊州中部的一座城市。
② 艾奥瓦州首府。
③ 佛罗里达州首府。

开门看见的是……哈维!

"我收拾好行李了,"他说道,"但你没来找我。"

我注视着这位老人,他裹着一条围巾,双眼炯炯有神。哈维就是劲量兔①,无惧风雪。

我想抱抱他,但最后只是一起去吃早餐。

◎

雪仿佛拥有核动力,它能水平飘移,用冰装点车窗,冰花越积越多,"云雀"看起来就像阵亡将士纪念日游行中的不合时宜的小黄鸭花车。世界在寒冷无味的冬季冻结,不停有车打滑,接连滑进路边的沟里。厚重的雪花铺天盖地,树枝上挂满冰柱,仿佛回到了50万年前的一天,堪萨斯城被冻在几百英尺厚的冰层下。

乡村旅馆煎饼屋里挤满了大学生、老人和其他年龄的人:到处都是法兰绒衬衫,问候声此起彼伏,牛排和煎鸡蛋等特价菜摆在超级白的盘子里。一些老人穿着工装裤,戴着印有汽车标签的棒球帽,本科生的运动帽上印着球队的名字或诸如"随便"、"准备好了"或"愤怒"。禁烟区也全是抽烟的人,这是哈维最讨厌的事之一。然而,今天早上这里有那么多温暖,那么多幸福,让人很难发火。屋外风雪呼号,屋里的我们则沐浴在同伴情谊和煎

---

① 电池品牌劲量的吉祥物。

饼的金色光芒中。

别管什么神圣的国会大厅或证券交易所杂乱的地板，美国建立在煎饼屋之上！

我们在餐馆通常有一套熟悉的点餐流程，今天早上也没有改变：哈维对着菜单沉思，仔细检查、分析、归纳，研究出他的胃真正想吃的东西。与此同时，我拿起一份报纸，在他准备好点菜之前看个几分钟。我看到两名青少年因涉嫌在中央公园谋杀并肢解一名男子而遭到起诉的新闻的时候，哈维的脑海中仍然在进行激烈的辩论：咸的还是甜的，鸡蛋还是华夫饼。

有时候，经过一番深思熟虑点了单之后，哈维会故意改变主意。幸好，我们的女服务员是一个脸上挂着病态笑容的堪萨斯大学学生，对早餐用餐高峰时的动态了如指掌，大家都迫切想来一杯咖啡，一切都是咖啡因引发的混乱。她耐心等待哈维再看一眼菜单。似乎等待了一星期那么长，其间哈维清了几次嗓子，又想了一会儿，她保持着耐心的微笑，用清脆的声音说道："煎蛋、培根、小麦吐司、烤薯角。再来点咖啡？"

很难想象像她这样的好人会在20年前的一场核袭击中被炸成碎片，这场核袭击出自杰森·罗巴兹主演的令人恐慌的电视电影《核战之后》[①]。为数不多的幸存者衣衫褴褛，身上长满了瘢痕疙瘩，他们经历浩劫，神情恍惚，四处寻找一小杯干净的水。在美

---

① 这部电视电影讲述了劳伦斯市发生核弹爆炸后的故事。

国人的心中，电影里的劳伦斯市与核毁灭联系在一起，而爱因斯坦的大脑——不知不觉中帮忙释放出原子弹的力量——在哈维的保护下在这里待了很多年，仿佛一个被哈维忽视的小小讽刺。当我问他有关爱因斯坦和原子弹的问题时，他答道："嗯，我想是这样的吧。"

事实上，爱因斯坦自己也被相对论打开了一个注定毁灭的潘多拉魔盒这一想法吓坏了。在1935年的一次新闻发布会上，当他被问及制造原子弹的可能性时，爱因斯坦表示将物质转化为能量的可能性"类似于在一个只有几只鸟的国家，在黑暗中用枪打鸟"。现在回想起来，爱因斯坦的回答说明他与那个时代的科学发展是多么地不同步，他是多么地执着于自己的理论孤立主义。但那时，在世人眼中，爱因斯坦已经不仅仅是一位科学家。如果说他最伟大的发现迸发于1905年到1925年之间，那么在他人生的最后30年，尽管他一如既往地致力于研究，他的政治身份却越来越显眼，他既和蔼可亲又直言不讳，对许多人来说，他的道德权威和研究天赋不相上下。

然而，四年后，当纳粹的战争机器开始在欧洲横行时，利奥·西拉德[①]和恩里科·费米[②]清楚地向爱因斯坦解释了如何制造出原子弹。在一封日期为1939年8月2日的信中，著名的和平

---

① 美籍匈牙利裔核物理学家。
② 美籍意大利裔物理学家，曾获得诺贝尔物理学奖。

主义者爱因斯坦敦促罗斯福总统立即着手制造原子武器。"在过去的四个月里,"爱因斯坦在给总统的信中写道,"这已经成为可能……有可能用大量铀建立核链式反应,通过这种反应,将产生大量的能量和新的类似镭的元素。现在看来,肯定会在不久的将来实现这一目标。"

爱因斯坦接着简单介绍了原子弹的投放系统:"用船携带一枚这种类型的炸弹,在港口引爆,很可能摧毁整个港口以及周边地区。不过,这种炸弹可能太重,不适合空运。"他还对当时的铀供应表示了担忧:"美国只有极少数地方有一定数量的铀。加拿大和前捷克斯洛伐克有一些好的铀矿,而最重要的铀矿来源地是比属刚果①。"

这封信被送到罗斯福手中后,一开始并没有引起重视,但罗斯福很快意识到形势的严峻——如果美国人才想到制造原子弹,也许拥有海森堡等伟大科学家的纳粹已经开始制造原子弹了——于是,他命令参谋长开始制订制造原子武器的绝密计划。1942年,在新墨西哥州的一座平顶山上,前所未有的小镇洛斯阿拉莫斯从无到有。在科学家罗伯特·奥本海默的指导下,"小男孩"和"胖子"这两颗原子弹相继诞生,它们最终分别摧毁了广岛和长崎。

由于爱因斯坦引发了极大的不信任——甚至在罗斯福政府内

---

① 1884年至1885年,柏林会议将刚果划为比利时国王的"私人采地",称"刚果自由邦",后改称"比属刚果"。1960年6月,比属刚果脱离比利时获得独立。

部，他的直言不讳都被认为不值得信任——他没有被邀请加入奥本海默的团队。事实上，爱因斯坦与原子弹没有任何关系，尽管奥本海默和其他人后来用他的这封信来颂扬他们的努力，仿佛爱因斯坦本人不仅支持制造原子弹，还支持向广岛和长崎投放原子弹。然而这封写给罗斯福的信其实一直扰着爱因斯坦，直到他生命的最后一刻，同时它还危及他的至少一名家庭成员——汉斯·阿尔伯特，他曾在一次演讲中遭到人身攻击，而攻击他的人指责他的父亲制造了原子弹。后来，爱因斯坦告诉莱纳斯·鲍林，这封信是他一生中"唯一的错误"。1945年8月6日，原子弹落在广岛。爱因斯坦是在度假时听到这个消息的，当时他在萨拉纳克湖边午睡醒来。"哎呀，"他带着倦意感叹道，"唉。"

◈

吃过早餐，我们勇敢地面对大自然。停车场狂风肆虐，哈维的头发像被龙卷风侵袭一样乱飘，我们从越积越厚的冰雪手中夺回"云雀"，沿着70号州际公路向西行驶。我担心我们带的东西，于是询问是否应该把爱因斯坦的大脑放进车里，而不是继续放在后备厢，我担心它会被冻僵。但哈维没有回应，完全保持沉默，既没生气，也没不高兴，继续在暴风雪中沉思。走了20英里后，雪势突然减弱，落雪声几不可闻，一道白光开始撬开云层，填满天空。就在这一天里，我们将经历四个季节。如果一个人把爱因斯坦的大脑放在后备厢里，开车开得足够久，就会遇到这种情况。时间弯曲、加速、重叠，垂直向后移动，然后循环，同时保持规则性。

我的应对措施是让"云雀"保持75英里或80英里的时速，注意到路上没有警察，心情舒畅或无聊透顶时，则把时速提高到最大值85英里。而这正是我在限速65英里的路段被抓的原因。警笛响起，哈维看起来有点不舒服。巡逻车把我们赶到一个出口匝道上——我不知道为什么要这么做——然后悄悄从驾驶座一侧走过来。我侧过头看他，只见他穿着磨旧的黑色警靴大跨步走来。我摇下车窗，把头伸出窗外。

"今天过得怎么样，先生？"我问道。

"把头放回车里，"他简单回应了这么一句。他让我出示证件——驾照和车辆注册证。他把这两样都拿走，怀疑地检查了一会儿，然后让我和他一起上他的车。他带着我回到他的维多利亚皇冠巡逻车上，收音机里正在播乡村歌手乔治·琼斯的歌。我没有为我享受速度的行为辩解。"你们俩这么着急要去哪儿？"他问道。我瞥了眼"云雀"的后窗玻璃，只能看到哈维的头顶。我很想坦白一切。我们并没有在后备厢藏一具尸体，但也不能完全这么说。

"加利福尼亚。"我答道。

"去干什么？"

"呃，家庭……聚会……度假。"

133

警察挑了挑眉。

"家庭聚会。"我答道。

但警察似乎并不关心这一点。他脑子里盘算过了,哈维坐在前座,红色警灯让他看起来束手无策,我们看起来既不像毒贩,也不像两个带着爱因斯坦大脑的家伙。他开出罚单,警告我不要再在他的地盘飙到时速85英里,然后就放我走了。当他听着乔治·琼斯的歌从反方向拐下公路时,我们停在一座立交桥上,眺望着延伸至地平线边缘的光秃秃的平原那令人惊叹的美丽。我们左边什么都没有,右边也什么都没有,只有一条向北的路。

于是我们上路了。

第三部分

12. 伊甸园

这条公路金光闪闪，十分神秘，沿着美国的地质中心修建，经过东西部连接处，沿着它进入西部，就再也看不见东部景物。我们所在的地方，光线开始以不同的方式照射在横穿全美的货运列车上，变得更长、更耀眼，呈炽热的橙色，紫红色的阴影笼罩一切，像一场奇妙的暖雨，落在离开咖啡馆的身着摇粒绒衣服的小镇银行家和女服务员身上。在这种光影中，在这既富有又贫穷的空气中，每个人似乎都是平等的。

我们也身处这个地方，这里的天空广阔而狂暴，巨大的云团呼啸而过，一切变得更像是一种即兴表演：拖挂房车随意散落在广阔的高原上，周围是各种垃圾，既有尘暴区使用的生锈的旧燃气冰箱，也有不知孕育和诞生过几代人的各种弹簧床垫，还有许多锈迹斑斑的汽车，承载着第一次约会、初吻和葬礼。当我们越过一些看不见的马其诺防线①，美国人被城市禁锢的奇思妙想，也越过无情的现实，飞向雄鹰翱翔的西部。

大雪已经离我们远去。大地变成棕色。狂风似乎在无边无际的虚无中加速，偶尔卷起一些蒿属植物或早雀麦，随随便便就把它们吹得像马车车轮一样打转。离开车流湍急的州际公路，我才发现在支路上漫游是种多么大的解脱。于是，我们欣然前行。

这无聊的旅程让哈维谈起了他的第二任妻子艾莉森。他们离婚后，她的变化和生活让他震惊不已。"她竟然开始投资了，"哈维说道，"真是个聪明的女孩，有金融头脑。我猜她在佛罗里达有自己的公司，赚了很多钱，最后死于癌症。"我问了几个问题，引诱他说更多，他没有拒绝。她来自澳大利亚，是一名空姐。她放弃空姐工作几年后，他们在堪萨斯认识了。哈维追求她，他们结婚了——谁知道后来发生了什么。但那熟悉的隔阂越来越深，就像两道被风削得支离破碎的峡谷壁。不知道他们的隔阂是否与爱因斯坦的大脑有关，反正他们的关系破裂了。就是这样。嘿嘿，后来她赚了很多钱。"那个女孩，"哈维继续说道，"事实证明，她头脑非常敏锐。"

开了几英里后，我们在一个偏僻的地方看到一个停车标志，

---

① 法国在第一次世界大战后，为防德军入侵而在其东北边境地区构筑的防御工事。

于是向左转。沿着这条路往前再开一点，就是堪萨斯州的卢卡斯镇。镇上有大约500名居民，和平友善，还有传说中的布兰特肉市。一本卢卡斯的旅游宣传手册上写道，在那里，人们可以"品尝刚从熏房拿出来的新鲜的道格自制腊肠"。但引起我们注意的是一个叫伊甸园的地方。这座花园建于20世纪初，源自"美国特立独行者"塞缪尔·佩里·丁斯莫尔的创意。在美国的语境中，"特立独行者"通常是指那些徘徊在理性边缘的人，或者是疯狂到看起来很正常的人，这些人会做一些极度疯狂的事情，然而，随着时间的推移，特别是当这些特立独行者的创造造福了后代时，认为他们疯狂的人就会越来越少，最终这些特立独行者将隐入历史的尘埃中。然后，一代又一代的人开始向往特立独行者的聪明才智和勇气，忽视他们的古怪基因。一个国家就从这些特立独行者的肩膀上崛起。

丁斯莫尔没有让人失望。这个头发花白的怪老头，用100多吨水泥建造了一座"小木屋"，然后又继续修建，建成了他心目中的伊甸园，包括大约30棵水泥树、50座雕塑。花园本身看起来有点像攀爬架，是三年级学生不成熟想法的体现。我们参加了一个旅行团，领队叫达拉，是个非常友善的女人，看起来有点像政治家鲍勃·多尔，而且多尔就在离这里不远的拉塞尔市长大。她会把水泥说成"suǐ lí"，这个词在伊甸园里反复出现。这个旅行团里还有两位从堪萨斯州南部来的退休老人。其中一位老人穿着黄色防风服，在过去几年里，他已经来过伊甸园好几次，但他就是很想来,所以今天又顶着恶劣天气和朋友一起来朝圣,他的朋友是第一次来,脚上穿着一双崭新的白色锐步牌休闲鞋。

我们的向导尽职尽责地扮演着教师、历史学家和民间艺人的角色,极力渲染丁斯莫尔的故事,听起来有点老掉牙,又有点笨拙。丁斯莫尔是南北战争时期的老兵,声称自己见证了李将军[①]的投降。他还是个农民,一个民粹主义政治家。他定居在卢卡斯,于1932年在这里去世。"丁斯莫尔老先生似乎对一些事情有自己的想法。"达拉介绍道。说到这里,她停顿了一下,略显古怪地扬起眉毛,指着我们周围的水泥丛林,向我们介绍激进的丁斯莫尔有数不清的疯狂想法。"他不喜欢把鹰当作国鸟。请看那上面。"两位退休老人吃惊地抬头看。"仔细看看那面水泥美国国旗,你会发现他用水泥火鸡替代了鹰。我说什么来着?没错,火鸡!老丁斯莫尔认为火鸡应该是我们的国鸟!"

两位退休老人看起来目瞪口呆。第一次来的那位老人掏出一个盒子,换上一副新眼镜,然后又看了一眼。他摇了摇头,问道:"当地人不觉得这个人很古怪吗?"

达拉先是微笑,然后假装咯咯大笑。"哦,哈,哈,哈……是的,他们确实这么认为。我们可以说老丁斯莫尔先生就是因为怪异的行为而出名。"她再次扬起眉毛,唇边带着笑意,接着,她又开始了更多老生常谈。她告诉我们丁斯莫尔如何利用镇上的水

---

① 罗伯特·爱德华·李,在美国南北战争中担任美国南方联盟总司令。

道挖了一个浅水池，疯狂地饮酒狂欢，和镇上的女孩寻欢作乐，而证据就是花园里有很多年轻女孩的水泥雕像。最后，他在马背上娶了第一任妻子，这位老太太去世后，他又娶了20岁的捷克斯洛伐克管家当第二任妻子，在81岁的大好时光又开启了生孩子的激情事业。

两位退休老人再次惊讶地张大嘴巴，那位穿黄色防风服的老人显然已经忘记了之前来时听过的丁斯莫尔的故事，或者只是此刻沉浸在这戏剧性的故事中，因为他显然和他的朋友一样震惊。的确，老丁斯莫尔长得不好看，胡子花白，眼睛外斜视，脑袋像个被砸坏的南瓜灯，而且他也不像米开朗琪罗那么有艺术才华。但在这些人看来，他的事情关乎道德问题。当我站在稍微远离人群的地方偷偷看一眼哈维时，发现他面带微笑，但我又注意到他的肩膀在上下颤动，我才意识到他其实是在咯咯窃笑。虽然笑得很轻，但就是在咯咯窃笑。

达拉继续介绍。她指出天使和魔鬼，被认为是上帝之眼的大眼睛，嘴里装着灯泡的鹳以及藏在它们翅膀下的婴儿的脸。这里的所有雕塑都有出处，其中大部分来自丁斯莫尔自己创造的关于伊甸园的书《小屋之家》。这本书描写了他心目中的该隐和亚伯[①]，丁斯莫尔认为该隐是种南瓜的，但"上帝不喜欢腐烂的南

---

① 该隐和亚伯是《圣经》中的人物，是人类祖先亚当和夏娃最早所生的两个儿子，哥哥该隐因嫉妒弟弟亚伯而将其杀害，因此受到上帝的惩罚。

瓜。我不怪他"。亚伯则向上帝献上"漂亮的美利奴小公羊",而上帝喜欢"美味的羊肉"。于是,该隐萌生出杀掉亚伯的念头。"他不可能用枪杀死他。"丁斯莫尔分析道,"我想他一定是把亚伯从土豆地里拖出来,用锄头把他的脑袋砸得稀巴烂。"

达拉接着让我们看亚当和夏娃,他俩的雕像有10英尺高,站在一个凉亭门口,达拉眼里闪过一抹狡黠的光。"你可以看出,亚当和夏娃身上的一些水泥比较新,"她指的是这对夫妻的缠腰布,"嗯,我是想让你们知道,即使是今天,老丁斯莫尔先生仍然会对镇上的长者审查他的作品感到不满,但为了年轻人着想,他们一定说服了他,因为他来到花园,在他们的生殖器上抹上了水泥。"

脚踩白色锐步鞋的老人又换上了之前的那副眼镜,走到亚当的缠腰布旁边看了看。他的朋友则仔细观察夏娃,也检查了一下她的缠腰布。他们看完后,哈维走了过去,仔细验证了一下这一事实。他看起来很开心。我不知道是因为风的原因,还是单纯因为开心,他的脸涨得通红。

此时,我们对达拉的话已经深信不疑。她最后指着对面一座低矮的水泥陵墓,故弄玄虚地说道:"现在你们已经认识了丁斯莫尔老先生,你们愿意亲自见见他吗?"听到这句话,两位退休老人的脸色变得煞白。但哈维在整个参观过程中第一次欢呼起来。"我当然愿意。"说完他开始穿过棕色草坪,顶着凛冽的寒风,向陵墓走去。他后面依次跟着达拉和两位退休老人,他俩似乎害怕单独留下。我走在最后。

据达拉说，这座陵墓非常特别。丁斯莫尔决定和第一任妻子合葬，他把她的遗体从当地的墓地挖出来，然后决定把她和他的遗体一起放进钢制棺材中，再用水泥封裹起来。他们的棺材顶部盖的是玻璃，所以大家可以参观，每年大约有上万名游客慕名而来。丁斯莫尔曾表示，这具棺材是专门为审判日[①]而设计，在复活的早晨，水泥陵墓顶会飞起，"我会像蝗虫一样飞出去"。他还承诺会对每一个花钱来看他的人微笑。达拉摆弄着陵墓的锁，好像找不着钥匙了，两位退休老人紧张地原地踱步，哈维则一动不动地站着，充满期待。

直到这时，我承认我一直把丁斯莫尔看作是个头脑不清醒的人。但这座陵墓是他的死亡的全部秀场：他对永生的自信。这堪称绝妙之举，因为即使是现在，卢卡斯镇似乎主要是因为丁斯莫尔而存在。如果说他的生活被当地人忽视和鄙视，那么他永生的经济学需要他彻底复活。而这个有点令人毛骨悚然的时刻——我们与这位老人的遗体面对面的时刻——就是卢卡斯镇奇观的恐怖巅峰时刻。

但丁斯莫尔并不是第一具供人参观的遗体，事实上，世界各地有不少因政治、经济、医学和精神原因而保存下来的遗体，他只是其中之一。不管看起来多么野蛮，遗体的保存和回收与人类

[①] 这一概念源于基督教教义，指世界将要结束，决定人类命运的一天。失丧者会从坟墓中复活，所有人被召集在上帝的审判台前，按各人生前所作所为接受审判。

历史一样古老。从20世纪开始，一些最著名的人物就长眠在玻璃棺里，住在豪华的温控陵墓里。即使是现在，在亚利桑那州的斯科茨代尔市，一家叫艾尔科的公司还将数十具遗体和死者的头冷冻起来，等待科学发展，找出治愈其疾病的方法。收集死者遗体作为纪念品的想法当然不是始于托马斯·施托尔茨·哈维。在18世纪的浪漫主义时期，保存死者心脏风靡一时。波兰钢琴家肖邦死后，他的心脏被送回波兰。诗人雪莱和拜伦的心脏被从遗体中挖出来保存。作家托马斯·哈代的心脏也被摘除，但当他的心脏被送回给他的妻子时，却意外被狗吃掉了。

随着科学的兴起和医学领域的进步，大脑成为了新风尚。但对一些人来说，获得死者的大脑与科学毫无关系。作曲家弗朗茨·约瑟夫·海顿、潘乔·比利亚[1]和瑞典科学家伊曼纽·斯威登堡[2]死后，大脑都不翼而飞，而约翰·迪林杰[3]和约翰·F.肯尼迪[4]等人死后大脑也消失了。其他名人的部分遗体也不时现身世界各地：希特勒的头骨在俄罗斯，贝多芬的头发深陷DNA检测旋涡[5]，拿破仑的阴茎在1972年被拿出来拍卖，但这场拍卖在一片哗然中取消。

---

[1]　墨西哥民族英雄。
[2]　瑞典著名科学家、哲学家、神秘主义者和神学家。
[3]　美国历史上知名黑帮成员。
[4]　美国第35任总统，1963年遇刺身亡。
[5]　贝多芬死后少量头发被保留下来，后来科学家不断尝试利用头发检测其DNA，揭开其耳聋及死亡之谜。

从精神方面看，18世纪英国哲学家杰里米·边沁的想法最接近丁斯莫尔。边沁希望他的遗体可以穿着黑西装，戴着大礼帽，坐在椅子上，摆出和他生前一样的姿势。边沁本人要求将其遗体连同"保存"下来的头颅带去参与医学讲座和展览，提醒人们身体多么美丽。他还坚信，有一天，每个人都可以用同样的方式保存遗体，这样，世界上就会同时居住着活人和死人，后者可以用作自动图标。不幸的是，人们在保存边沁头颅时犯了个错误，一种说法是它"被制作得像新西兰人的头颅一样坚硬"，这一失误导致边沁未能如愿以偿。最后，他的头颅被竞争对手伦敦国王学院的学生从伦敦大学学院偷走，后来又被归还。直到今天还有传言说边沁的鬼魂在伦敦大学学院的大厅里出没，用他的手杖敲出"Dapple"的声音[1]。

此刻站在丁斯莫尔的水泥陵墓前，我心里七上八下。在这扇门后面，是我们在生活中想尽办法否认的一切——把老年人送进养老院，远离死者，做隆鼻手术和吸脂手术——现在，我们要走到另一边，去见伟大的水泥雕塑家丁斯莫尔本人。达拉终于想办法弄开了锁，铁链"哗啦"一声落在地上。跟在后面的两位退休老人挤开哈维和达拉，一马当先挤了进去。达拉在黑暗中打开手电筒，一束亮光照在棺材上，两位老人齐齐倒吸一口凉气，赶紧

---

[1] 边沁被公认为伦敦大学学院"精神之父"。出于其意愿，他的遗体陈列于该学院主建筑回廊中，向公众开放。他曾给自己的手杖取名为"Dapple"。

撤退，向墓门口跑去，想要寻找一点氧气。

哈维悄悄贴近丁斯莫尔的棺材，低头看了看，那是一具破坏严重的黑色和奶油色相间的遗体，身着最好的服饰，躺在玻璃罩下。棺材的密封效果显然不尽如人意。丁斯莫尔为此付出了沉重的代价。他此时和生前一样难看，但他现在即使是眯着眼，却更难盯着人看了。棺材靠近脚底的一头放着一个水泥罐，里面装着两加仑①水，以防丁斯莫尔彻底下地狱。哈维看到这个特立独行的老头时，再也忍不住，过去半小时里压抑的咯咯窃笑彻底爆发成哈哈大笑。

哈维不想那么快结束参观。他继续在丁斯莫尔的棺材旁逗留了一会儿。棺材里的丁斯莫尔枯瘦呆滞的表情让我觉得被死亡欺骗了，丁斯莫尔似乎没想到，他的嘴会随着他的死亡而紧闭。不，他似乎认为他会永远在此出没，喋喋不休地谈论这个或那个，敲出属于他的"Dapple"声。但他毕竟只是堆可怜的骨头，他不能对我们笑。我们离开陵墓后，哈维返回小木屋去看了看丁斯莫尔的照片。这意味着他在某种程度上认同丁斯莫尔吗？他对这个人疯狂的野心感到敬畏吗？还是有更深层次的原因？目睹一个完全生活在社会法则之外，完全沉浸在某种隐秘的迷恋之中的人的生与死，能减轻哈维自己生活中的痛苦吗？还是说这至少能保证他不会被当作疯子？

---

① 美制1加仑约等于3.8升。

走出陵墓，哈维又想起丁斯莫尔对七宗罪的描述，即七名政客、银行家和其他卑鄙的资本主义寄生虫。巧合的是，丁斯莫尔最富成就的年代与爱因斯坦最富成就的年代不谋而合，那时候，从他那有点混乱的大脑里酝酿出这一切，关于人类的愿景，扭曲的万物统一理论，正如爱因斯坦试图想象他自己的以及我们的一切。

后来，我们继续开车上路。我们沿着小路向南转弯，驶向道奇城，30英里，40英里，100英里，我们离卢卡斯镇越来越远，我发现哈维凝视着窗外那片炙热的平原，他的肩膀微微抖动，嘴角翘起，他又咯咯窃笑起来。

我们在这里也看到了一道彩虹，勾起了哈维对自己破碎野心的回忆。"我记得堪萨斯州的彩虹比其他任何一个州都多。"他眨了眨湿润的眼睛，看着蓝色、绿色、橙色和黄色的绚丽光束说道，"我曾经想拍摄彩虹，但它们从来没有出现过。"

13. 胡椒粉叉

忏悔：过去一个星期，在卡车驿站、得来速、餐馆和随机停靠的地方，我一直保守着我们的小秘密，而这已经开始让我付出代价。有时候，哈维去上厕所或是去某个地方闲逛，我会单独和爱因斯坦的大脑待在一起，这时我会打开汽车后备厢往里看，用拇指和食指捏住冰冷的银色拉链，用力想要拉开，但又不敢真的拉开。在由我俩组成的这个充满男子汉精神的小社会里，我们一直平均分享饼干等食物，我的这种行为无疑是一种过分的违规，一种站不住脚的破坏，哪怕哈维自己无视我们在"云雀"里建立的"私人民主社会"，视爱因斯坦的大脑为己有。事实上，我们在一起的这些天，他甚至都没有假意让我看看那颗大脑。

"哈维医生，"我终于直截了当地问他，"我有机会看看那颗大脑吗？"哈维考虑了一会儿。我问得如此直接，他却似乎不为所动，这一点也不令人意外。不过，我清楚传递出一种重要的感觉：我认为，在普林斯顿那间秘密房间里，在那昏暗的灯光下，我第一次对爱因斯坦大脑的短暂一瞥，只是一道诱人的开胃菜。

"呃，嗯……"他嘟囔了一下，然后似乎又陷入沉思，车开出去一英里还没有听到他的答案。过了一英里又一英里，我坐得屁股难受，开得前臂发抖，就像阿尔比·布思在耶鲁碗体育场打比赛一样，哈维还是一言不发。这真是太奇怪了。然后，和以前一样，他把地图摊开放在腿上，开始阅读美国故事，历数我们要经过的地区上的小镇：奥蒂斯、镭迪厄姆、波尼罗克、祖克。我不觉得他是在给我朗读，这更像是一个人在睡前给孩子朗读，一开始是为了安抚他们，但是当他读了一小时后停下来时，发现孩子们早已熟睡过去。

但我还是大为感动。他指出，我们的56号公路沿着阿肯色河修建，如果我们沿着这条路走到终点，就会到达落基山脉。他告诉我，我们现在位于拉克罗斯市铁丝网博物馆以东32英里，格林斯堡市世界上最大的人工挖掘井以北25英里的地方。哈维并非没有幽默感，尽管都是些冷幽默，而且极其罕见。事实上，等待他展现幽默感就像等待布谷鸟准时出现——不要忘了，按照布谷鸟的习惯，它们每隔六七个小时才会出现一次。当哈维在地图上找到阿肯色河的支流盐汊河时，他不动声色地说道："嗯，我想知道他们把胡椒粉叉放哪儿了？"

我们的车轮下是奥加拉拉含水层[1]，头顶上飘着巨大的奶白色的云朵，我们对彼此有了新的欣赏。收音机里传来各种声音：出售小公牛和小母牛，红安格斯公牛，遗传优良，体格健硕的1岁牛崽。接着是鲍比·达林演唱的《飞越海洋》。哈维用手指敲着膝盖，脑袋晃来晃去。车外是绵延数英里的褐色草皮和肥沃的土地。在这快乐的氛围中，我们也许可以一直开下去。黄昏时分，"云雀"顶上响起了温暖的雨声。我们经过一株发出刺鼻的氮气味的植物，它长得像一颗扭曲的金属大脑。月亮急速穿过云层。水塔像宇宙飞船一样在月光下闪闪发光，电线杆像一个个十字架掠过，谷物升降机像管风琴一样浮现在平原上。

在道奇城的郊区，我们经过了一些饲养场和原始屠宰场，隐约可以看见围栏里涌动的成千上万暗色的轮廓：英国白牛、赫里福德牛、夏洛莱牛、西门塔尔牛和黑安格斯牛。我们不时会看到

---

[1] 美国大平原下方的一个浅地下水位含水层，周围环绕着沙子、淤泥、黏土和砾石，是世界上最大的含水层之一，横跨八个州。

月光下映出一头四四方方的大奶牛的身影，它站在牛群中间隆起的泥堆上，看上去十分滑稽。我们进入道奇城之后，就像突然钻入水下的荧光珊瑚礁。我们沿着长街疾驰，经过各种各样的小酒馆，仿佛和怀亚特·厄普和巴特·马斯特森①一起纵马而行。我们经过布特山，西部第一批枪手曾在这里玩过愚蠢的扑克游戏，狂欢痛饮，他们插着歪歪扭扭的白十字架的坟墓在一定程度上符合爱因斯坦对美国人的评价："美国人非常无聊。"后来，人们将一大群长角牛沿着圣菲小道赶进这座西部最邪恶的小城，再用火车将它们运到东部的屠宰场。道奇城的街道上到处都是牛，你不能把它们和马分开，另外还有很多妓院，在这里显然也很难避免通奸。

今天，美国近三分之一的肉来自堪萨斯州西南部地区，牛群挤在一辆辆被称为"锅"的拖车里，每天有上万头牛沿着怀亚特·厄普大道运往各地。这些拖车沿途经过许多汽车旅馆，其中有一家叫阿斯特罗汽车旅馆，我们在牛仔城沙龙吃过大块美味鱼片后，就在这家汽车旅馆过夜了。我从来没有住过挂着"美国人所有"标志的汽车旅馆。我的房间里有一台旧电视机和一些漂亮的木镶板，还有一个粉色的电蚊拍，上面写着：我们目标一致……多杀死25%的苍蝇。

第二天早上离开旅馆时，我去还钥匙。前台坐的是旅馆经

---

① 两人都曾是美国西部有名的赌徒、酒馆老板。

理，一个和蔼可亲的中年男人，有着堪萨斯人的亲切友好，他似乎和妻子住在前台后面的一个小房间里，他的妻子有一头像棉花糖一样的鬈发。"你们要去哪儿？"他问道。他的眼神告诉我们，如果可以的话，他会和我们一起去。面对这种渴望的眼神，我不知何故开始彻底吐露心声。我告诉他，我们的后备厢里有颗大脑，我们要把它带去加利福尼亚州给爱因斯坦的孙女看。我告诉他22号房的那位老人，就是从爱因斯坦的脑袋里取出大脑的人。这位经理愣了一会儿，就像挨了一拳一样，然后斜眼看了我一眼——和我一样惊讶，真的——意识到我是认真的，于是殷勤起来。

"爱因斯坦，啊？那家伙知道些什么，"他双臂交叉放在胸前，调整了一下重心，"那家伙可真有脑子。但我不会想跟他住在一起。你知道的……有点奇怪。"说着他用手指在耳朵周围画了一圈。"我有个侄子，他算是个天才，但他还没有被切成片。我在加利福尼亚州遇到过一个家伙，他聪明到不会交流。他当然能告诉你怎么看月亮，但他不能告诉你怎么系鞋带。"

后来上路之后，我们遇到了很多辆同样驶向阿比林市的十八轮卡车，我想起了我和汽车旅馆经理的谈话，我们的秘密就这样脱口而出，就好像我憋了很久终于出了口气一样，或者正好相反，就像点了份熟食三明治开吃一样。我觉得很容易就说了出来，感觉十分美好。我不是在吹嘘，而是在分享，或者说释放。我不知道他是否相信我，如果我对他来说就像现在我们车窗外的景物一样陌生：蔚蓝的天空，偶尔扭曲的树，日本字，转瞬即逝的风，从9300万英里外射向地球的阳光，穿过云层和紫色空间，照亮始终沉默不语的托马斯·施托尔茨·哈维单薄的脸，他或许只是在迁就我，想让我快点离开他的前台。

我们似乎已经超越天气，也超越了季节，第一轮永恒的炽热阳光照在冬日苍白的皮肤上时，我们开始脱掉外套，在暖烘烘的车上感觉一阵眩晕。我们经过堪萨斯州的米德镇，哈维突然兴奋起来，想起这是道尔顿帮的藏身之处。我们从镇上穿过时，他眯起眼睛，伸长脖子，凝视着空荡荡的街道，但街景很快就结束了，乔妈妈兔下车餐馆和索塞尔药房很快变成了休耕的麦田，那些商店仿佛海市蜃楼。哈维向后倒在座位上，看上去有点茫然无措。

到了《绿野仙踪》作者L.弗兰克·鲍姆的故乡利伯勒尔，我们在一家叫早餐先生的餐馆吃饭，这家餐馆看起来就像一具玻璃棺材。老人们开着生锈的福特皮卡到这儿来，一支接一支地抽烟，不停咳痰。他们用烤吐司蘸溏心鸡蛋，大口喝浑浊的咖啡。环顾四周——哈维置身嘈杂的人群中——你会觉得这不是一群竞相拥抱21世纪的人。一个男人在抓自己的胯部，另一个男人的胡子上沾着鸡蛋渣。与此同时，哈维密切观察着一只苍蝇从一盘美味飞到另一盘美味上。他现在看到了什么呢？还在看着那只苍蝇？这是不是比爱因斯坦本人坐在这里，看着同一只苍蝇更糟糕呢？难道天才真的不过是尽可能简单地观察这个世界，知道在这个世界的某个地方，已经存在某个场景，就等着相机去捕捉，或是已经存在某个深刻的想法，就等着有人去想到？毕竟，爱因斯坦从落体运动中推导出了相对论。

哈维是天才吗？他活到现在……他拥有那颗大脑。

事实上，他就那么平静地坐着，变得越来越年轻。我们其他人呢？我们坐在一间烟雾缭绕的房间里，我们自己似乎也在缓慢燃烧，以煮鸡蛋的速度衰老，也许我们每个人都希望有什么东西出现来拯救我们。为什么爱因斯坦的大脑不能有自己忠实的追随者呢？他们为什么不能既是科学家又是朝圣者呢？毕竟，爱因斯坦的大脑是科学和宗教真正相遇的罕见产物之一。爱因斯坦曾经说过："没有宗教的科学是瘸子，没有科学的宗教是瞎子。"

令我惊讶的是，面对爱因斯坦的大脑，一些研究人员似乎欣喜若狂，充满敬畏，例如，玛丽安·戴蒙德就激动地用"兴奋不已，充满启示"来形容其与爱因斯坦大脑第一次面对面的接触，其他人则强烈反对爱因斯坦的大脑拥有某种力量的说法。当我和加拿大研究人员桑德拉·维特森交流这个问题时，我表示爱因斯坦的大脑可能不仅仅只是漂浮在福尔马林里的叶片，而她严厉驳斥了我的这一说法。她对我说："这与宗教无关，这纯粹是科学问题。"

还有哈维。他一边宣称爱因斯坦的大脑将用于科学研究，一边像保护文物一样保护它。即使有时候他用非常规的方法保存这颗大脑（饼干罐，客厅壁炉架），他似乎认为只要大脑一直在他身边，他就能获得一些力量和洞见。由于没有发表过一份关于爱因斯坦大脑的权威报告，或是任何一份表示针对这颗大脑没有什么值得发表的权威报告的声明，哈维在过去40年里也助长了这颗大脑的神话化。最终，等待和猜想，流言蜚语的强大力量和未知的力量，成为爱因斯坦大脑的终极力量，压倒了事物本身。如果爱因斯坦的大脑一直像现在这样不为人所见，那么一定有少数忠实的追随者对其展开各种想象，它就好似圣餐这种具有象征性的东西。

✿

吃完饭，我们开车进入俄克拉荷马州（途经蒂龙、胡克、盖蒙和特克斯霍马），然后穿过得克萨斯州狭长地带（毗邻丽塔布兰卡国家草原，经过斯特拉特福、达尔哈特和罗梅罗），这些地方都是一马平川，石油钻井平台像节拍器一样有节奏地运转。我喜欢在沿途的各种标志和纪念物旁给哈维拍照，我给他在伊甸园拍过照，他大大方方地站在一幅描绘七宗罪①的水泥画前：色欲在他的右肩盘旋，贪婪盘踞在他的左肩。我还给他在阿斯特罗汽车旅馆那块"美国人所有"的标志前拍了照。我们路过一个巨大的木制牛仔枪手雕像，木头牛仔手里拿着一把史密斯威森手枪向

---

① 天主教教义中的七个原罪：傲慢、嫉妒、暴怒、懒惰、贪婪、暴食和色欲。

着空旷的平原射击，哈维站在牛仔两腿之间摆姿势拍照。在我们旅行结束很长一段时间之后，在我的生活恢复正常之后，我将会把这些照片当作小小的寓言故事钉在书桌上方的墙上。

在新墨西哥州边境，木结构农舍变成了土砖建筑。我们经过一个鸸鹋农场，门前一块牌子上写着"美国新白肉"。但看到这些互啄的苗条家伙……嗯，我对此表示怀疑。在图库姆卡里，如预料的那般，我们看见了红土和风滚草。我们开车轧过一道道旧车车辙和洼地，驶过台地和平顶山。这里的山像睾丸一样，古老的土丘像一个个怪兽，但所有这一切似乎都已经死亡，冲蚀殆尽，残留的景物是它曾经肥沃多产的纪念碑，据我们的朋友韦恩说，这地方曾经被"该死的大恐龙"占领过。

我们看见路边有一辆抛锚的金色凯迪拉克，在阳光的照耀下，它像埃尔多拉多[①]一样闪着金光。我们放慢速度，对面正好有个巡警走近那辆凯迪拉克。从开着的前车窗里，可以看到一个女人仰着头，显然是喝醉后睡着了，或者是什么更糟糕的情况。巡警挥手示意我们开走，于是我们继续前行。这个因为恣意放纵而停在新墨西哥州东部某个应急车道的女人的身影一直徘徊在我脑海中，她在我一路收集的各种影像中占据了一席之地。她长着一头长长的棕色鬈发，牙齿参差不齐，肤色惨白，有点像摇滚歌手詹尼斯·乔普林。几个月后，在最意想不到的时候，我又想起

---

① 传说中盛产黄金的黄金国。

了她。

"云雀"一路行驶过来无波无澜,沿途经过许多盛开的仙人掌,我必须承认,我因为哈维对爱因斯坦大脑的保护热情而产生的失望之情已经演变成一种心软的尊重,我突然觉得哈维其实可能是个革命英雄。因为他不就是那个对所有人嗤之以鼻,然后带着爱因斯坦的大脑跑到西部去的人吗?也许他认为自己是在保护爱因斯坦的大脑不受所谓专家的伤害,或是从美国军方手中拯救世界上最伟大的所谓和平主义者的大脑。"我敢肯定,如果不是他,爱因斯坦的大脑会像其他许多著名人物的大脑一样遗失,被人遗忘,"现在在普林斯顿医院担任病理学家的埃利奥特·克劳斯坦言,"没有人会像他那样在乎它。我想历史会善待汤姆·哈维。"所以,哈维的离经叛道不正使其成了完美的爱因斯坦式英雄吗?

也许,如果哈维对于其他事情一无所知,他所知道的也足以确保爱因斯坦的大脑不被纳入常规体系之中。

在赫梅斯山脉的笼罩下,我们蜿蜒穿过一个个巨人柱[①]和灌木丛。我瞥了一眼哈维,看到他在旅途中第一次短暂地打盹,可能正在某条快乐的胡椒粉叉支流上漂流。我也有点打瞌睡了。开到直道上时,我看了看速度表:我们正以115英里的时速行驶。

---

① 仙人掌科、巨人柱属中唯一的物种,也是世界最高的仙人掌品种之一。

14. 当我们谈论肉时我们在谈论什么

我们极速穿越新墨西哥州的途中,我不经意地瞥了一眼哈维熟睡时毫无防备的样子,他的脸完全没有暴露任何信息:也许我已经在一个远离这儿的地方见过另一个哈维,他叫杉本贤二,住在日本。在和哈维一起开始横穿美国之旅前,我穿越时空去大阪拜访了他。

要去日本的近畿大学见一位不知名的数学教授自然要跨越千山万水,不过,贤二也是世界上拥有最多爱因斯坦相关藏品的收藏者之一。他也认为爱因斯坦的大脑是文物。当我在近畿大学的办公室找到他时,他系着一条印有爱因斯坦头像的绿色领带。他的白衬衫上到处都是棕色的茶渍。一只脚上的袜子穿反了。他把头发弄成了卷蓬蓬的爱因斯坦式发型。

贤二的办公桌上放着一包奥玛·沙里夫牌香烟,就随手扔在电动打字机旁边。他给我找了张椅子坐,但椅子上放着一幅巨大的画,画的是晚年爱因斯坦,虽然画得不怎么好,但看得出来很用心。画中爱因斯坦的鼻子看起来不太像,更像演员卡尔·莫尔登的鼻子,这幅画是他的一个学生送给他的。他简短地介绍了一下这幅画的重要性,就把它放到了地上,旁边是一堆稍不留意就会碰倒的有关爱因斯坦的书。他有一叠黑白照片,记录了爱因斯坦1922年的日本之旅。

那是一段令人兴奋的时光。爱因斯坦获得诺贝尔奖的消息传出来时，他正在从上海到日本的船上。他当时正在进行为期五个月的旅行，先后去了新加坡、巴勒斯坦、西班牙和中国香港等地。让他最开心的似乎不是获奖本身，也不是奖金（32000美元，作为离婚协议的一部分，分给了他的第一任妻子米列娃），而是他的好朋友尼耳斯·玻尔发来贺信。这两位科学家第二次在哥本哈根见面时，就量子力学产生了激烈争论，在一辆有轨电车上来回坐了好几个小时。一个整洁、挑剔的丹麦人，一个看起来好像刚抽了一支爆炸雪茄的德国人，每次都心不在焉地坐过站。

在日本，爱因斯坦的演讲座无虚席，有一次，他在两千人面前通过翻译滔滔不绝地发表了将近六个小时的有关相对论的演讲。有关爱因斯坦如此受欢迎的原因，一种说法令人费解：日文中"相对论原理"与"爱"和"性"十分相似，因此显然有些人以为是一个"炸毛"的密宗大师来做演讲。见到爱因斯坦后，一个日本人以为他根本不是科学家，而是神圣的梦想家，对这个看起来与天使完全相反的笨拙的德国人能如此准确地洞悉上帝的天堂而充满敬畏。"他走路时很安静，"和爱因斯坦同行的漫画家冈本一平回忆道，"好像怕惊动真理，把它吓跑了。"

此时贤二手里拿着的是爱因斯坦访问大阪时拍摄的照片。这些是他最珍贵的财产之一：爱因斯坦穿着厚重的大衣，戴着抵御12月寒风的宽檐帽，看起来更像驱魔人而不是物理学家。爱因斯坦弹钢琴，爱因斯坦站在黑板前，黑板上潦草地写着难以理解的方程式，他的头上有一圈数字，听众全神贯注地注视着他。

我们浏览这些照片的时候，这位日本教授用手指抚摸着它们，仿佛在阅读盲文，沿着爱因斯坦行走的路径，轻轻地抚摸着这位伟大科学家的头。当他看到一张爱因斯坦晚年的照片时，他的眼睛变得湿润。照片中的爱因斯坦因为上了年纪而身形佝偻，他的生命只剩下最后几年。二战结束后在长崎长大的贤二说道："我想见见阿尔伯特·爱因斯坦，但他在我8岁的时候就去世了。"

三声急促的敲门声打断了我们的对话，一个穿着锃亮皮鞋的男人走了进来，贤二向我介绍说这是他的好朋友阿部。阿部还是爱因斯坦世界大会的秘书，这是一个由贤二创立的组织，目的在于进一步促进爱因斯坦学者和爱好者之间的合作，并建立世界第一座阿尔伯特·爱因斯坦博物馆。阿部穿着一件非常醒目的亮色西装，那颜色就像波拉波拉岛的海水。贤二和阿部站在仿佛被炸过的杂乱的办公室里，开始讨论火鸡问题。他们需要300万美元来维持博物馆的运转，最重要的是，他们需要得到影响力巨大的神户先生的支持，后者是近畿大学的校长，如果他喜欢你的组织，显然可以让天上掉下金币来。阿部来这里是为了跟我们一起去和极具影响力的神户先生共进午餐，贤二看了看手表，意识到我们迟到了，两位爱因斯坦世界大会成员突然变得很沮丧。他们平复了一下情绪，各自捋了捋领带，安慰地拍了拍对方的背，然后领着我走出办公室，上了电梯。

我第一次见到权威人物神户先生时，他正坐在一张大桌子后面跟人打电话。他比贤二和阿部都要高大，手也很大，面无表情。他似乎能看穿一个人的本质。他严肃地看了我一眼，使劲和我握了握手。我的身份被介绍成美国学者，但他却并没有假装相信这种无稽之谈。在他面前，贤二变得更沉默寡言，多了点男子气概。我们聊了些男人的话题，神户先生的声音低沉而威严，说起话来就像坦克部队穿过一个废弃的村庄。他的声音压过了一切。

午餐有海藻沙拉，热气腾腾的乌冬面，几盘寿司和一些黏糊糊的胶质物，贤二不愿意吃这些黏糊糊的东西，但能力强大的神户先生一口就吞下了他盘子里的东西。有了吃的，大家的情绪就放松下来。阿部开始陈述为爱因斯坦博物馆制订的商业计划，贤二不时插几句话，语气带着故作轻松的严肃。贤二每次插话，能力强大的神户先生的喉咙里都发出沉闷的一声响，好像消化不良一样，然后又继续抽起烟来。爱因斯坦世界大会的两位成员认为这是个好兆头，看起来的确如此！即便是现在，能力强大的神户先生凝视着外面的楠木山时，似乎都在考虑近畿大学的爱因斯坦博物馆的成本效益和氖灯照明问题，想要将其打造成揣满日元的游客不分日夜排队参观的地方。

"爱因斯坦让神户先生很满意，"尽管不清楚双方是否真正达成共识，我们离开贤二的办公室时，他还是对我说了这么一句话。说完这句话，贤二突然气喘吁吁地走出校门，穿过大街小巷，以及各种电器店和办公楼，朝站在远处的一个女人走去。那是一个漂亮女人，戴着一顶安妮·霍尔[①]式的帽子，帽子戴得很低，遮住了眼睛。她身材娇小苗条，气质出众，穿着天鹅绒装饰的时髦棕色长裙，完美融入熙熙攘攘的人潮，看起来既像在等人又不像，只是静静地汇入人潮。她戴着一颗银色行星吊坠，看起来像是金属做的水星，几缕秀发垂落在吊坠旁。她在微笑，那是一个美丽的微笑，仿佛她正站在可见与不可见的世界之间的门槛上，比其他人更容光焕发，更有活力，让人无法忽视她。

贤二却与她擦身而过。迷失在自己的思绪中，迷失在与神的对话中。继续往前走了大约10米，他突然停下来，打了个响指。"是爱因斯坦在挪动我的脚，"他腼腆地笑着说道，"正好让我从我妻子身边走过去。"他的妻子叫佐美，她也跟我们一起走在贤二后面，贤二这时正带我们去大宝塔，爱因斯坦65年前去过这里。这是一座巨大的朱红色和白色建筑，里面有一尊大日如来佛像，他是神秘的佛教中的宇宙佛或太阳佛。

和杉本贤二在一起，你只有到了目的地才知道要去哪里。

我们参观了一下宝塔，接着贤二又以极快的速度穿过邻近的公园，在一个卖公园里的鹿吃的煎饼的小贩旁边停了下来，他闻了闻空气，转身对我们说："爱因斯坦来啦！"然后他再次出发，在几棵樱桃树下伸长脑袋不停旋转。他疑惑地回头看了看我们刚走过的那条小路，思考了一番，脱口而出："啊，原来，爱因斯坦

[①] 美国导演伍迪·艾伦执导的同名电影女主角。

在这里!"

我和佐美努力跟上他的脚步,佐美坦言他的这种行为曾经困扰过她,那还是25年前他们刚结婚的时候。"我起了嫉妒心。"她用流利的英语说道,这时贤二正径直朝一堆树叶走去,"我以为我嫁给了一个男人,但突然之间就变成了'三人行'。"佐美意识到她的丈夫有一个分身:爱因斯坦。这两个人之间有很多不可思议的相似之处。两人在大学期间都没有通过重要考试。毕业后,两人都在找工作的路上苦苦挣扎。贤二只是感到迷茫,爱因斯坦的困境似乎缘于他对自己天才的过度自信,同时部分原因还在于他因为老师的相对无知而对其进行的羞辱。

相比之下,46岁的贤二还没有发现任何关于宇宙的重要新原理,尽管他声称这只是时间问题。为什么不可能呢?杉本贤二教授和其他黑马没有什么不同,他为什么不可能做到呢?我们返回近畿大学后,贤二让我和佐美坐在教师休息室的人造革沙发上,然后他冲出去拿来一盘录像带,那是我在伦敦遇到的电影制片人凯文·赫尔为英国广播公司制作的纪录片,讲述了贤二去美国寻找哈维医生和爱因斯坦大脑的故事。贤二把它称为"我的电影"。在这部纪录片里,他完成了一次长达一个月的穿越美国的奇异之旅,从普林斯顿医院的走廊到一个又一个乏味的中西部城镇,拜访了任何可能了解爱因斯坦大脑情况的人,直到他在堪萨斯州劳伦斯市找到哈维医生,这位老人睡在一间狭小公寓的沙发床上。当贤二要求带走一片爱因斯坦的大脑时,哈维从厨房抽屉里拿出一把牛排刀，把手伸进玻璃饼干罐里，拿出一块大脑，啪的一声放在砧板上，默默开始切片。

这一刻诡异而奇妙。贤二欣喜若狂，从背后紧紧抱住哈维，手紧紧贴在他的肚子上，把自己那颗超大的头靠在他的那颗小脑袋上，不肯松手。佐美看到这一幕时笑得无法控制，贤二则在教师休息室进进出出，几乎无法控制自己。屏幕上的他一直在嘟嘟囔囔。屏幕前的他也发出同样原始的嘟囔声，就像猪在污泥和橘子皮里翻找东西一样。

在赫尔的纪录片，也就是贤二的"电影"里（"我是杉本贤二，"赫尔说道，"我们都是杉本贤二。"），这个朝圣者和所有朝圣者一样，必然在异国他乡经历了一番艰难跋涉。旅途中入住的戴斯酒店不新鲜的丹麦式早餐让他肠胃不适。为了放飞灵魂，他的身体变得沉重。而此时，屏幕里那个看到爱因斯坦大脑切片的贤二已经完全被征服。他就是那个控制不住要去捏一捏查米牌卫生纸的惠普尔先生[1]，也是吃到完美菲力牛排的爱好肉食的美食家。他来到麦加[2]朝圣，虔诚地沿逆时针方向绕克尔白[3]七圈。

就在这时，屏幕外真正的贤二打断了我们。他不耐烦地断然将一个白色罐子放在我和佐美前面的桌上，关掉电视，围着桌子

---

[1] 查米牌卫生纸广告中的虚构人物。
[2] 伊斯兰教圣地。
[3] 位于麦加禁寺中央的一座立方体建筑，是世界穆斯林礼拜朝向和朝觐中心。

转了几圈。然后他卷起袖子，解开系着罐子的绳结，揭开盖子。罐子里是个紫色的川宁牌茶叶的茶盒（品种是正山小种红茶）。贤二轻轻打开盒盖，接着又打开里面的另一个盖子。这时，他慢慢地把手伸进黑乎乎的盒里，拿出两个装药丸的宽口塑料容器。他郑重其事地把它们放在桌上，仿佛拿着的是法贝热的彩蛋。

当他拧开最后一层盖子时，我们满怀期待地凑近去看。"爱因斯坦的大脑。"他指着装着福尔马林的两个容器笑着说道。容器里散发的气味首先吸引了我，佐美则向后靠，闭上眼睛，一副晕船的样子。我走上前去，只用嘴呼吸。漂浮在液体中的东西看起来更像打喷嚏打出来的，而不是大脑。只是一些分布不均匀的黏液。

"小脑（Shono）。"贤二的日语脱口而出，兴奋得暂时放弃了英语。小脑，形状就像一棵盆栽树。"爱因斯坦的大脑碎片能带来和谐的感觉，"他说道，"我的灵魂属于爱因斯坦的大脑。"说完他翻看起从办公室带来的一本日英词典。"守護（Shugo）。"他说道。神的保护。接下来是："意識（Ishiki）。"意识即人的自我。我们静坐不语，过了一会儿，我再次靠近漂浮的大脑碎片。"お守り（Omamori）。"贤二又说道。一种护身符，辟邪之物。

他的信仰需要他全身心投入，保持谦卑。"但这有什么意思呢？"我以一种既反感又着迷的语气问他。贤二皱起眉头，开始解释，中途停了一会儿，然后又接着解释，他仔细思考着这个问题，想要组织起语法完全正确的句子。"生存还是毁灭，"他说道，

"这就是爱因斯坦大脑的意义所在。"

看过爱因斯坦的大脑之后,我们唯一可做的就是去卡拉OK庆祝一番,这是贤二和他的同事们最喜欢去的地方。卡拉OK里有七八个"女士"招待客人,西装革履的男人们会受到不同程度的款待。他们向我介绍了宫田美智子小姐。这是个身材娇小、亲切友好、极其热情的女人,她用手势、耳语、戳肋骨和跺脚等方法和我交流,从头到尾面带微笑。她让她的姑娘们守规矩,好好招待客人。这些女招待都叫纯或恭子这类名字,另外有个19岁的中国歌手,她长着一双棕色的大眼睛,名字叫莉莉。

能力强大的神户先生也来了。他的脸上仍然毫无表情,独自一人坐在一个黑暗的角落里,接受下属们的问候。他一支接一支地抽着奥玛·沙里夫牌香烟,干脆利落地喝着苏格兰威士忌。有人告诉我,他每个星期有六天晚上都在这里,只有星期天除外。我还被告知,如果他叫我过去,我必须陪他坐一会儿。我真的被他叫了过去,佐美作为翻译陪着我一起过去,而贤二正投入地听一个女招待唱歌,他一边出神地摇摆着身体,一边念着大屏幕上的歌词。

能力强大的神户先生透过烟雾看着我,看起来似乎完全不认识我。他面色凝重,因为身负重任,习惯性眉头紧锁。随后,他用低沉沙哑如坦克过境般的声音,问了我几个关于美国、自由贸易和我如何看待日本的问题。他又和我聊了一些他的大学的情况，把它和常春藤联盟[①]做了一番比较。我的回答似乎毫无意义，不，重要的是问题，或者说是提问过程的戏剧性。能力强大的神户先生像鲍嘉[②]一样长吸一口烟，然后吐出烟雾，再把手慢慢移向一个瓷碟，弹掉烟灰。他嘟囔了一句什么，我就突然被打发走了。另一个可怜的喋喋不休的家伙填补了我的空缺。

当晚最令人愉快的惊喜是发现贤二有一副韦恩·牛顿[③]式的美妙嗓音，他演唱了日本人最爱的一首甜美歌曲《蓝色机场》，为其增添了一分男子气概。这首歌讲述了一对恋人因为飞机旅行而分隔两地，但其中一方最后幸运地搭上返程飞机，与恋人重聚。他摇晃着身体，一只手紧握成拳，以示痛苦。贤二唱了很多首歌，有时和大家一起合唱，有时独自嘶吼，向满屋子眼神迷离迷失自我的男人倾诉他的灵魂。

这天晚上到后来每个人都喝醉了，开启了未知的酒后伤感之旅。佐美坐在我旁边，双手放在腿上，面带微笑。在卡拉OK之夜，无论她面对贤二身边的女招待们时感到多么不舒服，她都不会表露半分。事实上，她似乎对这些拿着打火机和热毛巾伺候着客人的女人说的每一句话都很感兴趣。随着夜幕的降临，那个叫

---

① 最初指的是美国东北部地区八所高校组成的体育赛事联盟，后指由这八所高校组成并沿用"常春藤"这一名称的高校联盟，包括哈佛大学、宾夕法尼亚大学、耶鲁大学、普林斯顿大学、哥伦比亚大学、康奈尔大学、布朗大学和达特茅斯学院。
② 亨弗莱·鲍嘉，美国著名演员。
③ 美国知名歌手、演员。

莉莉的女歌手和男人们唱起了歌，这时佐美告诉我，这是莉莉在这里的最后一个晚上，她在这家卡拉OK唱了三年，过了三年这样的生活。她第二天一早就要回中国了。

夜深了，在客人们的催促下，莉莉拿起一支无线麦克风，开始用中文唱一首舒缓而悲伤的告别歌。她自然是个美人，一头乌黑的长发，丰满的嘴唇，露出一部分的背部十分纤薄。莉莉音色甜美，深情款款地吟唱着，这时我发现大家都在哭泣，女招待，男人们，佐美，还有莉莉。莉莉一直表现得很镇静，现在声音也开始颤抖，她意识到这是最后一首歌了，她在这个粉红色的包间里度过了惬意的一晚，有那么多像她父亲一样的男人围绕着她，还有她的姐妹们，她们见证了她成长为一个女人。第二天她就将飞往北京，回到牢笼一般的家里，这种充满金钱、自由和快乐的生活将如此残忍地结束。

她突然开始哭泣，发自内心地恸哭，她试图抑制眼泪流出来，专业的聚光灯无情地照亮了她的悲伤。音乐仍在继续，缓慢而悲伤，但此时似乎透着点恶意。虽然她尽力挽救局面，但每句歌词她都只能勉强唱出一两个词来，她弯下腰，遮住眼睛。这是她作为卡拉OK歌手的最后一次表演，她正在舞台上死去。突然，一阵不安的情绪席卷整个房间。啊，怎么可能呢？真是难堪啊！一个女招待开始向那个蜷缩着的女孩冲过去，然而就在这时，一个声音不知从哪里冒出来，就像一只长着大翅膀的鸟突然从天而降。这个声音经由第二支无线麦克风从房间的暗处传出来。这个声音浑厚有力，深沉而坚定，每一个音符都传达着告别的痛苦和感伤，房间里的每个人都为此心碎，一个时代结束了，属于莉莉的时代结束了。歌声中满含深情，唱出了一生的感悟，当真如此，歌声中蕴藏的力量甚至让跪着的莉莉抬起了头，一滴眼泪在她的脸颊上闪着光。此时，能力强大的神户先生——怎么可能是他——从桌旁站了起来，走到聚光灯下。

他总是一副高不可攀的模样，令人敬畏。谁知道他还会说中文？他穿着一身剪裁考究的西装，他站到莉莉面前，但并没有伸手把她拉起来。他只是唱歌。莉莉抬头看着他，收拾好情绪，站了起来，也开始唱歌。他带着她一直唱完了这首歌。包括贤二在内的所有人都在号啕大哭。一曲结束，莉莉笑起来，然后转身朝能力强大的神户先生鞠躬。他生硬地点点头，回到自己的桌旁。后来，她最后一次来到他桌旁，坐到陪客的椅子上，他递给她一个装满钱的信封。尽管一切都恢复如初，大家又变得拘谨含蓄，但这里发生的一些事情没有人会忘记。这是我见过的最真诚的一种爱的行为。

清晨的大街上，我们六个人挤进一辆出租车：贤二、佐美和我，以及另外三个喝醉的朋友。大家都一言不发。我们只是看着大阪市中心的霓虹灯落入河流忧郁的漩涡中。我们疲惫又空虚，紧紧挤在一起。二战期间，东京遭到燃烧弹轰炸后，美国战斗机袭击了大阪，摧毁了我们此时经过的市中心的大部分地区。贤二本人就是在故乡长崎被摧毁后不久出生的。他的父母幸运地熬过爱因斯坦最不光彩的遗产——原子弹制造的恐怖。

出租车来到我住的地方，我下车把手放在关闭的车门上时，贤二才将思绪从某个遥远的地方拉回来。"活下去，迈克尔先生，"他对我说道，"活着更好。"

15. 我是你的腿

眼前的路让我们陷入恍惚状态。不知不觉中，在逐渐爬升到8000英尺高的地方的过程中，我们的呼吸变得急促起来，还有点头晕目眩。我们向上穿过圣菲小道，然后朝西北方向沿着帕哈里托高原边缘的悬崖峭壁蜿蜒前行，最后到达洛斯阿拉莫斯。在第二次世界大战爆发之前，这里只是印第安人的荒地。但在爱因斯坦给罗斯福总统写信要求制造原子弹后不久，国防部征用了这片偏僻的土地。洛斯阿拉莫斯的科学家和工作人员生活在铁丝网后面，他们通过编码而非姓名认识彼此，所有的信件都是通过圣菲1663号邮箱接收。原子弹被简单地称为"小玩意"。而这里的时间要用尸体数量来衡量，因为根据这里的科学家的推算，制造原子弹的时间每延迟一天，就意味着更多美国人将死于战争。

我们驱车驶入小镇，20世纪40年代的营房和泥泞的街道已经被平平无奇的西部住宅区和美式繁荣所取代。我们经过一家耀眼的游泳馆，一栋栋漂亮的土砖房，以及威廉·巴勒斯曾就读过的男校旧址，所有事情都串联起来。我们还经过了一排排高耸的电栅栏，栅栏后面进行着美国最新的武器研究。

哈维目光凝重，让人觉得他的到访以及爱因斯坦大脑的到来，正在创造历史。毕竟，正是有了那封给罗斯福总统的信，爱因斯坦才无意中成为"从未存在过的小镇"的创造者之一。现在，虽然晚了50多年，这位伟大科学家的一部分还是来到了这里，并且还将去往布拉德伯里科学博物馆。

这是家只有三间展厅的不起眼的博物馆，墙上有一些说明文字和黑白照片，详细介绍了制造原子弹的科学难题和参与者面临的各种挑战，同时还赞扬了为曼哈顿计划[①]做出贡献的爱国男女们，尤其是该计划的负责人罗伯特·奥本海默。不出所料，第一件展品就是爱因斯坦的照片，接着一个玻璃展柜里放着他写给罗斯福总统的信的副本，哈维站在展柜前，一边读信，一边认真地点头，然后继续向前走。在这里没有文字说明爱因斯坦为写这封信感到后悔。相反，从一些有选择性的编辑文字来看，爱因斯坦对这家博物馆、洛斯阿拉莫斯镇和投下两枚原子弹的行为都表示认可。这家博物馆最明显的特征就是其策展人似乎忘记了有关原子弹的事情，而且洛斯阿拉莫斯的整体文化似乎也是如此。

这里没有展示的是：1945年8月的一个早晨，广岛市中心的电车上挤满了平民，街上有一大群女学生。这家博物馆没有展示飞行员保罗·蒂贝茨驾驶着艾诺拉·盖伊号B-29轰炸机，飘浮

---

① 美国陆军部研制原子弹的计划。

在31000英尺的高空,然后向空中释放了重达4吨的金属物——"小男孩"。这颗原子弹的侧面有一些签名和污言秽语(其中一句开头是"向天皇问好……")以及影星丽塔·海华丝的裸照。在这里被遗忘的还有43秒的绝对沉默——"小男孩"降落到这座城市的时间,以及相当于12500吨三硝基甲苯(TNT)的爆炸。接着是爆炸核心地带相生桥的恐怖景象:鸟儿在空中化为灰烬,人像蜡烛一样燃烧,像青铜佛像一样肿胀。而这仅仅是个开始。

这家博物馆没有展示迅速摧毁广岛的火风暴,也没有展示进化成龙卷风的原子风。每十具尸体里就有九具死在距离爆炸中心一英里的地方,最终统计的死亡人数为20万人,带有放射性沉降物的黏稠的黑雨则无情地袭击着幸存者。它也没有展示皮肤像和服一样挂在身上的人。广岛之后,它也没有展示长崎和14万日本平民将以同样的方式死去。人们可以像哈维一样在这家博物馆里待上几个小时,最后带着对科学产生的惊人创造力的兴奋感离开,而那些破坏一直不为人所见。

爱因斯坦究竟在其中扮演了什么角色呢?爱因斯坦给人的永恒印象基本上是一个和平主义者,而这是一个在他死后经人打造出来的人设。他在1931年给国际反战者同盟的一份声明中写道:"我呼吁所有人,不分男女,集体声明他们将拒绝为战争或备战提供任何进一步的援助。"在后来写给一位杂志编辑的信中,他更细致地阐述了自己的个人感受:"我的和平主义是一种本能感受,这种感受支配着我,因为蓄意杀人令人厌恶。我的态度并非源自任何理论，而是基于我对一切残忍和仇恨行为的最深切的反感。"

然而，我们可以理解纳粹集中营里满是犹太人的事实会激怒他。在战争年代，美国人的思维模式也可归结为终极零和：摧毁他人并赢得胜利，被摧毁同时失败。因此，爱因斯坦在给罗斯福的那封著名的信中倡议制造原子武器，虽然看起来自相矛盾，但也还情有可原。当然，后来在与莱纳斯·鲍林的谈话中，他坦言那封信是个错误。爱因斯坦只是通过表达遗憾来美化其圣人形象吗？难道和平主义只有在最合其心意的时候才适合他吗？

令人惊讶的是，在和平主义的神圣外衣下，爱因斯坦参与美国战争事业的程度比大多数人想象的更深，爱因斯坦的传记作者罗纳德·克拉克率先揭示了这一事实。从胡佛和他的特工们不知疲倦地收集反对"极端激进分子"的证据开始，一直到爱因斯坦去世，这位科学家一直断断续续受雇于美国海军军械局，担任科学家、技术员和炸药顾问的角色。在他参与的众多项目中，他帮助评估了美国对日本的一个海军基地进行布雷和攻击的计划。

我们的公路旅行结束之后，我去马里兰州科利奇帕克市的国家档案馆查看了爱因斯坦的档案，偶然发现了爱因斯坦写给海军军械局斯蒂芬·布鲁诺尔上尉的几封信。国家档案馆是一栋崭新的玻璃和钢结构建筑，通过安检后，我被带到一间巨大的阅览室，约翰·泰勒递给我一大叠文件。泰勒是位年近八旬的干瘦老人，有些驼背，说话带有南方人文雅的拖腔，他自二战以来一直在档案馆工作。这位老人高兴地告诉我，他会尽其所能为我"送货"——管他什么意思呢——然后就消失了。

大约过了一小时，泰勒拿着一个标记为RG74的文件夹再次出现。这些就是1943年6月至1944年10月期间爱因斯坦写给斯蒂芬·布鲁诺尔上尉的九封机打信，以及几页文字整齐却难以辨认的爱因斯坦的手写信。一开始，这些信件让我疑惑不解，因为联邦调查局炮制了很多宣传材料，将爱因斯坦塑造为国家敌人，在看过这些材料后，我觉得海军似乎不可能与他有任何联系。但海军显然乐于与其联系。其中一些信件中有爱因斯坦绘制的鱼雷和鱼雷头草图，触发装置和一些方程式，这些方程式旨在找出在敌舰装甲外壳下制造有效爆炸的最佳方法。

爱因斯坦在一封信中写道："有一种装置似乎可取，它可以在恰当的时候将从船只下方经过的鱼雷引爆。我想可以为此研发一个电磁装置，我想听听你的意见。"年轻时的爱因斯坦为了逃避兵役而逃离德国，还曾被军队的暴徒心态吓得不轻，但他却在另一封信中提到"我的海军任命"，接着又在一封信中提到"财务问题"。此外，爱因斯坦似乎经常在默瑟街112号的家里与海军军官见面。

一方面，很难想象爱因斯坦竟然允许自己被如此利用，即使考虑到他十分反感德国人。另一个更深层次的问题是，爱因斯坦把他的大脑用于某种军事目的，阅读这些信件，在某种程度上让我们更容易想象爱因斯坦大脑今天如果被克隆出来，可能会再次用于毁灭性事件。这些信件也令人沮丧，因为它们给爱因斯坦的和平主义宣言蒙上了阴影。毕竟，我们这个时代的伟大的和平主义者通过忍耐和坚守信念，不改变自己的想法，以及经常为此付出实质性代价，证明了自己的观点。如果甘地把业余时间都用来绘制鱼雷，或者研究如何提高爆炸的杀伤力，他还有什么可信度呢？①

爱因斯坦一定也很苦恼，因为他后来否认自己参与了战争。1952年，在回答有关原子弹的问题时，爱因斯坦对记者说："你们把我看作是将科学滥用于军事目的科学家们的首领，这是错误的。我从来没有在应用科学领域工作过，更不用说为军队工作了。我和你们一样谴责我们这个时代的军事心态。事实上，我一生都是和平主义者，我认为甘地是我们这个时代唯一真正伟大的政治人物。"

当然，爱因斯坦和甘地的不同之处在于，爱因斯坦不是政治领袖，尽管他一次又一次热心提出自己的政治观点，希望改变这个他时常认为野蛮的世界。尽管如此，我还是忍不住想，如果洛斯阿拉莫斯是美国的秘密，那么这九封信可能就是爱因斯坦的秘密。除了他不屑隐藏的风流韵事，这些信件还透露了一些更加有损爱因斯坦形象的事情。爱因斯坦十分重视不受个人情感影响的世界，因此，他似乎在自己与那些爱他的人，同时也是被他伤害

---

① 作为印度民族解放运动领导人，甘地提倡"非暴力不合作"。

最严重的人之间，树起了一道疏离的防线。不过，他曾经罕见地称赞他的儿子汉斯·阿尔伯特和自己有相同的观点，要知道他和这个儿子可以说毫无关系，从来都记不住后者的生日。他在去世前一年写道："我很高兴有一个儿子，他继承了我的主要性格特质：为了一个客观目标，多年来牺牲自己，超越单纯的生存。这是最好的方法，事实上，这是我们可以使自己独立于个人命运和其他人的唯一方式。"

但是，为什么要拒绝人类，以及你的命运可能与之密不可分的想法呢？如果我们生活在一个没有人情味的世界中，生活的目的就是完成一个个客观目标（让鱼雷爆炸，研究统一理论，扔下一颗原子弹），人类自己怎么想呢？当艾诺拉·盖号的飞行员保罗·蒂贝茨被要求为杀死广岛20万人辩护，他只是回答说："这似乎太没有人情味了。"

那天坐在档案馆的阅览室里，翻阅着那些信件的时候，我记得自己非常生气，同时又有点遭人背叛的感觉，就像我今天在洛斯阿拉莫斯的感觉一样，因为哈维对那些为曼哈顿计划夜以继日工作的美国科学家精英团队的尊敬，对他们勇气的敬佩，掩盖了他们对距离美国半个地球之外的地方，杉本贤二的祖国日本，他的出生地长崎真正所做的事情。

❂

我们在塞里约斯镇附近我的几个好朋友的农场过夜,塞里约斯是个简陋的小驿站,好莱坞曾在这里脏兮兮的街道上拍过几部西部片,因此小有名气。我们从镇子南边一条满是车辙印的路出发,一路沿河谷而行,蜿蜒驶入一个占地100英亩[①]的漂亮山谷,我的朋友克莱尔和斯科特就住在这儿的一个农场里,这个农场曾经属于克莱尔的母亲。克莱尔和斯科特都30多岁,都是从旧金山搬来的。他们俩在一次瑜伽活动上认识,好几年都是异地恋。斯科特从事金融业,因为工作先后去了伦敦和芝加哥,而克莱尔从事公关工作,一星期工作七天,为了工作满世界跑。克莱尔的母亲是个画家,她家的墙上就挂着她的油画作品。她因为癌症去世后,克莱尔和斯科特就辞去工作,搬到了克莱尔的母亲最常住的地方,一起开始新生活。

最棒的是,他们的新生活中有很多猫、狗、马和鸡,而且每只都有别致的名字(桑托、康菲亚多、米斯莫、瓜波、莫诺、帕洛玛和胡迪尼),因此,两个疲惫不堪的旅人来过夜时几乎引起不了什么关注。主屋是砖土结构,有好几个地下室,都点着壁炉。冰箱上贴着诗歌冰箱贴,与全美各地男厕所里潦草的精神病式的咆哮相比,这些诗歌简直是一股清流。我在冰箱前站了一会

---

① 1英亩约等于4047平方米。

儿，研究冰箱和零散的诗歌。在我身后，壁炉里的火噼啪作响，房间里弥漫着雪松的味道。我意识到我已经忘记了一份简单的爱可以多么简单："我是你的腿"，其中一句诗这样写道。

哈维一见面就喜欢上克莱尔和斯科特。谁不会呢？克莱尔长得漂亮，身材娇小，有一双猫眼绿的眼睛，她是绝对的乐天派，能让人立即与她亲近起来。斯科特有一头蓬松的头发，如攀岩者般健硕的身体，以及一张妙语连珠的嘴。斯科特充满阳刚之气，克莱尔则尽显阴柔之美。

看到他们三个人相处融洽，我就去洗衣服了，这是我第一次抛下哈维享受自由时光。我把存了一个星期的脏衣服扔进一盆肥皂水中，把我的裤子和衬衫洗得干干净净，感觉特别好。我走到屋外，开始"考古挖掘"——清理汽车，汽车就像我们的第二个生命。我去跑了会儿步，呼吸着新墨西哥州的清新空气，我感觉自己仿佛从地球山飘了起来。

我们开车去镇上的一家餐馆吃晚餐。我们吃着涂了墨西哥辣酱的猪里脊肉时，克莱尔和斯科特终于忍不住了。

"我希望你不会觉得这太冒昧，"克莱尔对哈维说，"但是我在想你那个有趣的朋友……"

"他绝对不是在说他，"斯科特指了指我说，"我们对爱因斯坦的大脑有几个问题。"

哈维涨红了脸，但是因为高兴。喝了设拉子葡萄酒后——喝完一瓶，克莱尔就会再点一瓶——哈维变得非常兴奋。"好吧，"

177

他边说边用餐巾擦了擦嘴角,"我可以试着回答你们。"

"在看到他的大脑之前,你见过爱因斯坦吗?"斯科特问道。

"是的,我见过,"哈维答道,"给他抽血。"

斯科特想了想,挠了挠头,脱口而出:"这提醒了我永远不要让你抽我的血。"说完,他就哈哈大笑起来。克莱尔也笑起来,哈维……哈维大笑不已,一直笑得脸通红。

"他人好吗?"克莱尔问道。

"穿着卡其裤和船鞋,穿得很舒服。"哈维答道,"我觉得他非常亲切……"

"亲切到决定把他的大脑给你?"斯科特问道。

"嗯……是,也不是。他把它遗赠给了科学,我很幸运那天能在那里。"

"所以,你就是科学。"克莱尔说道。

"嗯,我从没这么想过,但我想我是。我在尸检时取出了他的大脑。"

哈维告诉他们自己如何与汉斯·阿尔伯特达成协议,在医学期刊上发表他的研究成果。"研究发现了大量有趣的信息,"他说道,"毕竟,这不仅仅是一颗普通的大脑。"他描述了修复大脑的过程,承认自己给大脑注射温的福尔马林而不是冷的福尔马林是个错误,加速了大脑的变性[①]。他还描述了给爱因斯坦的大脑拍

[①] 生物化学术语,指蛋白质或核酸的构象与性质改变。

照、切片以及给切片编号的过程。克莱尔和斯科特听得入了迷。而我则看了看四周,看是否有人在偷听我们的谈话。说实话,听了这么多有关大脑的事,我都吃不下饭了。"真的很高兴,"哈维继续说道,"我认识了很多名人,他们都认识爱因斯坦。"

我们回到农场,围坐在壁炉前,每个人手里都端着一杯热气腾腾的茶。在开始最后一段旅程之前,我又从我们的小团队中偷了点时间,这是我今天梦寐以求的一刻。我叠好衣服,然后试着给萨拉打电话。她没有接,我突然生出强烈的思乡之情。我们的朋友逃离以前满世界飞的疯狂职场生活,来到这里共同生活,合二为一,并且创造这个充满动物的新乐园,所有这一切都让我看到了新的可能性和希望,摆脱失落的情绪。他们的一只猫爬上我的肩膀,一只鬣蜥在窗台上盯着我,我给萨拉留了言:"在你回我电话之前,我都是这座动物园的囚徒。"然后,我小憩了一会儿。

一个小时后我醒来,只见哈维和克莱尔坐在餐桌旁,兴奋得满脸通红。我走进厨房时,他们降低了声音。我再次离开时,他俩立即提高了音量,开始叽叽喳喳说个不停。克莱尔被迷住了。哈维身上闪耀着丁斯莫尔的光芒。后来,我把克莱尔拉到一边,问了几个问题:哈维有什么魔力?是那颗大脑让她如此兴奋吗?她有被催眠的感觉吗?她答道:"他是个非常非常有趣的男人,对有些男人来说,骑士精神并没有消亡。你看见他在吃晚餐时为我把椅子拉出来了吗?"

斯科特并不介意这种调情,事实上,他似乎乐于见到这种情况。睡觉前，他叫大家一起洗个热水澡。我认为哈维不会答应，可他却答应了。他穿着借来的浴袍和宽松的泳裤，摇摇晃晃地走来，把一个脚趾伸到沸水里。这天晚上很冷，天上的星星闪闪发光，就像黑色的冰面上闪着寒光的硬币。范·比斯布罗克8号星，织女星，金牛T型星，绘架座β。正当我担心把一位84岁的老人扔进104℉[1]的水里会有什么生理后果时，哈维就像扔一块沉重的石头一样把自己扔进了水里。"哦，哦，嘿嘿。哇，好热啊。哇，哇，哇！！！"

我们一边泡澡，一边聊天。斯科特提议，哈维完成对爱因斯坦大脑的研究后，用一枚私人火箭把它发射到太空，这样它就可以在蒂莫西·利里的骨灰旁找到一个合适的位置[2]。哈维大笑起来，克莱尔这时插了句话。

"嗯，这就是今晚月亮的颜色，不是吗？"

她对月亮的观察只持续了一小会儿，我依稀察觉到：我闭眼的工夫，有人在看那颗大脑。后来，我会发现哈维为他俩打开了旅行袋，揭开了特百惠瓶子的盖子，用手指了指大脑，稍微展示了一下。但此刻，我只能结结巴巴地提问。

"你是说……"

"我们真的不想叫醒你。"克莱尔说道。

---

① 相当于40℃。
② 蒂莫西·利里是美国著名心理学家、作家，死后骨灰跟随人造卫星被发射到太空环绕地球轨道运行。

"可是……"我看着哈维，他闭着眼漂浮在水面上，沉浸在起泡器制造的水泡声中。我深受打击。我开了2000英里的车——不，我当了2000英里的司机，我安排了各种酒店和汽车旅馆，我护送这位好医生去餐馆和博物馆，在去找伊芙琳·爱因斯坦的这一路上我像保镖一样看着他——却没有被允许看一眼爱因斯坦的大脑。而我的朋友们什么都没做，只是表现得亲切友好，就在见到这位老人的几个小时内看到了那颗大脑。

四周突然死一般寂静，克莱尔和斯科特小心翼翼地宣布他们要去睡觉了。他俩从浴缸里溜出去，溜进了屋里，好像我突然长出了鳄鱼的牙齿。哈维恍惚地躺在水中，泡在水里的苍白身体看似无知觉地晃动着。我就坐在一旁盯着他看了一会儿。我能做什么？我决定比他泡更久，以此作为一种报复，当他起身离开时，我将准备好迎接胜利的喜悦，想象着这样道晚安：哦，看吧，对你来说太热了……安全第一。我得咬牙切齿地说。

而只要能承受，我就一直泡下去，说到做到。我的手指开始变得皱皱巴巴。我的头顶感觉被谁拧开，灌满了一颗颗小星星。我们俩都不说话。空气中只有风和起泡器的声音。该死，那老头似乎没有一点服软的迹象。最后，我不情愿地从浴缸里爬出来，离开那神奇的不老泉，溅起一片水花，独留他一人躺在黑暗、翻腾的水里，在寒冷的宇宙里快乐地轻声呜咽——啊，是快——乐。

唯一能让我免于彻底坠落的东西，让我不再想在半夜收拾行李，跟哈维和爱因斯坦的大脑说再见的东西，是放在我枕头上的克莱尔手写的纸条。

上面只写着：萨拉来过电话。

16. 黑暗时间

我和哈维现在开始冷战了。闹点小脾气。我甚至不会没话找话了，他从地图集里得到无言的安慰。我神经质地拨弄着收音机，他盯着窗外看。后来，他在给一个朋友的信里提到我："（我们）大多数情况下合得来，尽管他很难判断我们到达目的地需要多长时间，而且在加利福尼亚州更多时候看到的是夜景，比我想象的要多。"

我发现我不知从何时起开始关心这位老人，也许我想象过我们之间会发生更美好的事情，但哈维仍然表现出只把我当司机的样子。显然，与陌生人相比，司机更没资格看那颗大脑。因此才有了我们之间的冷战。我们进入了挪威人所说的冬季最黑暗的那几个月：黑暗时间。

这时，州际公路上到处是白色十字架，标示着曾经发生的致命车祸。在阿尔伯克基郊区的一座立交桥附近，摆放了一堆鲜花，以纪念一位母亲和她的两个孩子。他们在上个圣诞节前夕被一个纳瓦霍人①夺去了生命，这个人喝醉了酒，从高速公路另一

---

① 美国印第安人中的一支。

边呼啸而下,和他们的旅行车迎面相撞。在高速公路旁,开始出现越来越多搭便车的人,他们神情疲惫,穿着工装夹克或破烂的衬衫,仿佛一条由衣衫褴褛的无家可归者组成的令人恐惧的地下铁路,希望能得到更多温暖和更好的运气。他们的脸是和大地一样的赭色。

穿过印第安保留地,进入亚利桑那州,收音机里传来模糊的声音,这个颤抖的声音听起来异常熟悉。"撒旦,我命令你……出去!"是鲍勃·拉森,堪萨斯汽车旅馆房间里的电视布道者,他正在表演驱魔仪式。在一片虚空中,这个与恶魔战斗的声音让我喉咙发紧。这时收音机里传来一阵干扰声,有人开始用纳瓦霍语说话,听起来像在读《圣经》的经文。然后鲍勃·拉森再次开口:"我命令你:野兽,从她的思想和情感里出来!奉耶稣之名出来吧!"我们眼前仿佛到处都是天使和魔鬼在争吵。一棵树上落满了乌鸦。

在亚利桑那州广袤无垠的旷野上,一列火车闪着银光在落日余晖中向西行驶,两节黑色车头后面,银色的普通旅客车厢、卧铺车厢和餐车车厢闪闪发光。如果这是1931年,爱因斯坦很可能就在这列火车上,正进行横跨美国旅行的最后一站,去洛杉矶参观加州理工学院。他会睡在干净的白床单上,吃蜜汁火腿。他会讲他最喜欢的黄色笑话,无情地取笑每个人。在舒适的车厢里,他可能会吸一会儿烟斗或拉拉小提琴。毫无疑问,他偶尔会从方程式里抽身,抬头看看窗外的美国。就在今天这样的时刻,他的目光也许会落在这片高原上：夕阳西下，天空一片粉色和橙色，土地一望无际，似乎在等待大型动物的回归，让它再次变得渺小。他的感受会和我一样吗？越深入这个国家——越过山势平缓的宾夕法尼亚州，穿过树木逐渐消失的堪萨斯州——你就越能超越自己。

沐浴着夕阳最后一丝余晖，我们迎来了每段旅程中的那一刻，疲惫和混乱达到顶峰，汇聚成一种狂喜，城镇像河里的鳟鱼一样暗暗闪动。收音机里此时播放着《野马》①，迎着夕阳行驶，紫色的夜幕降临，一切似乎如此完美、纯粹、令人沉醉。我想起了查尔斯·林德伯格，他带着四个三明治和一瓶水，怀抱着对功率为233马力②的小飞机圣路易斯精神号的信念，飞越大西洋。到最后，他变得有点神志不清，相信有鬼魂和他同行。"在无数时间里，"他后来写道，"我似乎飞出了我的飞机和身体……这种时候，理智和感官都被……一种无关紧要的意识所替代。"

我们继续向前行驶，开到金曼镇吃晚餐，然后向北转向拉斯维加斯。吃完晚餐，我发现我把钱包落在了餐馆，于是跑回去取。当我返回停车场站到"云雀"旁边时，一男一女正从一辆面包车上下来，那辆面包车的车身上挂着一个手写的黑色牌子，上面写着：从奥斯威辛到亚利桑那，从波士顿到波斯尼亚，精神病

---

① 英国著名摇滚乐队滚石乐队的歌曲。
② 1马力约等于735瓦特。

学在杀人。那个男人肩上挎着一个皮袋子，女人头发灰白，一直披散到背部中间位置，尽管她看起来很年轻。由于他们正朝我的方向走来，我们的目光相互锁定了一秒钟，突然之间避无可避，我觉得自己有必要说点什么。

"嘿，这块牌子是怎么回事？"他俩一起回头看了看面包车，然后再次看向我。男人笑着对我说："男性更容易受到精神控制。"我装出沉思的样子。

"但是，为什么精神病学在杀人，比方说，牙科杀人更多呢？"我问道。

"牙科需要工具。"女人答道。聊到这里好像就够了。

"明白了。"我回应道，然后慢吞吞地上了"云雀"。尾气从排气管中冒出来，哈维隐匿在暗影之中。收音机突然跳到一个经典摇滚电台，车厢里回荡着心脏乐队的《魔术师》。我猜哈维之前按下了开关，调了台，至于他是放弃了选择还是真的偏爱这首歌，我就不得而知了。此时侧窗映出他的头像，他的银发在灯光下闪闪发光，他的鹰钩鼻如此显眼，他被歌词深深吸引：

试着理解
试着理解
试着、试着、试着理解……他是个魔术师
他有一双神奇的手，妈妈……

从面包车下来的那对男女一脸疑惑地看看哈维，又看看我。"我祖父。"我撒谎道。由于谈话在所难免，而且我已经不在乎了，因此我决定告诉他们真相。"他就是给阿尔伯特·爱因斯坦做尸检的人，"我说道，"我们的后备厢里有爱因斯坦的一部分大脑。我们要把它还给他的孙女。"

他们没有表示怀疑，甚至连眼睛都没眨一下，但他们也没很高兴。控制别人的大脑，这正是他们的噩梦。"似乎不太和谐，"那个男人说道，"就像拨打一个断线的电话号码。不，我不认同。我们是地毯清洁工和山达基教徒[①]。"说完他递给我一张名片。名片上印着他的名字和公司名——魔法地毯清洁公司。

他继续对我说："只要你愿意，我很乐意和你多聊聊这事。随时给我打电话都行。不过，现在请原谅，我们快饿死了。"说完他俩就走进了餐馆。我打开车门，收音机里传来心脏乐队1976年的单曲《梦中情人安妮》。

"你喜欢这首歌？"我大声问道，我之所以提高音量只是因为我想大声说话，随后我调低了收音机的声音。

"嗯，嘿嘿……我们遇到点小麻烦。"哈维一边说，一边摆弄着手指。24小时之前，我可能会顺着他，轻声问他发生了什么事，和他一起笑，让他感觉好一点，给他调一个合适的电台。但现在我不会再这样了。我发动车子，从停车位疾驰而出，以每小时80

[①] 山达基教是一个具有社会危害的邪教。

英里的速度冲向93号公路。这是一条双车道公路，我太累了，迎面的车灯在我眼里都是四盏而不是两盏。来往车辆川流不息，我闭起一只眼看路，只是为了让眼睛休息。一天分解成分钟，分钟汇聚成一天。快到胡佛水坝时——这里灯火通明，把大坝照得像峡谷中的高山小城，电线像一节节的铀悬在空中——我不理智地超了一辆大众甲壳虫汽车，谢天谢地，差点就和一辆笨重的卡车迎面相撞。卡车灯光像烤架上的珠宝一样闪闪发光，拼出"玛丽安"字样——我母亲的名字。

拉斯维加斯。我们从高处抵达，这座城市俯瞰起来就像一场闪闪发光的加冕礼，还像一把扔在沙地上的碎玻璃，仿佛沙漠版的香港。"星期天的午夜是一个星期中最忙的时候，"为我们办理入住手续的石中剑大酒店前台说道，"根本搞不懂为什么。"

星期天？听起来像是消失已久的参考物。我压根儿没有想过今天就是星期天。此时此刻，我们站在喧闹的人群中：肤色苍白的东方人和皮肤粗糙的西方人，骑行客和会计师，戴牛仔帽的人和穿印第安马甲的人，头发蓬乱的人和秃顶的人，享用着免费饮料，乘着富氧空气翱翔在这座梦幻殿堂，每个人都在做着一夜暴富的发财梦。

哈维似乎有些不知所措，他的贵格会教徒情感如此强烈，以至于他直接冲进我们位于18楼的俗气的酒店客房，房间被装饰得像高中版《卡米洛特》中的纸板城堡布景①。他再次拒绝我帮他拿行李,他把装有爱因斯坦大脑的旅行袋挎在肩上拿上楼,然后扔进了壁橱。窗外拉斯维加斯大道上热闹非凡,活力四射。但他拉上了窗帘。

"晚安,参议员。"我说道,他看着我,仿佛面对的是个像他一样崩溃的人。

我突然间完全清醒过来,返回楼下闲逛。在一张最低赌注5美元的21点牌桌旁,坐着一个身材矮小的男人,他穿着紧绷的衣服,身上散发着柠檬须后水的味道,正用赌徒和色情电影中的套话朝男荷官胡乱叫嚷:"哦耶,宝贝!……耶,宝贝!……给我!……再来一张!……哦耶!……别动!……感觉真棒!"

很快,他就独自坐在一旁了。像他这样的人不少。这些人意志极度消沉,哪怕是妓女向他们献殷勤,他们都不会多看一眼。我倒是感觉良好,鸡尾酒女招待们(4个)递给我的掺了水的金汤力,我是来者不拒。后来在轮盘赌的赌桌上输了点钱(60美元),就感觉没么好了。接着又在游吟诗人鸡尾酒吧喝了几杯。酒吧通向赌场,于是我坐着欣赏了各种剧情。让我印象深刻的是,每个人看起来都那么孤独。老虎机的嗡嗡声,荷官机械的沉默,免费饮品和廉价牛排晚餐,以及每个人表面上的"战友"情

---

① 石中剑是亚瑟王传说中的名剑,卡米洛特则是传说中亚瑟王的城堡,百老汇曾上演过同名音乐剧。

谊，组成了一个对其臣民毫不在意的王国。

如果说人们来到这里是为了逃避生活，我则发现拉斯维加斯的奇观把我带回了我的生活。昨晚我给萨拉回电话时吵醒了她，但后来我们聊了一个小时。什么都没聊，也什么都聊了，就像我们从前一样。这让我意识到，在过去的某个地方——也许在未来——我仍然存在。萨拉的书快写完了，她正计划摆脱电脑后要做些什么：滑雪、看电影或吃寿司。她听起来兴致勃勃，她的声音就像潺潺流水，能让你想象到河水的颜色。我们讨论了我和哈维完成我们的小任务之后，我们俩是否有可能在旧金山会合。此刻，在游吟诗人鸡尾酒吧想到这些，让我感觉很好，但兴奋劲过后，我又突然感觉无比孤独。

我旁边坐着一对老年夫妻，他们自顾自地埋头低声聊天。有了之前和山达基教派的地毯清洁工在餐馆的停车场聊天的经验，这次我学会了三思而后行。如有必要，我可以成为一个十分健谈的人。但我发现开场白总是很有挑战。你们今晚过得怎么样？这种开场白就会把天聊死，会让我觉得自己在重复糟糕的西部电影里的陈词滥调。我在考虑比较合理的开场白——赢了吗？——但这个问题听起来又像是输家才会提的问题。不知不觉，我的嘴又动起来了。

"我在旅行。"我搭话道，"我想知道你们二位对阿尔伯特·爱因斯坦了解多少？"

那位丈夫挑起眉，示意妻子：快逃。"我对他真的一无所知。"

他说话带着纽约口音,"我一点都不关心这个。我只是想找点乐子。"

"我也什么都不知道。"他的妻子笑着附和道,"只知道他是个天才之类的。"

"我和拥有爱因斯坦大脑的医生一起旅行。"我说道,"我们要去加利福尼亚,把它给爱因斯坦的孙女。"那位丈夫双手抱臂直视着我。"你开心就好。"他说道。然后,他把手伸进口袋,把一张钞票扔在吧台上,护着他的妻子离开了。

孤独如我,突然拥有了一种奇怪的力量,通过不经意提起爱因斯坦的名字来惹人厌烦。于是我到处乱跑。在一张空无一人的21点牌桌旁,我问一个留着胡子的韩国荷官关于爱因斯坦的问题。"我对他一无所知,"他答道,"但是,那边那个男人应该能帮到你。"他指着他的经理说道。那是一个留着胡子的白人,他没等我问完就回应道:"今晚没在这里见过他。抱歉,朋友。"

我又试了一次,这次找了个看起来很和善的人。他是个中年人,和他的朋友们一样大腹便便,他们都穿着印有威斯康星大学吉祥物巴基獾的运动衫。他们一直在说说笑笑,直到我开口问他们对阿尔伯特·爱因斯坦了解多少。巴基獾皱起眉头。"你为什么想知道这个?"他问道,"有人告诉过你$E=mc^2$吗?这家赌场里有人跟你说这些?"

我解释说没有人跟我说这个,是我正带着爱因斯坦的大脑穿越美国。一提到大脑,他就连珠炮似的说起来,变得很不耐烦。

"让我们把那个该死的大脑埋起来，把它解决掉。"他说的好像从一开始就参与了有关爱因斯坦大脑的辩论。

我又试了最后一次，这次是一个金发碧眼的鸡尾酒女招待。她穿着一条黑金相间的短裙，看起来就像婚礼上隐藏年龄的调皮阿姨。不过，她有一双美腿。当我问她知不知道阿尔伯特·爱因斯坦为什么有名时，她惊讶得下巴都快掉下来。

"你在开玩笑吧？"她说道，"你一定是在跟我开玩笑。这附近有隐藏摄像头吗？你是今晚第五个问我这个问题的家伙……"她气得声音都变得尖厉起来，"你知道吗，我知道他是谁……"我们认识对方还不到20秒，却感觉经历了一辈子的情感纠葛。"他发明了原子弹，我觉得他很可怕。"

"瞧，我看书呢。"她握紧拳头说道，"如果你想找我，去图书馆找吧，因为我正在学习，想当律师。一名律师。"我向她保证，我问这个问题并不是存心冒犯，我只是在问每个人这个问题，因为我太累了，睡不着，因为我一直在驾车横穿美国，而我那辆租来的车的后备厢里装着爱因斯坦的大脑。

"你是谁？"她问道，"你到底是谁？在我把你赶出去之前，你为什么不给我看看你的身份证明呢？"但就在我条件反射地向她出示我的驾照时，她却挥手示意保安过来。人群中一阵骚动，一个身材魁梧、穿着短袖衬衫、肱二头肌有麦当劳巨无霸那么大的赌场雇员走了过来，问我是来赌博的，还是来骚扰服务员的。我告诉他事情不是看起来这样的，但我也说不清究竟是怎么回事。

他善意地打断我的话。"伙计,你该上床睡觉了。"他说道。而我没有反驳。我上楼进到我的城堡房间,倒头昏睡过去。

清晨阳光洒进房间,空气中尘埃浮动,感觉焕然一新。一觉解忧愁。宽于律己。补足精神后,我和哈维去吃早餐,但圆桌自助餐厅和舍伍德森林咖啡馆外都排起了长龙。于是,我们欣赏起身着绿色紧身衣的杂耍人的表演——"哦,天哪,杂耍人真了不起!"哈维惊叹道。稍后,我们收拾好行李,穿过赌场向城堡大门走去,哈维又把那颗大脑拐在了肩上。我们在一排老虎机前停了下来。一群来自艾奥瓦州的老奶奶迅速扫了哈维一眼,然后继续回去转她们的"柠檬"、"酸橙"和"7"了。

我从口袋里掏出几枚硬币,当作一点馈赠。"祝你好运。"我对哈维说。哈维一直不太喜欢赌博,但为了我,他往老虎机里塞了一枚25美分的硬币,不情愿地拉动拉杆。这一刻,可以说他违背了他的一切信念,因为在哈维的世界里,生活从来不是一场碰运气的游戏。毕竟,他已经中了头奖,就挂在他的肩膀上。

但在水果图标开始转动时,中奖的可能性也就在他面前转动起来,哈维的脸庞因为可能拥有的一点点好运而绽放光彩。有时候,教徒也会忘记自己的信仰。

第四部分

17. 匆匆一世，无声消逝

我们在高峰时间到达洛杉矶。在沙漠中行驶了三天之后，突然出现的郁郁葱葱的棕榈树和I-10公路上红色尾灯让我们目眩神迷。我们和一个戴金耳环的亚洲女人擦肩而过，她开着一辆红色宝马，个性车牌上写着"2SUCCESS"（成功）。无论是悍马、捷豹、奔驰，还是本田雅阁、大众捷达、福特福睿斯，这里的汽车都彰显着自己的激情或财富力量：8MILL（800万），ORGAZ（阳物），MONEY（金钱）。每个人似乎都想在5秒的交通拥堵时间里给人留下不可磨灭的印象。

收音机里传来一些最新消息，一个愤怒的马戏团小丑偷了一辆车，在州际公路上疯狂向北逃窜；一个美国疯子在史蒂文·斯皮尔伯格家被捕，当时这人的包里有一堆手铐、一卷胶带和一把剃须刀。他们是今天不光彩的男主角。此时，我们五辆车并排挤在一起，都要开到405号公路上去。我们向北行驶，结果在旅途中第一次迷了路。当我们最终逃离高速公路时，走错了方向，朝内陆穿过比弗利山庄来到了西好莱坞，而我们想去的地方在我们正后方：圣莫尼卡和大海。

洛杉矶总是让我这个来自新英格兰地区①的人感到迷惑不解。我不仅不能理解一个地方只有一个真正的季节——阳光季节，还不能理解20世纪50年代的建筑在这里就能算得上"古建筑"。这里的公交车司机似乎都晒出古铜色皮肤，引人注目。你外出就餐，人们会盯着餐馆门口看来的是谁，好像在看电视一样。

西好莱坞在时尚与落魄之间摇摆，具体得看在哪个街区和路上走的什么人群。这里既有精品店，也有杂货店；既有漫画书店，也有高档餐馆。在一个加油站，我向一个身材矮胖、秃顶的家伙问路，他穿着短袖，打着领带。他热情地给我指路，还问我从哪里来。我爽快地和盘托出，丝毫没有负疚感。他听完我的话，脸上的表情看起来就像我刚从他头上拔了一根头发一样，他瞪大眼睛愣在原地。"我去，爱因斯坦的大脑就在那里？"他眨着眼睛说道，"不可能！就在后备厢里？就在那辆坐着一个小老头的车里？

---

① 新英格兰指美国东北部濒临大西洋、毗邻加拿大的一大片区域，包括缅因州、马萨诸塞州等六个州。

你他妈的是在拍电影吗？天哪！"他掏出一张名片，上面印着他自己的照片，向我炫耀那头半合成的头发。他是柯达公司的现场工程师。"那是我们在美发俱乐部时拍的照片，"他毫不犹豫地说道，"他妈的爱因斯坦的大脑！接下来他妈的还有什么？外星人，对吧？"

开过大约五个街区，我们意识到那个美发俱乐部成员给我们指错了路。我们减速靠边，向我们摇下车窗那一侧路过的第一个路人求助：这是一个穿着紧身黑皮衣的异装癖者，他双腿修长，光腿长似乎就有1米8，剃了腿毛，头上戴着王冠一样的东西。他是个很有魅力的"女人"，而且他自己也清楚这一点，他弯下腰，以极具诱惑性的姿态把头探进车窗，给我们指出了准确的方向，然后他说："开快点，你们都不想错过太平洋上的浪漫日落吧。"继续开出半个街区，哈维回头看了一眼，说道："嗯，我们的确问对人了。"

我们驱车驶过日落大道和威尔希尔大道，经过一栋栋新办公大楼和空荡荡的大使酒店，博比·肯尼迪[①]就是在这个笨重得像棺材一样的黑窗建筑里遇刺身亡。我们接着沿罗迪欧大道和好莱坞行驶，经过众多高档商店，遇见很多时髦路人，一切看起来似曾相识。爱因斯坦的大脑以前来过这里，实际上来过三次，只不过当时它还在爱因斯坦的脑袋里。幽默作家威尔·罗杰斯这样描

---

① 即罗伯特·弗朗西斯·肯尼迪，1968年6月竞选美国总统时遇刺身亡。

述过爱因斯坦到访洛杉矶的情景："他来这里是为了休息和隐居。他和大家一起吃饭，一起聊天，亲切合影……午宴、晚宴、电影首映式、婚礼以及一多半的离婚仪式，场场不落。事实上，他把自己变成了一个老好人，以至于没人敢问他的理论是什么。"

当然，在这座充满棕榈树和阳光的城市，在好莱坞的闪光灯和乏味的社交圈里，爱因斯坦一家就像稀奇动物。爱因斯坦夫妇打扮得像一对外地的钟表匠夫妇，说话带有浓重的德国口音。爱因斯坦的健忘已然具有传奇色彩，十分讨人喜欢。埃尔莎则是个目光短浅的质朴女人，她曾把插花当成沙拉，给自己端上了一盆兰花。不出所料，查理·卓别林对爱因斯坦产生了好感，并邀请他和埃尔莎参加了他的电影《城市之光》的全球首映仪式。

但是，联邦调查局并没有被这种友谊逗乐。根据J.埃德加·胡佛从一名前RKO电影公司高管那里得到的线索，特工们展开了一次详细调查，目的在于证实大使酒店的一次会面是否属实，据称这次会面的一方就是这名高管——我给他取名为哈蒙，因为他的名字已经从联邦调查局记录中删除——而另一方则是爱因斯坦，哈蒙称有人介绍爱因斯坦是"在好莱坞……为共产主义的大力推进做准备"。身为RKO高管的哈蒙是由一名所谓的特工——一个在酒店大堂以经营照相馆为幌子的激进分子，介绍给爱因斯坦的——他把哈蒙带到酒店的一间套房，后者声称看到爱因斯坦和卓别林在一起开会。根据联邦调查局的LA 105-1636号报告，这名激进分子告诉哈蒙，"爱因斯坦正在组织所有大电影公司的重要人物、明星和所有主要导演和作家。"

"我们已经掌握了他们,博士从没失过手,"他说道,"给他一个小时,他就能说服你。"哈蒙拒绝加入,说他们都是"疯子"。但后来他丢了工作,这意味着他因为那天的反共立场而成了好莱坞的牺牲品。但是,他的指控从未得到证实。

黄昏时分,我和哈维终于乘着温暖的海风到达了圣莫尼卡。今天的重点和目标就是看海,看一望无际的灰蓝色的海水从日本远道而来冲刷这里的金色海滩,看集装箱船在地平线上浮动。我们来到海滩,大海在我们面前无限延伸,我回想起八天前在开往康涅狄格州的火车上,转弯时看到的大西洋,海水一片碧绿,狂风卷起巨浪。我想起了我的父母和祖父,以及我们一起驶过的那些路,突然间我的眼里噙满了泪水,因为我还是让他们失望了。而哈维此刻正摇下车窗,把手伸出去,在气流中上下翻动,以此感受加利福尼亚州。

当你从一个海岸开到另一个海岸,当你在脑海中把一个海洋连接到另一个海洋,情绪会得到无比释放。在旅途中,你对所见的每个人,每件事,每个动物和每家路边餐馆都充满了敬畏和爱意,而且这种情感余韵悠长。这就是为什么我对接下来发生的事情毫无准备。

我们入住圣莫尼卡大道的戴斯酒店,那个男人是酒店负责登记入住的前台接待,是个巴基斯坦人。他戴着一条普通的红蓝条纹领带,和这次旅途中为我们办理入住手续的酒店夜班服务员没什么不同，他也戴着名牌：约瑟夫。他有一把像扫帚一样浓密的胡子。在我还没反应过来的时候，他已经开口问我："你好，我的朋友，你好。你昨晚看了《辛德勒的名单》在电视上的首播吗？就是史蒂文·斯皮尔伯格的那部电影？"

我从钱包里掏出一张信用卡——哈维此时正在放着爱因斯坦大脑的车里等着我——我回过神来。"你说什么？"

"啊，我的朋友，《辛德勒的名单》。我看到你的鼻子就想：犹太人。犹太人的大鼻子。但如果你和纳粹生活在一个时代，那么，我的朋友，你现在已经死了。"

这是个令人费解的假设。我不怀疑它的真实性，但我不明白我们是怎么从开两间房过夜聊到我的鼻子大小，虽然我的鼻子比一般人的大一点，但比约瑟夫自己的鼻子大不了多少。突然之间，我就变成了犹太人，纳粹想要我的命。为了表示我重视他的话——因为他看上去很危险——我对他的话表示认同，但同时也表明我是一个严重背弃教义的天主教徒。

"我也是基督徒。"他回应道，"但犹太人是上帝在《旧约》中的选择。我是基督徒，但耶稣是犹太人。摩西也是犹太人。亚伯拉罕是犹太人。大卫是犹太人。以利亚是犹太人……"

这份名单没完没了，令人着迷。当我觉察到他才刚刚开始热身时，试图插嘴说一个名字，以此打断他，让他有足够的时间开两间房。当然，我唯一想到的是爱因斯坦，我不由自主地脱口而出。约瑟夫立刻接话："那家伙也是犹太人。"

"我知道,"我说道,"你在列举犹太人,对吧?"

"先知,"约瑟夫纠正道,"犹太先知。"

"哦。"我回应道。然后再次不假思索地问道:"爱因斯坦不是吗?"

约瑟夫露出困惑的表情,于是我试着解释。"我的意思是,这个世界上有人认为他是神。"听了这话,约瑟夫的面色变得很难看。"哦,不,你疯了,"他说道,"哈,哈,哈!"他做出清理右耳耳屎的样子,尽管他似乎在笑得发抖。"谁?爱因斯坦是神?你竟然问这种问题。你可真蠢。爱因斯坦发明了一百多种东西,没错,但你问我这种问题?大家都有病。有很多疯子。如果爱因斯坦是神,你就有大麻烦了。你怎么能问我这么愚蠢的问题?"

这时电话响了,他的表情发生了复杂的变化——眉头舒展开来,原本紧皱的眉头舒展出一个微笑——他把手放在了听筒上。他突然变得轻快起来,整个人像一块奶油草莓蛋糕。他如歌唱般说话:"您——好,戴斯酒店。"他开始咬指甲,"对,对,星期三?我们还有房间……98美元。对,好。吸烟还是不吸烟,我的朋友?……哦,很好。我们期待您的光临。祝您度过一个愉快的夜晚。"他好像没有写下任何东西,当他挂断电话,他又锁定了我——再次从温文尔雅的比尔·贝克比变成了"绿巨人"[1]——开始列举他认为是爱因斯坦发明的东西。

---

[1] 演员比尔·贝克比曾在电视剧《绿巨人》中担当男主角。

"相对论，排第一，"约瑟夫掰着指头算道，"然后，他发明了，比方说，0。没有0就不能得到10，也不可能有100或1000。你懂的。你现在明白了吗？"

"明白了。"我答道，然后我问他是不是还有空房。但他根本不回答我这个问题。"你说爱因斯坦是神，"他继续说道，"不，耶稣是神。爱因斯坦死了，不是吗？耶稣三天后复活了[①]，你明白吗，我的朋友？爱因斯坦是个肮脏的人，他有宠物。你得了解一下阿尔伯特·爱因斯坦。先了解，好吗？……我能对你说什么呢？谁说爱因斯坦是神？"

"有些人对他评价很高。"我说道。

约瑟夫的胡子抽搐了一下，接着脱口而出："我的天哪！你的话太可怕了！他是个人，人！他只是助手！他不是神。他不能给予生命。耶稣能赐予生命！"说到这里他把手伸出前台，伸到离我的嘴只有几英寸[②]距离的地方，咆哮道："如果我把你的嘴和鼻子堵上，你就会死。爱因斯坦不能给予……耶稣能赐予生命，你明白吗？"

这时电话又响了，约瑟夫后退一步，整理好情绪，开启温柔模式。"戴斯酒店，我能为您效劳吗……今晚？……明天？我们的房间都订完了……是的，是的，星期四我们有房间。几个人？

---

① 根据《圣经》的描述，耶稣被钉死在十字架上三天后复活。
② 1英寸等于2.54厘米。

好的，三间房……加上税是274……好的。是，很好，我的朋友。我们期待您的到来。"一放下电话，约瑟夫就爆发了，"爱因斯坦是神？哈，哈，哈！现在我有好几晚要睡不着觉了。别侮辱我了！耶稣才是神！爱因斯坦救不了任何人的命！"说完，他又隔着前台朝我扑过来，"如果你的鼻子和嘴被堵上三分钟，你就会死在这里，而爱因斯坦只能眼睁睁看着你死掉！"

我必须承认这个人让我害怕。我后退一步。"你知道吗？我其实想问你还有没有房间。"我说道。突然间，我不再是犹太人，也不再是异教徒，或是让这个前台服务员觉得有必要掐死的人。约瑟夫不情愿地递给我两把钥匙，记录了我的信用卡，然后我就出去找哈维，把他带回酒店大堂，谢天谢地，这时约瑟夫正忙着接待新来的客人。如果说他是巴基斯坦，那么我摇身一变成了印度，而这个酒店大堂就是克什米尔①。由此可以看出战争是多么容易爆发啊。一个大鼻子，几个随口提出的问题，然后——砰！——"圣战"。我上楼入住。我关上房门，还反锁了门，这时电话响起。是约瑟夫。"现在你马上下楼来。"他命令道，"我有很多东西要给你看。我不敢相信自己的耳朵。爱因斯坦是神。哈，哈，哈。你是个非常愚蠢的人。"

---

① 印度和巴基斯坦的领土争端地区。

我们决定走南边的路线，这条路线很合哈维心意，其中一个原因是他想去拜访洛杉矶的一位医生，他曾经把爱因斯坦的大脑切片送给这位医生做研究。然而，等我们到了地方，他却说好像找不到那位医生了。我问他医生叫什么，他也想不起他的名字。与此同时，我计划去见罗杰·里奇曼，他开了一家名人授权代理公司，是耶路撒冷希伯来大学阿尔伯特·爱因斯坦遗产受益人的代理人。里奇曼就是令爱因斯坦的遗产在我们的消费文化中延续的幕后推手。他负责监督商标侵权行为，在展览会上打击非法出售的爱因斯坦相关产品，并决定如何在世界各地的广告和特许商品上使用这位物理学家的肖像。我第一次从堪萨斯打电话给里奇曼时就告诉了他，我正带着哈维和爱因斯坦的大脑去找他，他的态度有点粗鲁。"爱因斯坦的大脑在史密森尼学会，"他说道，"我不希望你把那个人带来。"尽管爱因斯坦的大脑从来没有靠近过史密森尼学会，而且确实还在我们的后备厢里。我抛下哈维独自出门时，不得不编一些客套的借口，比如去见朋友之类的。我把他送到海滩，他在那里找到一个老人之家，可以待在那儿写明信片、交朋友、打牌。我则怀着愧疚的心情前往里奇曼在比弗利山庄的办公室。

里奇曼53岁，身材高大魁梧，头发浓密，思维活跃，很有想法。他穿一件绿色短袖衬衫。他这样向我问好:"你带着脑子来的吗?"说完他就哈哈大笑,笑声沙哑,十分有感染力,让我放松下来。他把我领进他的办公室,这是一间杂乱的大房间,堆满了珍贵的物品,以及未经授权的名人产品。墙上挂着各种真正的名人旧物:吉米·杜兰特的浣熊皮帽子,一封框裱起来的玛琳·黛德丽的信("这是无价之宝,"里奇曼评价道,"如果我把它拿去拍卖,能赚到25000美元。"),克拉克·盖博签的支票。他还有史蒂夫·麦奎因的一双很酷的靴子。[1] 我们开始聊天之前,他在桌上放了一台磁带录音机,宣称录音是为了在这座最具自我创作意识的城市创作一部自传。"我想说我是一个营销天才。"他说道。

里奇曼继续向我讲述他的辉煌历史。18年前,贝拉·卢戈西[2]的儿子起诉环球电影公司,要求从其父亲饰演的吸血鬼德古拉的形象中获得一定比例的利润分成。虽然他输掉了这场官司,但判决中有一段话指出,尽管电影公司拥有德古拉的版权,卢戈西的家人无权控制卢戈西所饰演的人物形象,但其他人也无权挪用这一形象。根据这句判决,里奇曼就开始参加二手交换市集,跟踪摊主,收集各种非法盗用已故明星肖像的物品,然后代表这些明星的家属追究侵权行为。

1983年,他和演员约翰·韦恩的儿子、哈勃·马克斯的儿

---

[1] 吉米·杜兰特、玛琳·黛德丽、克拉克·盖博和史蒂夫·麦奎因都是美国知名演员。
[2] 著名匈牙利裔美国演员,以饰演吸血鬼德古拉闻名。

子，以及W. C. 菲尔兹的孙子一起驱车前往萨克拉门托，一起支持一项名人权利法案，该法案主张未经已故名人家属允许，任何人都不得使用死者的名字、声音或照片。随后，他们在纽约州提出相同论点，当时一名时代公司的代表律师称其为"一群部落猎头人"①。"那是我一生中最自豪的时刻。"里奇曼表示。

在过去20年里，他成了已故名人守护人，已故名人肖像权保护人。他最近服务的名人遗产委员会包括路易斯·阿姆斯特朗②、西格蒙德·弗洛伊德、梅·韦斯特③和莱特兄弟④，以及我个人最喜欢的夏洛克·福尔摩斯的化身巴兹尔·雷斯伯恩⑤。在最近一次竞标失利之前，他一直拥有玛丽莲·梦露⑥的代理权，他还记得有人拿着玛丽莲模样的娃娃来找他。"我说：'这看起来不像玛丽莲·梦露。如果它看起来不像玛丽莲·梦露，就卖不出去。'我在好莱坞有家小雕塑工作室……我拿出一些工具，把娃娃的脸颊弄平了点，稍微修复了一下。结果这个娃娃卖得很好。后来的一些娃娃跟我一点关系也没有，没有生动还原名人形象，都卖不出去。"

坐在这里听里奇曼讲故事，我突然想，有些人早上起来卖贝

---

① 一些原始部落有将敌人的头颅割下作为战利品的习俗。
② 美国著名爵士乐乐手。
③ 美国著名女演员。
④ 世界著名发明家，发明了飞机。
⑤ 美国男演员，以饰演夏洛克·福尔摩斯闻名。
⑥ 美国著名女演员。

果，有些人灭火，有些人制作玛丽莲模样的娃娃，陶醉于死者的魅力之中，沉浸在另一个时代的记忆和照片中。就像哈维活在爱因斯坦大脑的光辉中一样，里奇曼也活在早已成为鬼魂的爱因斯坦的光辉之中，爱因斯坦是他最大的客户。他声称在美国国内雇用了五家律师事务所，在海外也雇用了很多律师事务所来保护他的客户，每月支付高达4万美元的服务费。他给我看了一沓字典那么厚的文件。"这些都是阿尔伯特·爱因斯坦遭受侵权的资料。"他骄傲地宣称。他给我看了一张爱因斯坦吐舌头的著名照片。"我们从没有允许使用这张照片，"他愤愤地说道，"你知道有人会来找我说：'他吐出舌头，他知道有摄影师在场，你凭什么说我们不能使用这张照片？'我会告诉他们：'我管理的是公共信托，我有责任保护这些人。'"

里奇曼不愿透露他和希伯来大学每年从爱因斯坦身上赚多少钱，但他承认比从任何其他客户那里赚的都多，总计大约七位数。我提醒他，爱因斯坦生前从未允许自己的名字或形象用于产品代言。这位物理学家曾说过："金钱只会引起自私，并不可避免地招来骂名。有谁能想象摩西、耶稣或甘地像卡内基[①]那般富有吗？"所以，他现在不会反对自己"卖"尼康相机或百事可乐吗？里奇曼不屑一顾地挥挥手，向我保证所有盈利都用于希伯来大学的奖学金。

---

① 此处应指有"钢铁大王"之称的美国实业家安德鲁·卡内基。

为了向我展示没有他的世界多么令人绝望，里奇曼把我带到房间另一头的一个大纸箱前。箱子里装满了来自黑市的污秽之物——"可怕，可怕的东西。"里奇曼厌恶地说道。一张印着梅·韦斯特往沙漏里小便的样子的贺卡，一张印着玛丽莲·梦露吸食可卡因照片的贺卡。另外还有印着约翰·韦恩形象的厕纸（"太粗糙了！——太粗糙了！而且根本擦不干净屁股！"），一瓶埃尔维斯[①]的汗水（"现在他的汗水也可以是一种灵感"），一盒印着"白兰度的棉球"[②]字样的棉球。但是主菜、集污秽之大成者用纸包了起来，用橡皮筋扎紧了。"我总是把它放在家里，"里奇曼说道，"我从没把它带出去过。"

里奇曼把它放在我手里，我慢慢打开包装，发现那是一根8英寸长的硬橡胶，最顶上印着罗纳德·里根[③]的笑脸头像。里奇曼曾坐在加利福尼亚州议会大厦的地板上，挥动着这根假阳具来表明其观点——"我手里拿着一个性具！"他朝震惊的人群吼道，这让他兴奋不已。

把这根东西包好重新放回盒子里后，我们接着参观了办公室的其他地方。里奇曼向我展示了W. C. 菲尔兹的纯正金酒和伏特加，以及弗洛伊德博士的"枕边细语"，这是一种私下出售的枕

[①] 埃尔维斯·普莱斯里，人称"猫王"，美国著名歌手。
[②] 马龙·白兰度，美国著名男演员，此处原文为Brando's Balls，其中ball还有睾丸之意。
[③] 美国第40任总统。

头,只要你拉动一根绳子,它就会说:"你不要躺在沙发上……嗯,哈,我知道,放松,让你的意识……啊哈……"

为了调整自己的客户名单,里奇曼最近致电美国演员工会,发现20世纪大约有18000名演员去世。"有多少适合现在开发销售?"里奇曼难以置信地张开双臂问道,"20!他们是有史以来最有才华的人……但大多数人匆匆一世,无声消逝。你知道的,你有15分钟的成名时间,仅此而已。"

为什么名气如此重要呢?我提出疑问。为什么我们对它如此着迷?他以作家梭罗的话开头来回答我的问题:"大多数人都过着平静而绝望的生活。"

"他们永远不会成为伊丽莎白·泰勒[①]。"他接着说道,"他们的希望就是他们的梦想,而他们的梦想就在电视上,他们的梦想就是看这些漂亮女人穿着华丽的礼服走进奥斯卡金像奖颁奖礼现场,他们为此而活。"

他继续说道:"我经常背包旅行,当我到美国中心地带旅行时,说起我正在做的事情,哦,那些人,他们不会让我闭嘴。他们只是一个接一个地提问。我就像他们心中的英雄。而在这里,没人在乎这些。死去的明星,哦,算了吧。你是死人的代理人,你就是个笑话,别开玩笑了。"

但里奇曼告诉我,他笑到了最后,这在很大程度上要归功于

---

① 美国著名女演员。

爱因斯坦,他是全球偶像。在日本,爱因斯坦的形象出现在一款名为3DO的游戏主机广告中;在匈牙利,他的头像被印在当地一家电话公司的广告牌上;在南非,他为保险做广告。里奇曼表示:"他是有史以来认可度最高的人物。"他最近刚在中国促成一笔爱因斯坦T恤的交易。"中国实行独生子女政策,每个家长都称自己的孩子为'我的小爱因斯坦'。"想到这里,他笑起来。

他站在自己的牛仔靴和假阳具博物馆里强调:"中国人从来没听说过约翰·韦恩,也从没听说过史蒂夫·麦奎因。他们从来没看过这些人的电影。但是,他们知道爱因斯坦。"

18. 蝙蝠翅膀和超弦

一想到爱因斯坦大脑所有可能的命运——被克隆或发射到太空,以数百万美元的价格拍卖或重组并巡回展出,被疯子或恐怖分子偷走——我就会想起我们离开洛杉矶前往圣何塞的那天晚上,哈维跟我说的一个故事,它就像某种预兆。我们要驱车五个小时穿越圣华金河谷。我开车开得精疲力竭、昏昏欲睡的时候,哈维却仍然精力充沛,有说有笑。

哈维说的事情发生在大约30年前的一次度假过程中,地点在北卡罗来纳州的外滩群岛。哈维记得当时天气晴朗,阳光炽热,海面波光粼粼。他记得当时跟他的孙女们在一起捡贝壳,看见远处有一个灰蓝色发光的东西,看起来像具尸体。没人知道那是什么。女孩们跑向那个东西,围着它叫道:"爷爷,爷爷!"

"嗯,我们发现了什么呢?"哈维大声问道,同时在脑子里盘算着:才死没多久。两三百磅。病死的?淹死在渔网里?毫无头绪。这是一个不可思议的标本。哈维还记得自己盯着那光滑的表皮看,还有那受伤的尾巴,惊人的肌肉。阳光给它镀上一层翡翠的光泽。瓶鼻海豚。谁知道海豚也有眼睑呢?

哈维本能地做了一件事:他抽出一把折叠刀,刺进海豚的下腹部,剥开了它的皮。目睹爷爷突然把刀捅进一只死海豚的身体,我很好奇女孩们的反应。我的意思是,女孩们尖叫了吗?还是立即走近看它的心脏和胃里的几条沙丁鱼?不管怎样,哈维就在沙滩上做起了尸检。他把刀插进海豚的头骨,把头皮向后翻,露出大脑,他灵巧地把它切下来。大脑,又到了他的手里。女孩们欢呼雀跃,"耶耶耶"!

"海豚大脑的那些沟壑太神奇了。"此时此刻,他对我说。我们在黑暗中路过美丽的风景,经过牛油果园和酸橙园。"比人脑的沟壑更多,有更多隆起和褶皱。"他还记得把海豚的大脑放进福尔马林里,假期结束时把它带回了家。在他说话的时候,我在脑海中不知不觉用爱因斯坦的大脑替换了海豚的大脑。他说他把海豚的大脑保存了很多年,其间偶尔检查一下。他把它当作一段回忆和一个标本珍藏起来。我问他它最后怎么样了,他说不记得了,只是还记得这个故事。

我没有想到圣何塞会是哈维必去的一站，但他给了我一个小小的惊喜：他第二天要在圣何塞做一个有关爱因斯坦大脑的演讲。他显然给一个叫萨拉·冈萨雷斯的女人打了电话，这个女人几年前曾写信给他，随口问他要过一片爱因斯坦的大脑。当她接到哈维的电话，她认为上帝听到了她的请求。自从接到哈维的电话，她就忙着通知圣何塞的人我们的到来，她联系了市长和当地媒体，想要召集她所在社区的重要人物一起举办晚宴，并安排哈维带着爱因斯坦的大脑参观独立高中——全美最大的高中之一。但当然，这是我第一次听说这件事。

冈萨雷斯为我们在比尔特莫尔酒店预订了房间，但当我们凌晨2点左右到达圣何塞郊外某处时，发现只剩一间空房间，里面是一张只能睡一个人的双人床。"为什么？我肯定那是张大床。"哈维不安地笑着说道。我要求加一张折叠床。当我把折叠床搬进房间时，那个装在旅行袋里的爱因斯坦的大脑已经放在了电视机上，电视里正播天气预报，而哈维正埋头整理行李箱，他的每一件衣服——丝绸睡衣、49人队[①]运动衫、拖鞋和一件正装衬衫——都用玻璃纸包裹着。他带了两套西装准备明天穿，他把它们整齐

---

① 美国橄榄球队旧金山49人队。

地叠放在箱子里，就像大蝙蝠的翅膀。一套是冬季精纺羊毛黑西装，一套是淡蓝色的休闲西装。

我一头栽倒在折叠床上，结果一沾枕头就完全清醒过来，公路像白色的虚线在我脑海中划过。我一直在想哈维的行李箱，就好像我看到了一个活人的身体内部，却发现所有的器官都用玻璃纸包裹着。哈维在房间里忙忙叨叨的时候，我把头埋了起来。几天前，他和冈萨雷斯确认行程时，他答应说我们到了就给她打电话，但她应该没想过他会在凌晨2点半给她打电话。不论如何，"白兔"拿起了电话，拨了她的号码，吵醒了她，告诉她我们来了，然后挂断了电话。

我能听到他放水的声音、清喉咙的声音、熨衣服的声音。我能听到他在皱巴巴的衣服里翻找东西，然后是阅读各种文章——从有关爱因斯坦的旧文章中摘录的章节，我后来才发现，这些文章都是有关这位科学家的通俗传记——为演讲做准备。接着我听到了类似电动牙刷的声音。在太阳升起之前，他终于上床睡觉了。他的呼吸变慢，然后变深，仿佛河水流入池塘。他没有打呼，而是在喘气时发出甜美的低吼，这个声音最终将我也送入梦乡。

我在第二天早上8点醒来时，哈维正大口咀嚼焦糖爆米花。他还没有穿好一整套行头，尽管天气已经接近夏天，他还是选择了黑西装配黑色吊裤带，以及灰色高领毛衣。萨拉·冈萨雷斯打来电话，说她已经在酒店大堂，比约定的时间提前了一个小时。

我的头很痛，但在哈维精心打扮的时候，我还是去见了她。她是酒吧里唯一一个双手忙个不停的人。我走近一看，发现她正在安美甲。她一开始没注意到我站在旁边，我们都在欣赏她的手艺。当她抬起头时，似乎吓了一跳。"哦。"她下意识地伸出一只手，手上的指甲一半安了美甲，一半有被咬过的痕迹，她在我周围四处打量，寻找哈维和爱因斯坦的大脑。

萨拉·冈萨雷斯是菲律宾人，长得很漂亮，身材矮小，动作敏捷，她戴着一副黑色和金色搭配的太阳镜，开着一辆抢眼的翠绿色汽车。她的情绪和举止让我想起大风中的山火。她是移民梦的化身。她曾经是行政秘书，现在是自己创办的太平洋连接公司的总裁，从事生物质能转换生意，或者用她的话说就是"把玉米秸秆变成兆瓦级能量"。她告诉我，下周她将在马尼拉会见菲律宾总统，希望能将能源——更多的电灯和电视——作为礼物，送给她的祖国。

哈维慢吞吞地出现时，她的脸色变得苍白，开始向前走。"我想你就是哈维医生吧？"冈萨雷斯低头惊讶地说道，"我不敢相信竟然有人和爱因斯坦如此亲近。"但这是什么？哈维把爱因斯坦的大脑从旅行袋里拿了出来，把特百惠塑料盒拿在手里，盒子里一片浑浊，只能看到尿液颜色的液体。这是我在整个旅程中第一次看到爱因斯坦的大脑，我们突然之间变得好像衣装不整。哈维拿着特百惠塑料盒出现在酒店大堂的时候，我甚至觉得应该把它藏起来。冈萨雷斯本人并没有注意到哈维手里的东西，她以对待大主教的尊敬和严肃态度对待哈维,让我们坐进她的水星大侯爵车里。她喜欢直呼别人的名字。"迈克,你怎么看这个丑闻,迈克?"她问道,"这个——该怎么说?——竞选献金丑闻,迈克?"她也许是我所见过的最能保持友好态度的人。

哈维坐在前排副驾驶位置上,座椅上包着上等意大利皮革,对比之下,他自己的西装面料显得暗淡而陈旧。他的厚西装裤的膝盖处有个小洞。他反复清了清嗓子,轻笑起来。"你知道一个叫巴勒斯的家伙吗,威廉·巴勒斯?"她从没听说过他。哈维继续提问。

"盖茨住在哪里?"

"比尔·盖茨,哈维医生?我想他在西雅图。对吗,迈克?在西雅图吗,迈克?"

"我还以为那家伙就住在硅谷呢。"哈维怀疑地盯着街道说道。过了一会儿,哈维放松了一些,又开始轻笑起来,"那些树最搞笑。"他说道。

"那些是棕榈树,哈维医生。"冈萨雷斯解释道。

我们在"老圣何塞"稍微转了一圈,看到一栋栋看起来崭新的荧光色房子,然后我们在冈萨雷斯的家门口停了下来。这是一栋紧凑但舒适的平房,在一条死胡同里。她和丈夫以及五个孩子住在里面,有的孩子还在上高中,有的孩子已经上大学。客厅里放着全套的鼓。这个家给人的印象是,屋子里坐满人时,除了爱和喧闹,可能别无他物。见到她的丈夫之后,我收回之前对冈萨

215

雷斯的评价,她的丈夫才是我见过的最友好的人。"哦,哈维医生,成为你这样的人感觉如何?"他问道。他给我们端来饼干和牛奶。他的邻居——一个有点暴躁的越战老兵,冈萨雷斯一家形容他是"社区的黏合剂"——过来借黄油做菠萝翻转蛋糕,突然,他也来到客厅,在一个阳光明媚的星期三早晨,一边吃着饼干喝着牛奶,一边听萨拉·冈萨雷斯讲述哈维的故事,不时严肃地点点头。他不知为何似乎有些没听明白,错过了有关爱因斯坦大脑那部分的内容,然后突然看起来十分痛苦。在第一次走神的时候,他就夺门而出。

"哦。"萨拉·冈萨雷斯感叹一声,等她转过身来,才发现纱门轻轻关上,她的邻居已经走了。

我们准备开车去独立高中。在萨拉家门前的草坪拍完照后,我们就动身出发了。哈维吸了吸鼻子,任带着木兰花香的风拂过自己的脸庞,有那么一瞬间似乎消失在过去的时光中。他俯身从喷过化学药剂的草皮上捡起一颗松果,把它举起来,欣赏其对称性,并且出于某种原因,把它装进了口袋。

❖

在独立高中,一名学生司机开着一辆高尔夫球车来门口接我们,他带着我们开了大约半英里路,穿过校园来到为哈维准备的特别教师午餐会。桌子上摆着从当地一家三明治店买来的切好的三明治，几罐苏打水，成堆的餐巾纸和几大袋薯片。人都到齐了，屋子里大约有25个人，既有老师，也有一些受邀参加的学生，这些学生在科学课上展示了自己的才华，被精心挑选出来，校方希望通过与爱因斯坦大脑的近距离接触，能给他们增加一些爱因斯坦的魔力。然而，爱因斯坦的大脑并不是大家崇拜的对象，它泡在福尔马林里，装在看不清的特百惠塑料盒里，默默无闻地待在苏打水旁边。事实上，包括它的保管员在内的所有人似乎都完全没有注意到它。不，此刻的主角是哈维，他在人群中艰难穿行，接受粉丝的热情欢迎，与人握手握到手疼，社会学科老师们散发的甜美的香水味令他兴奋不已。

"我见证了历史，"一个高个女人低头看着他说道，"孩子们有机会触摸历史。"一个高二学生走过来，做了自我介绍，然后问哈维是否认为爱因斯坦没有因相对论获得诺贝尔奖是个笑话。"我想说，光电效应，饶了我吧。"他答道，接着他又开始列举爱因斯坦一生中的各种事实和统计数据，如果我到了他的年纪，可能也会像这样跟别人谈论洋基队的阵容。哈维表现出深思熟虑的样子，但并没有发表自己的意见。

哈维在这里毫不犹豫地称自己为研究科学家，而在场的人也毫不怀疑他的话。而我则被一名过于热情的物理老师逼得走投无路，他一心想知道我的头衔。"你在整件事中扮演什么角色？"他问道。他自以为是地认为我是哈维的孙子，他的经纪人，他的保镖，他的"摄影师"。我告诉他我只是司机。"好吧，我这么理解没错吧,"他说道,"你开车送他去加利福尼亚。你有工资吗?运送爱因斯坦的大脑你能拿到额外的工资吗?"

哈维在一间像孵蛋的洞穴般昏暗的房间里发表演讲,房间里挤满了学生,弥漫着泡泡糖的味道。一些学生穿着宽松的Starter牌运动衫或低腰牛仔裤,或是不系鞋带的高帮鞋,一些学生穿了鼻环、舌钉和眉钉。这些学生既有白人、亚裔,也有拉丁裔和非裔。许多男孩剃掉了两侧的头发,留着拖把头或埃及法老头,不少女孩把头发染得五彩缤纷。

老师让大家安静下来,但躁动的学生们完全静不下来,不时传来的低笑声就像汽车熄火后发出的咝咝声。我和萨拉·冈萨雷斯坐在后排靠边的位置,她突然站起来,拍了拍头发,走向讲台介绍哈维,她眼镜上的金色部分闪烁着成功的光芒。哈维像一个黑色的问号,颤颤巍巍地走到前面,看起来就像退休的殡葬师。屋子里响起零星掌声,但其实几乎没人在意他。哈维把特百惠塑料盒放在讲台旁的桌子上,清了清嗓子,笑了笑,然后又清了清嗓子。他的手在讲台两侧上下移动,他用手指碰了碰特百惠盒子,然后眯起浑浊的双眼,盯着屋子后面的某一点。屋子里都是十几岁的美国青少年,无数双清澈的眼睛看着他,脑子里想的全是男朋友或女朋友,乐队练习或篮球,情景喜剧或说唱明星,而哈维这个真正的老人,此刻似乎不知道该怎么办。他开始了对阿尔伯特·爱因斯坦单调、混乱、断断续续的回忆,几乎就是在自言自语。

"这位伟大的科学家最终推导出了这个方程$E=mc^2$，我永远不知道他是怎么做到的，呵呵……"

"他很友善。真的很平易近人。经常穿法兰绒衣服和网球鞋……"

"我真的很幸运能在正确的时间出现在正确的地点……"

爱因斯坦那张充满活力的柔和的脸出现在屏幕上，屏幕下是哈维那张毫无表情的脸。当哈维意识到他正在失去听众时，当他处于崩溃边缘时，他开始向他们讲述爱因斯坦生命的终结，爱因斯坦在死前五年就知道自己活不了太久了，但他坚决拒绝手术。他告诉他们，即使在去世的当天晚上，爱因斯坦还想要铅笔和纸，最后一次研究他的统一场论，确信一切还在他的掌握之中。哈维对他们讲了有关尸检的事情，描述了他星期一早上来到太平间，看到这位伟大科学家就躺在桌子上，他是如何解剖爱因斯坦的尸体，如何取出他的大脑。"他喜欢高脂肪食物。"哈维说道，"他就是因为这个丢了性命。"他开始慢慢靠近特百惠盒子，包括学生和老师在内的所有听众都把身体向前倾，伸长脖子，屏住呼吸。第一次，全场鸦雀无声。

他打开盖子，毫不掩饰地在盒子里摸索一番，取出一大块大脑。这就像一场超乎逻辑却又出奇正常的梦。难以想象我第一次真正看到放在特百惠盒子里的爱因斯坦的大脑是和这些十几岁的陌生人一起。我几乎看不到它！一个女孩尖叫起来，整个屋子里响起混乱的窃窃私语。孩子们站起来，发出一阵阵"哦""啊"声。

后排有人不由自主地发出一声"呦!"浓烈的福尔马林气味弥漫开来,这种时间的味道把他们吓坏了。

哈维继续絮絮叨叨说着什么,但现在没人真正在听他说话,大家都对着那块大脑倒吸凉气。"我把脑膜取下来……这是大脑皮层的一部分……他比我们拥有更多的神经胶质细胞——这些细胞滋养着神经元……"

听众被惨白的切片吓坏了,仿佛这是一个可怕的万圣节笑话。他们对这个手指被福尔马林浸湿的男人既反感又着迷。萨拉·冈萨雷斯站了起来,头发有点凌乱,双颊微红。"孩子们,提问!有问题就问哈维医生!"

后排一个趾高气扬的男孩举起手,一脸被冒犯了的模样,他问道:"可是,这有什么意义?"

哈维没听见他的问题,他把手放在耳后表示没听见,坐在男孩旁边的一名老师礼貌地转述道:"他想知道这有什么意义。"

哈维犹豫了一下,然后近乎愤怒地反击道:"看看你的大脑和天才的大脑有什么不同。"

人群中爆发出一阵窃笑。一个女孩和她最好的朋友击掌。"天哪。"

这个老人很酷!

后排另一个男孩站了起来。"我听说爱因斯坦不想让别人拿走他的大脑。"

那个老师再次转述了一遍,哈维一听完这个问题就勃然大怒。

"你从哪里听说的?"他问道。

"我的世界政府老师。"男孩答道。

哈维想了想,然后开始作答,好像自己的答案足以解答问题。"在德国,进行尸检并取出大脑是很常见的事。"

提问环节结束后,学生们把哈维和爱因斯坦的大脑团团围住。他们想知道他拥有这颗大脑多久了("你父母还没出生之前我就有了")。他是否打算克隆它("嗯,如果有一天条件允许,我想有可能这么做")。萨达姆·侯赛因这样邪恶的独裁者有没有想要得到它("呵呵")。我想要靠近哈维,但人群太拥挤,大家都想看一眼爱因斯坦的大脑,于是我只能和冈萨雷斯站在外围聊天,我们都很震惊。哪怕稍后哈维挤出了包围圈,几个学生还是紧追不舍,一个男孩问道:"嘿,伙计,你接下来要去哪儿?我们能一起去吗?"春风满面的哈维结结巴巴地说他自己也不知道要去哪里,然后萨拉·冈萨雷斯把他带到了一辆等候着的高尔夫球车上。

我们离开时,我很想知道我们在挥手告别的学生面前是什么样的形象。哈维像往常一样坐在副驾驶座位上,腿上放着那个装着爱因斯坦大脑的特百惠盒子——一个超越了他们自己的祖父的人,一个真正来自不同时空维度的人,在独立高中度过了不同寻常的时光,讲述了一个留着滑稽发型、据说改变了世界的极客的故事。然后,他再次消失了,坐在一辆高尔夫球车里,沿着属于他们世界的混凝土超弦人行道消失了。

19. 路的尽头

爱因斯坦最终走向死亡花了五年时间。他早在1950年就被诊断出有动脉瘤,当医生告诉他手术可能挽救他的生命时,他说:"就让它破裂吧。"就像牛顿死前一样,爱因斯坦更担心的是对他的理论持续不断的质疑,而不是肉体的消亡。1949年,他在给老友莫里斯·索洛文的信里写道:"我确信没有哪个概念牢不可破,我不确定自己是否走在通常所说的正确的道路上。"当他的大脑还在不停地为统一场论问题而转动时,他的身体变得虚弱,日渐消瘦,生出许多皱纹,身上的皮肤像大象皮肤一样皱皱巴巴,他开始无精打采,仿佛每过一天,他背上的包袱就更重一点。"衰老的奇异之处在于,与此时此地的亲密联系慢慢消失,"1953年,他在给比利时王太后的信中写道,"一个人感到自己被转移到无限之中,或多或少感到孤独,不再有希望或恐惧,只有观察。"

1955年4月11日,爱因斯坦肚子疼得厉害。他感到头晕,食欲不振。但他还是连续两天不让医生靠近,直到他在去厕所的路上晕倒后,才叫来医生。医生来到默瑟街112号,给爱因斯坦做了心电图,并给他注射了吗啡,帮助他入睡。他的秘书海伦·杜卡斯用勺子喂他冰块。他感觉好了一点,但随后又一阵剧痛袭来,最终大家说服他去了医院。到了医院,他立即叫杜卡斯把他的老花镜和工作资料带来。一个星期天，他的儿子汉斯·阿尔伯特来了，他们聊了一会儿有关科学的话题。他也见到了继女。他交代她："不要让我的房子变成博物馆。"

就在医生觉得动脉瘤可能会自我修复时，爱因斯坦的病情恶化了。医生再次为他注射吗啡。他一直睡得很安稳，直到过了午夜的某个时候，也就是4月18日的凌晨，一名护士注意到他的呼吸有变化，好像病房里突然没了氧气。护士惊慌失措，调高了床头。病床上的老人用德语嘟囔了几句，她听不懂。随后，他就停止了呼吸。

我想起爱因斯坦临终前的光景，想起爱因斯坦对自己的理论始终持怀疑态度，想起他工作到最后一刻，想起他字迹歪斜却整齐的最后一页计算草稿，虽然看起来像巴利语铭文一样难以理解。我想起他生前最后那个下午，他的儿子和继女相继出现，还有那些和他最亲近的人，想起最后的告别是如此平淡，似乎毫无人情味。没有临终忏悔。没有最后的顿悟。没有提到那些不在场的人，那些他曾经表达过爱意的人：米列娃，埃尔莎，那个被送进精神病院的儿子爱德华。在他离开自己的身体并把它留给托马斯·施托尔茨·哈维医生之前，他最后用德语喃喃自语了什么？

在我们奇异旅程中最晴朗的一天，阳光倾泻在加利福尼亚州北部，漫过山谷和平原，汇聚到树叶上，照耀着奥克兰和旧金山的建筑物，从每扇窗户映射出来，这时候我想起了这些。坐在我

223

旁边的哈维好像着了火。他现在比爱因斯坦去世时年长8岁。他还能活多久？爱因斯坦说过："魔鬼总是认真计算岁月，我们必须认识到这一点。"我想起了我的祖父，他不相信有天堂和地狱，他也不相信生命有尽头。还有我的父母，我无法想象他们生命的终局。当然，还有我，那个从一开始就在努力寻找活着的理由的人。

我想起了之前在长途汽车站和萨拉道别时的情景。我一点点重组那个时刻。冰冷的雪花纷飞。灰色的天空。冬天的寒冷和我们之间沉重的寒意。我本渴望离开。我想要自由，想要在这个世界上自由自在，无拘无束，没有负担，享受年轻。但是，在美国，时间会自行倒流，年轻人会变老，老年人又变年轻。我们彼此走得越远，彼此就越亲密。突然间，在加利福尼亚州的高速路上，我回到了缅因州的长途车站，萨拉裹着羊毛衣，我们的狗站在我俩中间，舔着路边的冰块。这一次，我不想走了。

✿

阿尔伯特·爱因斯坦的孙女伊芙琳在其位于伯克利的高级公寓门口迎接我们。她穿着一件黑色套头衫，别着两枚电影《星际迷航》的胸针，戴着一对地球形状的耳环。她几乎比哈维高一头，56岁的她身材魁梧，留着一头棕色波波头，看起来显年轻。由于患有癌症和肝脏衰竭，她走路时步子很小，稍微用点力就会呼吸急促。她浑身散发出一股巨大的悲伤气息，尽管她为人十分幽默、宽容。她的父亲1973年死于心脏病，享年69岁。尽管哈维切除爱因斯坦的大脑给她的父亲带来巨大痛苦，她还是邀请他到家里做客。

虽然伊芙琳据说只是汉斯·阿尔伯特的养女，但关于她的出身一直疑云密布。据推测，伊芙琳实际上可能是阿尔伯特与纽约一名舞者的女儿，爱因斯坦大脑的一名研究人员查尔斯·博伊德医生试图将阿尔伯特的大脑提取物与伊芙琳的皮肤提取物进行DNA比对。尽管因为阿尔伯特的DNA严重变性而无法破译，这个实验还是引起了一些争议。尽管伊芙琳认为博伊德的说法"令人遗憾，毫无根据"，但她那双眼睑松弛的眼睛中透出的眼神，还有毕加索式的脸型，她与爱因斯坦的种种相似之处，都让人觉得不可思议。伊芙琳自己感伤地说道："如果你相信阿尔伯特所说的时间概念，那我真有可能是他的祖母。"

伊芙琳家的客厅光线充足，我们从这里可以看到旧金山的天际线，天使岛从阳光斑驳的蓝色海湾浮现，远处潜伏着塔马尔派斯山。这是个美丽的地方。客厅里摆满了手工艺品和古董钟，她给我们找了地方坐。我们远道而来，哈维却表现得似乎并不想待在这里。伊芙琳坐了下来。我坐到毛绒沙发上。哈维仍然站着。

伊芙琳向我们讲述了爱因斯坦的成长经历，以及她自己如何在支离破碎的家庭中艰难成长。她的父亲在一定程度上继承了他自己的父亲与人保持距离的性格，她只称祖父为"阿尔伯特"或"阿尔比"。伊芙琳被送到瑞士的学校读书，在那里，她偶尔会去叔叔爱德华住的医院看望他。她后来回到伯克利上大学，经历了一段糟糕的婚姻，度过了一段艰难时期，她说她曾在街上住了一年，后来在这里当了警察，骑着山地车在海滨巡逻，接着又开始了反邪教活动。现在，她似乎过着相对舒适的生活，尽管她从祖父那里得到的纪念品很少。她声称他寄给她的大部分信都被偷了。

她讲述这些的时候，哈维仍然呆呆地站在屋子中间，就像一只松鼠站在一棵树的第一根树枝上，而树下有两只猎犬在咆哮。伊芙琳尽量礼貌地忽视他，问我一些关于旅行的无关紧要的问题，等着他自己坐下来。但他没有坐下来，就这么杵在那里，颤抖的双手捧着那个特百惠盒子。他的呼吸更加急促。我想象着在他脑子里的某个地方，有毒的放射性内疚细胞在疯狂生长。他就是不坐。到了这里，他才开始后悔吗？40年前，当他从爱因斯坦的脑袋里取出大脑的时候，他能想象到他现在会捧着它站在伊芙琳·爱因斯坦面前吗？

伊芙琳第四次让他坐下来，这次他坐了下来。他紧张地笑了笑，然后清了清嗓子。"非常好。"他说道。伊芙琳聊了更多有关邪教的事情，山达基教徒为什么让她最害怕，邪教生意多么容易做，以及邪教多么邪恶。"我所有朋友都说我应该创立一个邪教，这样我们就能成为千万富翁了。"她开玩笑地说道，"我可以和阿尔伯特通灵。我是说，琳达·埃文斯[1]可以和神体兰萨姆通灵，

---

[1] 美国知名女演员。

说话就像尤·伯连纳①。这多么滑稽可笑。如果这女人能和一个三万岁的老家伙通灵,那我也能和阿尔伯特通灵。"

听到这里,哈维突然拿出一沓轴突和神经胶质细胞的甲酚紫染色照片和幻灯片,然后把特百惠盒子放在桌子上。"啊,大脑时间到了。"伊芙琳说道。哈维径自开始他的演讲,就好像他又在和独立高中的孩子们说话一样,他仍然穿着那身黑色殡葬师风格的西装。"这是一张不同角度的大脑照片,这是嗅觉神经,还有其他神经。"他拿出一张爱因斯坦大脑的照片,"我喜欢这种照片,因为它展示了他年轻时的样子,你知道的,他最初来到美国的样子。你看到的很多照片中的他都是年纪更大时的样子。"

"我有很多他年轻时的照片。"伊芙琳说道。

"你有?我要跟你买一些。"哈维说道。

"你解剖了整个尸体吗?"

"整个尸体。"

"感觉如何?"

哈维停顿了一下,清了清嗓子。"哎呀,它让我感觉很卑微,微不足道"。

"他有胆囊吗?他们把它取出来了吗?"

"我想他还有胆囊。呵呵。是的,他的饮食习惯是他的克星,因为我们之前不清楚胆固醇对血液的影响,所以他的胆固醇水平

---

① 美国知名男演员。

可能一直很高，大部分都沉积在他的血管里。那条主动脉里都是胆固醇斑块。"

伊芙琳点点头。"是啊……当然，欧洲人的饮食习惯。我和我的父亲也会争夺肥肉。我们吃火腿时，会把肥肉切下来煎，然后争着要吃。非常激烈。"伊芙琳笑着说道。

"还有美味的鹅油。"哈维补充道。

"哦，是啊。在那个年代，鹅……嗯，鹅其实比牛肉安全得多，胆固醇也低得多。"

"是吗？我不知道这一点。"

"我们家就是喜欢肥肉。"她说道。

"我曾经在新泽西州梅塔钦的一家小旅馆吃饭，你的祖父会在那里过周末，他们有那种奶酪，你知道的，那种全脂奶酪和好酒。"

"我不知道他喜不喜欢喝葡萄酒。"伊芙琳应道。

"我从没见过他喝。"哈维说道，他一开始忘记了，后来可能又记起，他只见过爱因斯坦一次，只是顺带抽了他的血。"嗯，旅馆老板有很多酒，我以为是为你祖父准备的。也许不是。"

他们还就爱因斯坦大脑的大小展开了讨论。伊芙琳声称，根据1923年版的《格氏解剖学》，大脑重量为2.7磅的爱因斯坦符合小头症标准，也就是说，他的大脑比正常人的大脑要小，但哈维坚持认为，考虑到大脑会随着时间的推移缩小，对爱因斯坦这样年纪的人而言，其大脑大小是正常的。他给她看了一些幻灯片，但他似乎不愿意打开特百惠盒子。当我问他是否愿意给我们看看爱因斯坦的大脑切片时,他似乎有点烦躁不安,把盖子打开了一会儿,又立刻盖上。尽管如此,他还是口头答应给伊芙琳一块,她的反应是说了句:"那太好了。"然而,奇怪的是,他一直没有兑现诺言。伊芙琳看起来和我一样困惑。经历过之前的一切,把它拿给几十个完全陌生的人看过之后,哈维似乎决定不再展示真正的爱因斯坦大脑。

伊芙琳表示:"我很惊讶他们没有更早对他的大脑展开研究,实际上在他死的时候才开始。"她知道哈维因此饱受争议,她并没有给他施加压力。尽管如此,哈维还是像盐柱一样定在原地①。他一字一句慢吞吞地吐出一些词:有关西尔维厄斯侧裂,枕叶,扣带回。所有这些都好似抽象画的一部分,某种骗人的把戏。"我们花了一些时间。"他最后说道。

我们开始讨论晚餐吃什么时,哈维突然宣告会面结束。"嗯,这是一场愉快的会面。"他说道,我和伊芙琳都大吃一惊。他接着解释说,早些时候,在圣何塞——同样是在我不知情的情况下——他给他在圣马特奥的85岁的表哥打了个电话,现在他坚持要去那里过夜,他以为我会在交通高峰期往圣何塞方向折返大半路程送他过去。但半小时能走这么远吗?而且,伊芙琳已经为我

---

① 盐柱取自《圣经》故事,《圣经》中记载有索多玛城,城中之人荒淫无道,罪恶滔天,耶和华派两位天使去毁灭这座城,先知亚伯拉罕的侄儿罗得带着妻儿逃离索多玛城,途中他的妻子不顾天使警告,回头看索多玛城,因此变成一根盐柱。

们预订了晚餐。但没什么能动摇哈维。"我想我得走了,"他说道,"我答应了的。"我提议让他表哥和我们一起吃晚餐,或者我们第二天一早过了早高峰后再去拜访他表哥。哈维立场坚定。"嗯,就现在,我要走了。"而我也毫不妥协。"我要留下来。"开了4000英里的路,我才有幸与伊芙琳·爱因斯坦共进晚餐。哈维打电话给他的表哥,故意大声说话好让我听见。"司机不肯送我过去。"

哈维决定搭乘旧金山湾区捷运过去,让他的表哥去车站接他。他真的这么做了。我们挤进"云雀",哈维抱着爱因斯坦的大脑坐在后座,我们开到附近的一个车站。伊芙琳在最后时刻仍然试图弄清一些困扰她的事情:爱因斯坦的遗嘱执行人奥托·南森是否在验尸现场。根据伊芙琳的说法,爱因斯坦死后,南森和海伦·杜卡斯对汉斯·阿尔伯特一点也不友好,他们之间的仇恨一直持续到今天,尽管双方都已经去世。但哈维似乎没有认真听伊芙琳说了什么,只胡乱应付了几句。

> 我不太了解这个家伙。O. J. 辛普森[①],呵呵,我不知道他为什么要肢解尸体,但一个审判说他无罪,另一个说他有罪。就好像他拥有阿尔比一样。他们说他甚至撒了自己的骨灰。正义?我希望陪审团里有更多黑人。

---

① 美国前橄榄球明星,曾被指控杀害前妻及其好友,成为轰动一时的辛普森杀妻案。

我们来到捷运站时，哈维开始收拾他的东西，我突然想到，这是我们一起旅行11天来第一次分开。尽管我们明天就将再次见面，一起去拜访大脑研究人员玛丽安·戴蒙德——她针对爱因斯坦大脑的研究早已结束——但我还是感觉这好像是我们旅程的真正结束。这太突然了，一开始，我只是觉得哈维离开我是不对的。

此刻，在"云雀"的后座，哈维打开行李箱，给伊芙琳看了一张明信片：那是一张他的黑白照片，照片中的他穿着条纹高领毛衣，表情凝重，耳朵只有小拖鞋那么大，睡眼蒙眬地凝视着远处的某个东西，也许是有个幽灵般的存在。"这张照片很好看。"她礼貌地发表评论。

"是的，"哈维回应道，"见到你真是太高兴了……"

这一切看起来太突兀了，却又似乎恰到好处，典型的哈维风格。我们做着最后的告别，明天，一切将恢复如初。我们站在一群时髦的伯克利学生中，哈维手里提着格纹行李箱，脚上穿着黑色袋鼠鞋，踏上去看望表哥的旅途，然后飞回克利奥拉处。而我，要去旧金山看望朋友，然后等待萨拉的到来，一起度几天假。我会想跟他拥抱道别，但最后只会握握手。一个年轻人和一个老人。一个司机和他的乘客。我想我们是一对有点奇怪的朋友吧。

我和伊芙琳坐在车里看着他拖着脚步慢慢走向捷运入口，他的行李箱里装满了用玻璃纸包裹的衣服。看到他挤在拥向自动扶梯的人群中，我感到一阵心痛。他突然显得非常渺小和脆弱，84岁的他逐渐沉入地下，银发忽地闪了一下。随后他的身体下降，消失在"地下墓穴"的阴影中。

◈

我和伊芙琳开车从伯克利往北到麦克酒店吃晚餐。我们喝了点酒，吃了一顿美味的三文鱼和里脊肉。我们不慌不忙，慢慢享用了将近三个小时的美味。我听伊芙琳说起她和侄子托马斯以及一名叫迈克尔·弗格森的律师进行的极其复杂的法律斗争。据她说，她的继母——汉斯·阿尔伯特的第二任妻子创建了阿尔伯特·爱因斯坦通信信托，拥有大约400份爱因斯坦的个人文件。伊芙琳声称，她从未被告知她是信托的受益人，于是她提起诉讼，要求分享这些文件。这场纠纷最终得到妥善解决。"做一个爱因斯坦家的人并不容易，"伊芙琳说道，"60年代我在伯克利上学时，我永远不知道男人想和我在一起是因为我本人，还是因为我的姓氏。你知道的，我姓爱因斯坦。"

我回到车里，一个东西引起了我的注意，它就在后座上，街灯照亮了它。我盯着它看了一会儿，但还是不敢相信。它看起来像个特百惠盒子。它就是个特百惠盒子！大脑！我惊呆了，伊芙琳也一样。哈维忘记带走盒子，这太不可思议了，但也许不是他忘了。也许这是哈维一直想做的事情——告别爱因斯坦的大脑，但他不知道该怎么做。这也解释了他为什么在我和伊芙琳面前如此尴尬,表现得近乎粗鲁。

"他留下了大脑?"伊芙琳不敢相信地问道,"他经常这么做吗?"

"不。"我答道。说完,我们突然朝对方笑起来。

我们没有在众目睽睽下立即打开盒子看,而是开车回到伊芙琳的滨海公寓。我把车停在公寓大楼前,让"云雀"空转。我伸手拿起特百惠盒子,借着车顶灯打开它。

跑了这么多路,在路上跑了这么多天,在最终放弃之后,它却近在眼前。爱因斯坦的大脑被白布包裹着,漂浮在"肉汤"里。我揭开盖子,解开一块湿布,紧接着,大约有一打高尔夫球大小的脑块流出来,它们来自大脑皮层和额叶。福尔马林的味道直冲天灵盖,有那么一瞬间我真的觉得自己要吐了。大脑切片用火胶棉包裹着,肝粉色的大脑切片边缘裹着金色的蜡。我从塑料盒里挑出一些给伊芙琳。它们黏糊糊的,重量和沙滩上很轻的石头差不多。我们像捧着珠宝一样捧着它们,惊讶于它们看起来不像大脑,更像什么呢?更像某种零食,某种铁人三项运动员吃的能量块。或是某种可食用产品,能让消费者感到世界和平、太空旅行和永恒。即使在今天,伊里安查亚的阿斯马特人仍然相信,吃掉一个人的大脑能获得这个人的神秘能量。微软员工会在公司聚会上喝一种叫"爱因斯坦大脑"的草本能量药剂。但说实话,我从没想过拿着爱因斯坦的大脑时,我会想象自己把它吃掉。

伊芙琳开口道:"这就是所有麻烦的源头?"她戳了戳仍然装着脑块的特百惠盒子,手指上的福尔马林沾在了盒子表面。这时一名保安走过来,看了我们一眼,然后继续往前走。我必须承认,看着伊芙琳摆弄她祖父的大脑,查看他湿漉漉的神经元,真有一种超现实的感觉。不过,她似乎并不感到恶心,而是十分着迷。"你可以把这块做成一条漂亮的项链。"她举起一块圆形脑块说道,"很诡异,是吗?"

在昏暗的光线下看着她——我又感受到她的悲伤气息,肾上腺素的刺激让一切变得混乱——我很想让她开心一会儿。我不假思索地说道:"你应该收下它。"然后我提醒她,哈维之前承诺要给她一块,但一直没给她。"反正它属于你。"我说道。几个星期后,她会在电话里告诉我:"我真希望当时收下了它。"但此时此刻,她坐在"云雀"的蓝绿色天鹅绒座椅上,叹了口气说:"我不能。"

相反,她把爱因斯坦的大脑切片放回特百惠盒子,盖上盖子,递给了我。她下了车,步履沉重地走向公寓。

车里只剩下我和爱因斯坦的大脑。

20. 阿尔伯特先生和我

我们——爱因斯坦的大脑和我——沿着东岸高速公路开往大学大道。我们绕着海湾行驶,四周一片漆黑,仿佛罩上了玻璃罩，而旧金山的另一边则高楼林立，灯火通明。随后，我们驶向沙特克大道。虽然很累，但我突然觉得很自由，有一种冲动想要开车往回穿越美国，没有哈维，没有其他任何人。只有我和爱因斯坦的大脑。也许，我会把它带回家，放在壁炉架上。这一刻，我觉得萨拉会理解我。收音机里正播放一个有关不明飞行物的脱口秀，一位专家坚持认为，1954年2月，艾森豪威尔失踪三天是在跟外星人接触。

为什么不是呢？现在一切皆有可能。

我们很快发现伯克利所有的酒店和汽车旅馆都住满了人。只有火烈鸟汽车旅馆还有空房间，这是一栋20世纪40年代的混凝土双层建筑，墙面刷成了粉红色，装饰着时髦的火烈鸟形状的霓虹灯。一家廉价旅馆，但已经足够。一张双人床，一间浴室，一个旋转拨号电话。一群派对男孩在楼上另一端开了间房，正在畅饮蓝带啤酒。我把爱因斯坦的大脑带到我的房间时，他们看着我，大喊大叫，越过栏杆把压碎的啤酒罐扔向停车场。

"多么美的月亮啊！"我对着爱因斯坦的大脑说道。今晚的月亮很美，是橙色的，非常大。

我打开门，一股消毒水味扑面而来。房间只有两个马棚那么大，铺着铁锈色的长绒地毯，一看就没有吸过尘，上面有被香烟烧焦的痕迹。电视机用螺栓固定在高处，只能收到几个台。《晚间新闻》正在深度报道克隆技术。这一天可真漫长啊，但爱因斯坦的大脑让我兴奋不已。我试着给萨拉打电话，但电话坏了。我想

235

寄几张明信片给我的兄弟们，但我的钢笔也坏了。房间里的镜子让屋子看起来到处都有灯，虽然有点诡异，但又让人感到安慰。最后，不知道能干些什么，我只好上床睡觉。我把爱因斯坦的大脑放在一个枕头上，自己躺在它旁边的枕头上睡觉，距离它只有6英寸距离。我只是想看着它。我千里迢迢来到这里就是为了这一刻，而现在我突然只想睡觉。窗外绿幽幽的光溜进房间，车来车往的声音也逐渐变小。我能听到啤酒罐轻轻落在人行道上的声音，然后就什么都听不见了。

在梦中，我们很可能进入了宇宙的另一个维度。这天晚上，我可能突然拥有了3个妻子，10个孩子，12个孙子，我变成了哈维本人，我打开身体去寻找更多身体，打开那些身体发现我正在穿越时空。可能是在第五维度，我是罗伯特·奥本海默、圣雄甘地、比莉·哈乐黛①、瑟曼·芒森。我是纳瓦霍人和丁卡人②。我是图帕克·阿马鲁③和NASA宇航员。我叫贤二或约瑟夫，我是一个即将在北达科他州的田野里被不明飞行物劫持的人。也有可能我谁都不是，只是我自己，有点茫然，有点困惑，远离家乡，蜷缩在粉红色汽车旅馆的一个房间里，枕头边放着爱因斯坦的大脑，等着醒来搞清楚我是谁。

阳光很快透过印着火烈鸟的廉价窗帘射进来。早上好，我很

---

① 美国著名爵士乐女歌手。
② 南苏丹白尼罗河流域的民族。
③ 末代印加王。

想喝橙汁。世界还是原样，办公椅还在原处，肥皂还在浴室，爱因斯坦的大脑静静地待在枕头上，火烈鸟还是火烈鸟，铁锈色的地毯上还有香烟烧焦的痕迹。然而，这些粗劣之物突然生出一种崇高之美。我走出房间，沐浴在加利福尼亚州清晨明媚的阳光中，我打开特百惠盒子的盖子。尽管那天晚些时候，当我们再次见面时，我会毫不犹豫地把爱因斯坦的大脑还给哈维——他也会接过去，毫无感激之情——但在这短暂的一刻我心有所愿，我想成为宇宙的守护者。我感觉到什么了吗？这种遗物、图腾和偶像应该让人感觉到什么吗？一些我可以相信的东西？一种让我屈服、比我自身更强大的力量？救赎？我触摸到永恒了吗？

我不确定。散落在停车场的啤酒罐勾勒出美国的大致轮廓，四周流淌着泡沫状的金黄色液体。鸟儿从天上飞下来，喝着这些金黄色的液体。即使是现在，宇宙中也充满了暗物质。我们在减速。重型卡车大小的雪球正在砸向我们的大气层。也许一颗小行星刚调整了新的飞行轨迹，直接飞向地球，而我们对此一无所知，直到它把我们所有人炸翻，就像小行星曾经炸掉恐龙一样。

但我现在在这里。活在当下。一天从地球的另一边回来了，鸟儿已经从天上飞下来。天空闪烁着橙色的光芒，空气中弥漫着忍冬的香气。我内心弥漫着一种说不清的感觉，一种难以言说的欣快。是爱还是只是不恨？是快乐还是只是不悲伤？一时间，所有时光似乎都从火烈鸟窗帘上流过，它明亮的边缘映射出过去和现在，旅行者收拾行李，流向更远的未来。我们总是把秘密藏在后备厢里上路，对奶牛、彩虹和棕榈树感到惊奇不已。我敢设想世界没有尽头，美国没有尽头，我们自己没有尽头吗？我敢。我真的敢。因为在某种轮回中，在某种波光中，在某种时间的微光中，此刻我们就身在彼处，永远存在，就像爱因斯坦本人在我手里继续存在一样确定无疑。

后记：鲱鱼统一场论

早春，烟囱里浓烟滚滚。天空阴云密布，鹿在新泽西结着冰的草坪边缘徘徊。我和哈维在旅程结束之后保持着电话交流，我们许诺要去看望对方，但生活充满意外。哈维去了希腊，和他的前室友阿奇的家人一起度假，他和包括阿奇的祖母在内的一家人一起度过了一段美好时光。不幸的是，他的妹妹最近去世了，他的女朋友克利奥拉髋部骨折。

萨拉和我在一起已经七年了。几个月前，萨拉的母亲死于一场潜水事故。那之后的一个漆黑的夜晚，在她儿时的家里，我们一起躺在她儿时的床上，无法入眠，我们发现关于她母亲的很多事情我们都不知道：她会盲文，她会说纳瓦霍语，她是弱者、失败者和她所认识的所有人的朋友。

"我忘了她的声音怎么办？"萨拉问道。

"你不会的，"我答道，"你的声音和她的一样。"

接下来的几个月里,我们会一起买一栋房子,结婚,生一个儿子,这一切如此自然而然地发生,以至于我们甚至不会认为我们放弃了自由,而是拥有了更多自由。我们不会觉得自己变老了,而是变年轻了。现在,黄昏时分,我正驾车沿着一条通畅的道路穿过新泽西。我正在去见哈维和爱因斯坦的大脑的路上。再次。

拐过一个弯,翻过一座山,就到了那座20世纪50年代的农场。我刚停好车,哈维就从台阶上下来了。他穿着一件海军蓝毛衣,搭配蓝色高领衫和蓝色牛仔裤。"蓝先生"面带笑容。"啊,很高兴见到你。"他说道。他紧紧握着我的手,顺势把自己拉近,然后后退(又是他的那条短腿)。克利奥拉也在,她正在和伤病做斗争,服用一种叫福善美的骨骼增强剂,但总体看来精神不错,尽力扮演着完美女主人的角色。我都忘了她的面容多么和善。我们一起走上台阶,哈维又匆忙下去接克利奥拉——"好的,亲爱的"。他挽着她的手臂说道——然后我们三个都挤进了厨房。

有太多话要说,没人知道从哪里开始,于是一阵沉默。"汤姆,你们俩为什么不去客厅坐呢?"克利奥拉打破沉默。于是我们来到了客厅,屋子里摆着各种玻璃饰品,地上铺着钩织地毯,还有一尊巨大的克利奥拉雕刻头像。在我眼里,哈维和以前一模一样,除了一点对岁月不饶人的屈服:他现在一只耳朵戴着助听器。

我们静静地坐了一会儿,听着时钟嘀嗒作响,然后哈维开始聊起鲱鱼。一种鱼。他跟我说劳伦斯维尔的一些地方曾举办过盛大的鲱鱼节，这让他想起了在耶鲁读书时，康涅狄格州的康涅狄格河上的盛况，那时经常举行鲱鱼派对，人们把鲱鱼放在板子上，架在火上烤，大家会吃很多鲱鱼。回想鲱鱼翻滚的岁月，不禁让人垂涎欲滴，可是，当我问哈维鲱鱼究竟什么滋味时，他答道："我不知道。从没吃过。"我们又坐了一会儿。最后，我说："嘿，想去吃点东西吗？"哈维开心地回应道："当然。这可真是太棒了。"

克利奥拉待在家里休息。哈维和我去了他最喜欢的一家餐馆——列吉餐馆，这是一家让人想起过去的复古风格餐馆，对特伦顿[①]的有钱人来说，深色木镶板和优质餐具曾经是高级美食的象征。这家餐馆可能在20世纪50年代经历了最辉煌的时光，现在则依靠更古怪的中产阶级人群的消费维持生意。我们来到餐馆时，一群人散落在各自常坐的桌子旁，研究着相同的污迹斑斑的菜单，在积攒了几十年污渍的桌布上用皱巴巴的手指指指点点。服务员冷着脸为我们服务，含糊地报着今天的特色菜，因为声音太低，哈维不得不凑近让他"再说一遍"，服务员趁机吐出一口气，大声重复了一遍。"应该大声说话。"服务员离开的时候哈维说道。接着，他咯咯笑起来，笑声甜美动听。

接下来一如既往，哈维又开始长时间琢磨菜单。浏览，点

---

① 新泽西州的首府。

菜，修改，再浏览，他的这一套流程曾经让我沮丧不已，但现在我会高兴地对不高兴的服务员说，我朋友点什么我就点什么，然后双手托在脑后，放松等待。哈维最后点了鳕鱼片，一瓶澳大利亚的设拉子葡萄酒。然后，我们聊了更多哈维过去的事情，在爱因斯坦的大脑出现之前的事情。在即将发表在英国医学杂志《柳叶刀》上的一篇论文中，桑德拉·维特森医生和她的加拿大同事将宣布，爱因斯坦的下顶叶——负责数学能力和空间推理的区域——比普通人的大15%，而他的西尔维厄斯侧裂比普通人小得多，这表明神经元之间的相互连接可能让这位科学家的大脑更有效地工作。虽然这篇成为世界各地头条新闻的论文算是为哈维做了辩护，但它同时也提出了更多问题，而非答案。

"她的研究过于简单化。"埃利奥特·克劳斯医生表示，他曾经在普林斯顿医院与哈维做着相同的工作，"与颅相学只有一步之遥。你知道的，就是古代对头部肿块的研究。"

但此刻，爱因斯坦的大脑似乎莫名其妙地缺席了。哈维再次回忆起在耶鲁医学院时在一家疗养院度过的一年，当时他得了肺结核，肺部发炎。他描述了当时的情况，如果患者有严重的胸膜炎，医生其实会破坏胸廓，以此抑制肺部病变。他回忆起当时他会下棋、看书，有时候只是呆坐着，盯着窗外看。他还记得一个死在医院的朋友，以及他从疗养院出院后，疗养院里没人真正记得他。

晚餐过后，我们回到克利奥拉家，再次坐在客厅的古董椅上，喝着波旁威士忌。哈维开始聊橄榄球——旧式橄榄球。"那个阿尔比·布思跑得可真快啊！"他回忆道。当天谈论阿尔比·布思时，就像启用了一个密码，打开了通往他的过去的另一扇门，因为在昔日那伟大背影旁奔跑的那个人，在他的想象中同样健步如飞奔向前场的那个人，就是哈维自己，也许在他的脑海中，那是一个更时尚的哈维，一个更聪明的哈维，一个更成功的哈维，一个更性感的哈维，一个更典型的常春藤学子哈维，在纽黑文的耶鲁碗球场上让观众为之欢呼喝彩。在那个已然凝固的时刻奔跑在球场上的那个人，也有可能是哈维——在爱因斯坦的大脑出现之前的一切，在成为病理学家检查一堆尸体背后的东西之前，在成为一个父亲养家糊口之前，他对自己的一切期望，以及之后的一个又一个期望，逐一化为泡影。而他越来越像自己生活的旁观者。

此时，他早该上床睡觉了。他打着哈欠，眼皮不停往下掉，但他仍然努力保持清醒。他摘下眼镜，揉了揉眼睛，那一瞬间，这个曾经高大魁梧、英俊如蒙哥马利·克利夫特[①]的男人看上去似乎老了许多，但同时看起来又如释重负。直到第二天我才明白为什么。

第二天一早，我在地下室的一张印花棉布沙发上醒来，身上裹着钩针编织的毯子，周围摆着各种玻璃饰品、贝壳、油灯和蜡

---

① 美国知名男演员。

烛。我上楼时,克利奥拉已经为我们准备好了西柚和麦片。我计划今天早上去普林斯顿医院,看看为爱因斯坦做尸检的太平间,我暗自希望哈维能陪我一起去。但他表示不想去。"我想你会度过非常有趣的一天。"他含糊其词地说了这么一句,然后就没再说什么。时间一到,他就把我送到门口。没有正式的告别。哈维只是再次握住我的手,笑着说道:"是的,先生。是的,先生。"

"是的,先生。"我也这么回了他一句。我们就此告别。

我开车到医院去见埃利奥特·克劳斯。如今,这家医院已然是一家最先进的现代化医院,为普林斯顿的富人、名人和超级聪明的人治疗胆结石、心脏病等各种疑难杂症。克劳斯40多岁,个子很高,胡子花白。他经常躲在医院地下室里,四周是一堆水管和电线,藏在不会被人误打误撞看到尸体解剖的地方。我们在大厅见面时,他说要给我一个惊喜。

他先带我去了解剖室,这里和1955年爱因斯坦被送进来时几乎一模一样:一个被灯光照亮的小房间,墙上铺着浅绿色的瓷砖,有巨大的吸气孔,装尸体的大冰柜,还有一个灭虫器("没错。"当我看向灭虫器时,他说道,"你到太平间工作了,才知道苍蝇有多喜欢尸体")。靠近解剖台的地方有一个印有"查狄伦"品牌的秤。另外还有真空吸尘器、水管和用来放肝脏、肺、心脏和肾脏等器官的银碗。在一个壁橱里,挂着一些用福尔马林浸泡的大脑。他的医学院实验室助手是个身材魁梧的非裔美国人,就在不久前,他都还得自己动手把尸体从冰柜拖到解剖台上。但现在,医院已经配置了一辆叉车。

克劳斯告诉我,爱因斯坦去世那天,哈维完成尸检后,普林斯顿医院的人短暂地搁置了分歧,排着队去太平间看了看这位伟大人物的尸体。这一整天,大家怀着好奇的心情,在太平间进进出出。

克劳斯表示:"我认为哈维受到了不公平的指责,爱因斯坦死后,很多人都对他的尸体感兴趣。但那时所有病理学家都逃不掉坏名声。所有人都以为我们整天在这里摆弄尸体,但那只是我们工作的一小部分。你知道在活检过程中什么时候才要移除组织吗?"克劳斯不等我回答就继续说道:"啊,这就是我们!这就是我们的工作,分析是否有癌症之类的情况。但我们并没有因此得到认可。所有人都认为医生才是做这些事的人,有时候你会碰到一些医生,他们表现得好像是他们做了这些事——但其实做这些事的是病理学家。"

克劳斯带我回到他那间没有窗户的办公室,让我坐下,然后他自己也坐下,表情变得非常严肃。他在我们之间制造了一种美妙的悬念。"你想看点东西吗?"他用铅笔敲着桌面问道。"为什么不呢?"我答道。克劳斯微笑着把手伸到桌子底下。他费劲地在那儿摸索着什么大家伙。他从地板上拿起一个装着很重的东西的纸箱,把它放在散落在他面前的一堆图表和文件上面。就在他把箱子放到桌子上的时候,箱子因为太重而倾斜了一下。

"你知道这是什么吗?"他问道。这是个吊胃口的问句,但此时此刻，我迅速盘算了一下，认为克劳斯是个经验丰富的解剖专家，到了职业生涯的这个阶段，已经不容易情绪激动，我突然觉得我可能低估了这一刻要发生的事情。也许克劳斯自己有什么可怕的小秘密，有什么奇怪的人体器官，或是想让我看什么三个头的畸形胎儿。我斜眼打量，露出想看又不敢看的表情。他把手伸进箱子，小心翼翼地拿出一个东西。那是一个玻璃饼干罐。他把罐子轻轻地放在箱子前面，接着又拿出另一个玻璃罐。两个饼干罐，里面晃动着的是大块……大脑。"爱因斯坦的大脑！"他笑着说道。他退后一步，双手叉腰，朝着饼干罐示意，那模样就像拉斯维加斯的魔术师。

"可是……"我欲言又止。"我不明白。"我说道，"哈维怎么办？"

克劳斯点点头，然后开始摇头。"我知道，"他说道，"我知道。难以置信。两天前给我的。但我们已经聊了很长时间，聊天变成了谈判，托马斯·哈维希望确保大脑被交到正确的人手中，以继续进行研究。"

"你？"我问道。

"是的，我。"克劳斯答道。

"可是，为什么？我是说这——"我用手指了指装着爱因斯坦大脑的两个罐子，"是他。"

"这样的话，他现在就自由了。"克劳斯笑着回应道，"而我则戴上了镣铐。"

难怪哈维看起来那么轻松——不——那么优雅！在人生的一幕戏中，他让时间倒流了。他把爱因斯坦的大脑重新交到自己的化身埃利奥特·克劳斯手中，然后退居幕后，或者说向前迈了一步。此刻，克劳斯的脸涨得通红，兴奋地喋喋不休。他告诉我，他主张保护爱因斯坦的大脑，使其免受伤害，并希望随着知识和技术的进步，爱因斯坦的大脑总有一天能结出某种重要的果实，尽管它有一定程度的变性。"什么意思？"我问道，"克隆另一个爱因斯坦？"

"为什么不呢？"克劳斯笑着答道，"我们也许能重组DNA。"

"但你真的认为……"

"汤姆·哈维所做的是尽力保存本世纪最伟大的大脑，"克劳斯解释道，"30年后，爱因斯坦的大脑可能不会像现在这样令人好奇，我们将有办法真正使用它，了解其中的秘密。我想哈维知道他不可能和我们一起等到那一天。所以……"克劳斯再次指了指爱因斯坦的大脑。

这听起来不太可能，或者说，我去看望哈维的时候，他至少应该亲口告诉我这样的消息，而不只是滔滔不绝地谈论什么鲻鱼。但这并非背叛或嫉妒，也不是我现在感受到的任何微不足道的人性。我的心脏感到一阵轻微的刺痛，因为我突然开始想象哈维放弃爱因斯坦大脑的情景。我想象他开车行驶在从他家到医院的那段蜿蜒曲折的路上，爱因斯坦的大脑最后一次放在后备厢里。也许他产生了和他第一次带着爱因斯坦的大脑离开时相同的感觉。我想象他开着车慢慢前行，格外小心谨慎，转过弯很久之后还亮着转向灯。

我想象他拖着脚步走到问讯处，手里拿着沉重的纸箱，他不会让任何人代劳。我想象他站在克劳斯办公室门前，心知这就是旅程的终点——也是旅程开始的地方。"他对你说了什么？"我问克劳斯。

"他真的什么也没说，就这么走进来，把纸箱递给我。我觉得他松了一口气。他看上去如释重负，但他真的什么也没说。没有给我任何指示。现在，它是我的了。"

他看上去既高兴又沮丧，既兴奋又困惑。"我不能把它留在这里，"他绞着双手说道，"因为每次我离开办公室，都会想象回来时发现爱因斯坦的大脑不见了。也许是某个毫不知情的清洁工把它扔了。或是有人偷走了它，因为它可能价值数百万美元。"

和克劳斯交谈的时候，我突然产生一种奇怪的感觉，真的有显灵这回事。我相信我听见了哈维的声音，45年前的哈维通过这个人跟我说话。他告诉我他很害怕，他陷入了困境，因为他没有想过自己会拥有爱因斯坦的大脑，但不知为何，他拥有了这个神圣的东西，并且有责任保护它。他知道他的世界再也不会和以前一样了。当我问克劳斯他打算把爱因斯坦的大脑放在哪里时，他绝望地看着我，这时哈维又开口了："我不知道，也许我会把它带回家。"

"嗯，这是个好主意，"我告诉他。

我离开普林斯顿向西开去的时候，天色已晚。街灯已经亮起，我很快又开上了乡间小路，然后找到一条高速公路，把我送回缅因州萨拉的身边。沿途有几只乌鸦在休耕的田地里吃东西，树木看起来像阴暗的字母表——来自另一个世界的字母。当我想起哈维的时候，我想象他再次开车回家的情景——放弃爱因斯坦的大脑后最开始的那一段自由时光。我想象那晚他和克利奥拉共进晚餐的情景。他们各自有过伴侣，现在他们在一起，享受一种愉快、轻松的关系，一种爱的喜悦，哈维心中也许会涌起一感觉，最终，他确实属于这个女人，属于这个世界。

看，克利奥拉客厅里的时钟嘀嗒作响，水管里流淌着冷水。是的，你看到电线还通着电吗？这位老人——托马斯·施托尔茨·哈维——蹑手蹑脚地穿过客厅，走进卧室，在造物主面前脱光衣服。轻微的鼾声响起，从窗户洒进来的月光将他送入甜美梦乡，这时候，你能看见这位老人被他的天使抬起来了吗？

致　谢

这本书能创作出版，我要感谢许多人。首先当然要感谢托马斯·哈维医生，他是一位公路勇士和超级朝圣者，我十分珍惜他的慷慨和友谊，以及旅途中的明智建议，温迪家的烤土豆实在是太好吃了。

如果《哈泼斯杂志》没有发表发展成这本书的最初的那篇文章，我可能还在粉刷房子。我要感谢科林·哈里森，他是我的朋友和精神领袖，他破译、整理和校对了我的文字，还坐在诺荷之星餐厅把它们读给我听，我欠他第二条命。我还要感谢刘易斯·拉帕姆，感谢他慷慨贡献了这本书的书名，我欠他第三条命。同时还要感谢杂志社的每一个人，包括安吉拉·瑞切斯和阿伊达·埃德马利亚姆，他们对原文进行了严谨的事实审核，促成了本书的诞生。

我的代理人斯隆·哈里斯是一位灵魂捕手，他为这本书所做的一切让我自愧不如。我真的很幸运能拥有这么一位朋友。

我在戴尔出版社的编辑苏珊·卡米尔是一位女神，她总是信心十足地面对作者的每一点质疑。她持之以恒的耐心和支持，她的幽默和编辑能力让这本书得以最终完成。此外，我还要感谢莱斯利·赫尔姆斯多夫的慧眼识英，卡拉·里乔一直以来的支持，佐伊·赖斯的辛勤付出以及让每一天都充满干劲的鼓励。

在帮助我展开相关调查的过程中，朱莉·格林伯格竭尽所能，我要感谢她的好奇求知和精诚协作。除了几次重要的采访外，她还和我分享了各种奇思妙想。同时，我还要感谢威斯塔研究所的妮娜·隆，普林斯顿大学出版社的艾丽斯·卡拉普赖斯，波士顿大学爱因斯坦档案室的罗伯特·舒尔曼和米歇尔·詹森，国家档案馆的约翰·泰勒，斯坦福大学的约翰·科泽克博士和西尔维娅·福尔诺博士，桑迪亚国家实验室的尼尔·辛格，加利福尼亚大学伯克利分校的玛丽安·戴蒙德博士，以及大阪近畿大学的杉本贤二，感谢他欣然接受了两天的采访。

另外还有几位记者和电影制片人为所有希望讲述爱因斯坦大脑故事的人铺平了道路，所以我要感谢《新闻周刊》的史蒂文·利维，他首先发掘了哈维医生和爱因斯坦大脑的故事，还要感谢吉娜·马兰托在《发现》杂志上对爱因斯坦大脑的报道。凯文·赫尔1994年的纪录片《爱因斯坦的大脑》是一部杰作，他也是第一个发掘爱因斯坦眼睛的故事的人。我很高兴他愿意在英国和我见面。至于阿尔伯特·爱因斯坦的生活细节内容，我从大量传记中获得了帮助，包括亚伯拉罕·派斯、罗杰·海菲尔德、罗纳德·克拉克、班尼什·霍夫曼、布莱恩·丹尼斯和阿尔布雷克特·福尔辛等人的作品。艾丽斯·卡拉普赖斯的《爱因斯坦语录》也是一部宝藏。有关广岛的内容，我部分参考了大江健三郎和理查德·罗兹的作品。我还通过已故作家威廉·巴勒斯和他的朋友史蒂文·洛了解了有关爱因斯坦大脑的故事，而詹姆斯·格劳尔霍尔茨在安排与这位作家见面一事上发挥了重要作用。

旅途中，我们感受到许多善意，接受了各种形式的款待。为此，我要感谢克利奥拉·维特利、罗杰·里奇曼、萨拉·冈萨雷斯及其家人，以及伊芙琳·爱因斯坦，他们在困境中的慷慨馈赠可圈可点，令人鼓舞。斯科特·格林伯格和克莱尔·哈特尔为需要朋友翻山越岭才能找到他们而感到内疚，也为只能尽朋友之力而感到内疚。

在创作这本书的过程中，我得到了许多好心人的支持。《时尚先生》的两位最优秀的人物戴维·格兰杰和彼得·格里芬从一开始就支持我，我非常感谢他们二位。我还要感谢吉姆·亚当斯和其他所有人。威尔·达纳、道格·斯坦顿、埃尔伍德·里德、贝丝·哈斯、凯米·麦戈文、佩吉·奥伦斯坦、史蒂文·冈崎、丽莎·斯图尔特、斯科特·鲁丁、埃里克·斯蒂尔、凯瑟琳·戈特利布、罗恩·伯恩斯坦、波特兰的工作人员、达里恩的团队和艾丽西亚·戈登给予我持续不断的鼓励、支持、建议、美食，并不时在关键时刻提供住宿。

丹·科伊尔、乔尔·洛弗尔、迈尔斯·哈维和比尔·林查克是我认识的思维最优秀的作家、编辑和朋友，他们每个人都从不同角度阅读了这本书，在我最需要的时候，从百忙之中抽出时间审读文本。我要特别感谢比尔，他把我从一些比喻的悬崖上劝了下来，我欠他一支威浮球球棒。

同时，我还要感谢尼古拉斯·德尔班科、查理·巴克斯特和安东·沙马斯教导我的一切。

最后，在创作一本书的过程中，很难不去想象有那么几个人可能会觉得你写的东西有点意思。我要感谢我的家人：我的父亲理查德和母亲玛丽安，他们阅读了本书的草稿，并协助核对事实和记录采访内容，还有我的兄弟斯蒂芬、约翰和理查德，我的祖母罗斯，安妮·玛丽·多德，凯利·格罗西和米歇尔·丹布罗斯，以及科比特一家，克里斯、马特、史蒂夫和南妮——我有幸拥有最宽容的读者，没有他们，我将完全迷失方向。我这个平平无奇的儿子想特别对我们的父母说一句谢谢，谢谢你们。

我最好的朋友、读者和"犯罪搭档"是萨拉·科比特。她没有放过任何一页。希望一切美好的东西都属于她。

Copyright © 2000 by Michael paterniti
著作权合同登记号 图字：01-2024-1866

图书在版编目(CIP)数据

送爱因斯坦回家 / （美）迈克尔·帕特尼蒂著；尹楠译. -- 北京 : 北京十月文艺出版社, 2025. 5.
ISBN 978-7-5302-2400-7

Ⅰ. Ⅰ712.65
中国国家版本馆CIP数据核字第2024NT9116号

送爱因斯坦回家
SONG AIYINSITAN HUIJIA
〔美〕迈克尔·帕特尼蒂　著　尹楠　译

出　　版	北京出版集团
	北京十月文艺出版社
地　　址	北京北三环中路6号
邮　　编	100120
网　　址	www.bph.com.cn
发　　行	新经典发行有限公司
	电话 010-68423599
经　　销	新华书店
印　　刷	河北鹏润印刷有限公司
版　　次	2025年5月第1版
印　　次	2025年5月第1次印刷
开　　本	880毫米×1230毫米　1/32
印　　张	8.5
字　　数	145千字
书　　号	ISBN 978-7-5302-2400-7
定　　价	48.00元

如有印装质量问题，由本社负责调换
质量监督电话　010-58572393

版权所有，未经书面许可，不得转载、复制、翻印，违者必究。